漱石先生の事件簿 猫の巻

柳 広司

角川文庫
16551

目次

其の一

吾輩《わがはい》は猫でない？

1

「出てきやがれ、このぬすっとうめ！」

表で大声が聞こえたのであわてて出ていくと、先に先生が来て玄関先に立っていた。

もっとも、先生は誰かお客が来たからといって自分から出ていくような人ではない。通りかかったところにたまたま客が飛びこんできたのだろう。

案の定、玄関先に立った先生は、着物の袂《たもと》に手をいれ、ぬっと立っているだけで、お客には声をかけようともしない。

先生の背中越しにのぞくと、大声の主《ぬし》は隣家の車屋《くるまや》の亭主であった。

「ぬすっとう！」

車屋の亭主が、もう一度大声でいった。いつものいかつい赤ら顔をいっそう赤く染め、からげた袖口《そでぐち》から丸太のように太い腕がのぞいている。

門の外には、この騒ぎを聞きつけて早くも集まってきた近所の人たちの顔がちらほら見えた。

先生はのんびりした口調で車屋にたずねた。

「ぬすっとうとは、なんのことだね？」

「中学の教師のくせにぬすっとうを知らねえのかい、このトンチキめ。ぬすっとうた、泥棒野郎のことにきまってらあな」

「ぬすっとうが泥棒くらいなことは知っている」

「そうかい。だったら、さっさと猫を出しな」

「猫？」

「しらばっくれるない。名前はなんてえんだ」

「名前？　なんの？」

「じれってえな。猫の名前だよ」

「名前は、まだない」

「へっ、こいつはおどろいた。飼い猫に名前もつけてねえとはね」

「飼っているんじゃない。勝手にいるだけだ」

「おんなじこっちゃねえか」車屋はあきれたようにいった。「そこへいくと、うちの猫には黒《くろ》ってぇちゃんとした名前がある分、よっぽど上等だあな」

「猫に名前をつけようがつけまいがよけいな世話だ。第一、玄関先でいきなりぬすっとうと大声をあげる奴に上等という概念は……」

　と話がまたおかしな方向に脱線しはじめたので、僕は見かねてわきから口をはさんだ。

「それで、この家の猫がお宅からなにを盗んだのです？」

「なにもクソもあるか。一円五十銭《いちえんごじっせん》ばかりも盗みやがって」

「一円五十銭を盗んだ？　猫がですか？」

「おうよ。おおかた、そんなくらいにはなろうってもんさ。なにしろ、うちから鼠がいなくなっちまったんだからな」

車屋の亭主はだいぶん鼻息が荒い。先生は相変わらず懐手《ふところで》をしたまま、僕の耳もとに囁《ささや》いた。

「おい君、猫の次は鼠が出てきたが……いったいどうなっているんだ？」

僕に聞かれても困る。さあ、と首をかしげていると、先生は急に「えへん、えへん」と、もったいぶった咳《せき》ばらいをした。

「おお、そうだ。大事な用を忘れていた。あとの話は君が聞いておきたまえ」

先生は僕にそういいつけて、さっさと家の奥にはいっていってしまった。

車屋の亭主は、玄関先に一人残された僕を頭のてっぺんから足の先までじろじろとながめまわし、うさん臭げにたずねた。

「おめえ、見かけねえ顔だが、この家に新しく来た*小僧《こぞう》さんかい？」

どこの世界に、家に小僧をおく英語教師があるものか。僕は相手の認識をあらためるべく、いくぶん胸を反《そ》らせてこたえた。

「小僧ではありません。今度、*書生《しょせい》として先生の家に置いてもらうことになった者です」

「なるほど、書生さん、ね。おんなじこっちゃねえか」

そうつぶやいた車屋は、残念ながら、すこしも感心したふうではなかった。

2

そもそも僕が先生の家をはじめて訪れたのは、中学二年の学年試験の終わった際のことである。

遊びに来たわけではない。

中学では学年試験が終わったあと、試験をしくじったらしい者のために、受け持ちの先生方の私宅を訪問して点をもらうための、いわゆる運動委員が選ばれる。僕は、幸か不幸か、英語を教えていた先生のお宅を訪れる委員に選ばれたのだ。

正直なところ、そのころの僕は他人が試験をしくじろうが、落第しようが、自分とは関係がない、というか、どうでも良い気分だった。それどころではなかったといったほうが適当かもしれない。

僕が二年生の終わりごろ、北海道にいた父が事業に失敗した。その結果、それまでは人並みにもらっていた学費が急にとだえることになり、僕の生活は一変した。早い話が、自分の食いぶちは自分で稼がなくてはならなくなったのだ。僕は八方手をつくし、新聞や出版社から校正の仕事を引き受けたりしたものの、学費をはらうのがせいいっぱいで、足らぬ分は必然的に下宿の借金になった。そのうえ、校正の仕事をやりすぎたせいで右手の書《しょ》痙《けい》に悩まされ、講義のノートもとれないありさまで、結局学校も怠け気味であった。

それでも僕自身は試験をしくじったつもりはない。優秀とはいえないまでも、落第しない程度の答案を提出したはずである。一方で、遊んでいて試験をしくじった奴のために、つまらぬ運動をするのはなんとも解《げ》せない話である。しかしまあ、委員に選ばれたからにはしかたがないので、僕は気がむかないまま先生のお宅にむかった……というわけであった。

教師の中には点をもらいに来る生徒を断然《だんぜん》玄関ばらいする人もいるそうだが、訪ねていくと先生はすぐに会ってくれた。

僕が委員としての役目を果すあいだ、先生は黙然、腕を組んでじっと僕の話を聞いていた。それは良いのだが、僕がいくら弁舌をつくしても、先生はうんともすんともいわないのだ。内心、

(弱ったな)

と思いはじめたころ、先生は唐突に僕にたずねた。

「君は四年生かね?」

「いいえ」僕は先生の質問の意図をはかりかねて、首を横にふった。

「すると三年生か?」

「いいえ、二年生です」

「甲《こう》の組かね」

「乙《おつ》の組です」

「なるほど。二年乙組なら、わたしの監督だね。そうか」

僕はすっかりあきれてしまった。先生のお宅にお邪魔した際、僕はもちろん最初に自分の学年、組、および訪問の目的をきちんと伝えた。そのうえで、クラスで捏《でっ》ちあげた諸般の事情——今回の先生の試験をしくじった某君は、家が貧しく人から学資の支給を受けているが、もし落第するとその支給を断たれるおそれがある。云々《うんぬん》——を話したのだ。

どうやら先生、僕の話を全然聞いていなかったらしい（もっとも先生が話を聞かないのはこのときだけでなく、僕はその後も先生が他人の話をまともに聞いているのを見たことがない）。僕は馬鹿馬鹿しくもあり、またそもそもが気の乗らない使命でもあったから、試験の話はそれきりにしてあとは雑談となった。あれこれ話しているうちに、どういう話の流れだったのかは忘れたが、僕はふと、

「いったい俳句とはどんなものですか？」

と先生にたずねてみた。

まったく、今から考えれば世にも愚劣な質問である。なにしろ先生は英語の教師なのだ。ところが先生は、それまでの投げやりな態度がうそのように急に目を輝かせて、

「俳句とはレトリックの煎《せん》じつめたものである」

とひざを打ってこたえた。そして、

「俳句は扇の要《かなめ》のような集中点を描写して、そこから放散する連想の世界を暗示するもの

だ」

　と、また、

「花が散って雪のようだといった常套《じょうとう》な描写を月並みという」

などと、大変な見幕で自説を展開しはじめたではないか。教室での無愛想な、気のないようすの英語の授業を聞くのとは大ちがいである。僕が冗談めかして、

「先生はまるで、英語より俳句のほうがお好きなようですね」

　とたずねると、先生はおどろいた顔になった。

「当たり前じゃないか。君はまさか私が好きこのんで中学で英語を教えているなどと思っていたんじゃないだろうね？　冗談じゃない。この世でなにがきらいだといって、君たちに英語を教えるくらいきらいなことはない。休みが明けて、また学校の講義をつくらなければならないと思うと、そのたびに死にそうな気持ちになるよ」

　冗談——

　ではないらしい。

　いやはや、なんとも大変な先生に英語を習っていたものだ。僕はおどろきあきれたが、同時になんだか妙にうれしくもあった。多分、不遇《ふぐう》をかこっているのは僕だけではないという安心感、連帯感のようなものを感じたからだろう。そのころ僕はちょうど、たまりにたまった借金をはらうあてもなく、下宿からもついに追い出されそうになっていた。僕はとっさに決心をかため、思い切って、

「僕を書生として置いてくれませんか」

と先生に申しこんでみた。あとから考えれば不思議なことだが、先生はすこしもおどろくようすもなく、

「たしか裏の物置が空《あ》いていたな。見てみるかい」

とめずらしくもすぐに席を立った。

案内された部屋は、しかし凄《すご》かった。畳の表はすり切れて中身が飛び出しているし、部屋はゴミだらけで、本当の物置なのだ。僕はさすがにしょげかえったものの、背に腹は代えられない。

「明日、越してきます。よろしくお願いします」

その場でぺこりと頭を下げ、翌日から先生の家に書生として置いてもらうことになったのである。

しかし、僕がもし予《あらかじ》め先生という人をよく知っていたなら、たとえその日下宿を追い出されたところであっても、先生の家に置いてもらおうとは頼まなかったと思う。先生は僕がそれまでに出会ったいかなる人物にもまして、頗《すこぶ》るつきのはっきりいおう。変人であった。


第一に、先生は癇癪持《かんしゃくも》ちである。なるほど、癇癪持ちなら世の中にたくさんいる。だが、先生の場合は、ほとんどの場合、なにに怒っているのか誰にもわからないのだ。先生はと

きどき家の誰彼かまわずつかまえては、ひげをふるわせ、顔をまっ赤にしてどなりつけている。

第二に、先生は胃弱である。少なくとも先生は自分でそう主張している。

「その証拠に、見ろ」

と先生はいう。

「顔の色が人より黄色味をおびて、肌は弾力のない不活発な兆候《ちょうこう》をあらわしている。そのうえ、胃が痛むのだからまちがいない」

ところが、胃弱のはずの先生は僕が見ていておどろくほど大飯《おおめし》を食う。好物の餅《もち》などは、家にあればあるだけ出させて食べる。あるときは一カ月でジャムを八缶なめたそうだ。子供と同じである。大飯を食べたあとで、先生はきまってタカジヤスターゼという胃の薬を飲む。そうして「薬が効かない」といって、また癇癪を起こしている。

先生が本職の英語より俳句を好むことはすでに書いたが、その他にも先生は新体詩*をつくったり、ヴァイオリンを練習したり、謡《うたい》を習ったりと、大変にいそがしくしている。見たところ、英語の授業の準備をする以外であれば、なんでも熱心なようだ。

中でも謡にはだいぶん凝っていて、後架《*こうか》にはいるとかならずこれをやる。先生が毎朝「これは平宗盛《たいらのむねもり》にて候《そうろう》」とひょろひょろ声でくりかえすので、近所の人たちはそのたびに「そら、また宗盛だ」と吹き出している。もっとも先生はいっこう平気なもので、飽きずにくりかえすものだから、このごろでは近所の人たちのほうが閉口しているようすだ。

ついたあだ名が〝後架先生〟。

謡を習うと、誰彼かまわず聞かせたくなるものらしい。僕が書生に来たその日に、感想を求められて大変困った。中学生に謡の善し悪しなどわかるはずがない。しかたなく、

「先生の謡は巻き舌ですね。やはり英語仕込みなんですか？」

というと、

「ひどいことをいう奴だ。そんな奴は家に置いてはおけん」

と怒りだして、奥さんがとりなしてくれなかったら、僕は来た日に追い出されるところであった。

先生の家には、先生と奥さんのほか、続けて女ばかり三人のお子さん（六歳を頭に一番下はまだ一つにもならない）、下女の御三《おさん》どん、それから猫が一匹住み着いている。

先生の家の者がこの猫をかわいがっているのを、僕は見たことがない。ことに下女の御三どんは、あたかも不倶戴天《ふぐたいてん》の仇《かたき》のように思っているふしがある。なんでも猫が一度、彼女の秋刀魚《さんま》を盗んだことが原因らしい。

奥さんは、猫を無視している。

お子さんたちは、勝手なときに猫の頭に袋をかぶせたり、ほうり投げたり、*へっついの中に押しこんだりしている。

先生はときどき猫を相手に独《ひと》り言《ごと》をいったり、にんまり笑ったり、こぶしをかたく握り締めたり、歯をひんむいてみたり、なにがどうしてしまったのか髪の毛をかきむしったり

する。ほかにも先生には色々と奇妙な癖があって、僕もじきに慣れはしたものの、正直、最初は少々こわかった。


戻ってきたとたん、とつぜん部屋の中から、

「馬鹿野郎!」

とどなりつけられて、僕は思わずその場に飛びあがった。

恐る恐る座敷をのぞくと、書斎にいるとばかり思っていた先生が、縁側《えんがわ》にむかって仁王《におう》立《だ》ちとなり、片手をふりあげて怒っている。

「この馬鹿野郎!」

先生はまた縁側にむかってどなりつけた。なるほど、先生が他人をののしるときはかならず〝馬鹿野郎〟というのが癖である。馬鹿のひとつ覚え……もとい、まじめの一本槍《いっぽんやり》というべきか。いずれにしても、車屋の亭主の〝ぬすっとう〟と大差はない。だが――

僕は首をかしげた。

なんだか妙であった。ちょうど奥さんが子供三人を連れて外出していて、御三どんもお供をしているから、家の中には誰もいないはずだ。お客が来たのかとも思ったが、それにしては相手の姿が見えない。先生はいったい誰に怒っているのだろう?

僕は先生の背中に声をかけた。

「なにをしていらっしゃるのです?」

先生は貧相な仁王様のごとき姿勢のまま、ぐるりと首だけふりかえった。そして、

「や、君。いたのか」

という。

僕はちょっといやになった。いたのかもなにも、僕は先生にいいつけられて、車屋の亭主のわけのわからない話を今まで聞かされていたのだ。僕がそう説明して、先生はようやく思い出したようすであった。

「失敬失敬。つい写生に夢中になっていたのでね」

そういえば、なるほど先生の右手には絵筆らしきものが握られている。

先生は〝仁王様〟をやめにしたらしく、手をおろしていった。

「きのう、金縁眼鏡《きんぶちめがね》の客が来ていたろう。あの男は昔から美学をやっていて、今じゃ自分から美学者なんぞと名のっている」

「へえ、あの方が美学者ですか」

「本人がそう名のっているんだ。なんでも勝手に名のらせとくがいいさ」先生はうるさげに手を振っていった。「そんなことはともかく、あの男がいうには、以太利《イタリー》の大家アンドレア・デル・サルトはかつてこう述べたのだそうだ。

『絵を描くなら自然その物を写せ。天に星辰《せいしん》あり。地に露華《ろか》あり。飛ぶに禽《とり》あり。走るに獣《けもの》あり。池に金魚あり。枯木《こぼく》に寒鴉《かんあ》あり。自然はこれ一幅《いっぷく》の大活画《だいかつが》なり』とね。さすがはアンドレア・デル・サルトだ。うまいことをいう。君、なんだか急に目の前の世界が広く

なったような気はしないかね？　こうなればもう、なんとしたって写生一筋でいくしかあるまい」

ははあ、と僕はよくわからないまま、とりあえず相槌《あいづち》を打った。

「それで、先生はなにを写生していらっしゃったのです？」

「自分の目で見たまえ。それが写生の第一歩だ」

先生は畳の上にほうり出してあった描きかけの絵をとりあげて、僕に見せた。

僕はしばらく絵をながめ、しかたなしにたずねた。

「なんです、これは？」

「おや、見てわからんかね。猫だよ」

「猫ですか！」僕はおどろいてたずねた。「どこの猫です？」

「どこの猫という奴があるか。猫といえば、うちの馬鹿猫に決まっている。あの馬鹿野郎、もうすこしで絵が完成というところで、のそのそ動いて小便なんぞにいきおって……」

先生はまた不機嫌になった。

すると、さっき部屋の中から聞こえた「馬鹿野郎！」というあの罵声《ばせい》は、猫にむけられたものだったのだ。〝野郎〟呼ばわりとは猫も出世したものだが、あるいは先生、人間のほうを猫並みに思っているのかもしれない。そんなことはともかく——

「目はどこにあるのです？」僕は絵から顔をあげてたずねた。

「目？」先生はきょとんとしている。

「この絵の猫には目がありません」

「寝ている猫を写生したんだ。目なんぞあるもんか」

先生は胸を張っていう。

「では、目はそういうことにしましょう」

「なんだ。ほかにもあるのか？」先生は心配そうにたずねた。

「色がちがいます」

「なに？」

「うちの猫なら、すこし黄色味のある淡い灰色の縞《しま》に黒の斑《ふい》入り模様のはずです」

「むろん、そうだ」

「ところが、この絵の猫ときたら……」

「何色だというのかね？」

僕はあらためて絵をながめた。先生が絵に塗りつけたのはなんとも不思議な色であった。それは黄色でもなければ黒でもなく、灰色でもなければ褐色でもない。といって、これらを混ぜ合わせた色でもない。ただ一種の色であるというよりほかに評しようのない色であった。

僕が返答に窮していると、先生はふんとひとつ鼻を鳴らして、鉛筆と画用紙をふたたび無造作にほうり出した。

「それで、あの馬鹿はなんといっていたのだね？」

「なんといっていた？　猫がですか？」

「馬鹿かね、君は」先生はあきれたようにいった。「猫がしゃべるわけがないだろう。君は、車屋の話を聞いてきたんじゃないのか？」

「ああ、その件でしたら……」

と報告をしようとした僕の鼻先で、先生は手をふった。

「いや、やはり外を散歩しながら聞くとしよう。『面倒な話は散歩しながら聞くにかぎる』。アンドレア・デル・サルトもそういっているそうだからね」

3

横町を曲がって通りに出ると、大変な人出《ひとで》であった。

停車場にむかう道は、まん中を*二間《にけん》ばかりあけて、左右には割りこむこともできないほどの行列である。

「こりゃいったいなんの騒ぎだい？」

先生は僕をふりかえり、不快そうに眉《まゆ》をひそめた。

「これじゃ話をするどころじゃない。アンドレア・デル・サルトもかたなしだ」

さあ、と僕はちょっと首をかしげ、しかしすぐに気がついた。

「わかりました。ほら、あれですよ」

僕は人々が手にしている旗に先生の注意を促した。

列の前面に押し立てられた何本もの旗は、たいていは紫に字を白く染め抜いたものだが、中には白地に黒々と達筆をふるったものもある。一番近い旗には「征露《せいろ》」と大書した下に
――木村六之助《きむらろくのすけ》君の武運長久《ぶうんちょうきゅう》を祈る　牛乳販売組合有志
と書いてある。

先生はしばらくその旗の文字をしげしげとのぞきこんでいたが、ふたたびふりかえり、

「で、なんの騒ぎなんだ？」

と、きょとんとした顔でたずねた。

「だからですね……」

そのとき、不意にわーっと声が聞こえ、続いて「万歳《ばんざい》！　万歳！」という叫びがあちこちでわきあがった。なにごとかと前を見やると、真新しい軍服に身を包んだ若者の一隊が、ちょうど列のあいだを通り過ぎるところであった。

万歳、万歳の声が耳を聾《ろう》さんばかりに轟《とどろ》きわたり、やっと静かになったと思ったら、兵隊たちの姿が角をまがって見えなくなっていた。行列の人込みがくずれ、集まっていた人たちは三々五々《さんさんごご》、思い思いの方向に散らばっていく。

やれやれ、と思って隣に目をやると、先生の姿が見えない。その代わり六十歳くらいの、いかにもさっき田舎から出てきたふうのお婆さんが、道端にしゃがみこみ、前掛けで顔をおおって泣いていた。

「お婆さん、どうかしたのですか？」

僕は、先生のことは気にかかりつつも、とりあえずお婆さんに近づいて声をかけた。お婆さんはちょっと顔をあげ、僕の顔を見て、まためそめそと泣きだした。困ったな、と僕が頭をかいていると、お婆さんは前掛けで顔をおおったまま、

「うちの息子は行ってしまったんかい？　もう見えんのかい？」

とたずねた。お婆さんの息子が、さっきの兵隊の列の中にいたらしい。

「兵隊さんたちなら、もう角をまがって行ってしまいました」僕はお婆さんのかたわらにしゃがんで声をかけた。「でも、きっとすぐに無事に帰ってきますよ」

お婆さんは前掛けのあいだから、疑わしそうに僕を見た。

「あんた、学生さんじゃな」

「ええ、まあそんなところです」

「そいじゃ、リョジュンちゅうのがどんなところか知っていますかの？」

「リョジュン？　知っているもなにも、*旅順《りょじゅん》といえば今度の露西亜《ロシア》との戦争で、ちょうど今、ここをせんどとばかりに争っている場所じゃありませんか。今日《こんにち》の日本人なら、誰だって知っていますよ」

「そうともさ。その旅順じゃよ。息子はきっと旅順へ行かされるんじゃ」

お婆さんはそういって、よよと泣きくずれる。

「もしそうだとしても」僕はせいぜい明るい声でいった。「旅順ではあの乃木《のぎ》将軍が指揮

を執っているんです。なんでも大変な人格者だそうだから、あの人が部下を犬死《いぬじ》にさせるようなことは……」

と僕がそういいかけた瞬間、頭の上で先生の声が聞こえた。

「陽気のせいで神も気違になる！」

「先生！」

僕はあわてて立ちあがり、唖然《あぜん》として先生の姿をながめた。

着ている物がよれよれになり、そのうえ、顔や手が土やら泥やらで汚れている。どうやら、さっきの人込みの中で散々もみくちゃにされ、あげくに何度か突き転ばされたものらしい。

（まずいなあ……）

僕は思わず舌打ちをした。

先生の目が、虚《うつ》ろであった。

先生は両手をひろげ、誰にともなく言葉を唱えはじめた。

「――人を屠《ほふ》りて飢えたる犬を救え！

雲のうちより叫ぶ声が、逆しまに日本海を動かして満州《まんしゅう》のはてまで響きわたったとき、日人《にちじん》と露人《ろじん》ははっと応《こた》えて百里に余る戦場《いくさば》を朔北《さくほく》の野《や》に開いた。

――血を啜《すす》れ！

合図とともに、ぺらぺらと吐く炎の舌は暗き大地を照らして、のどを越す血潮のわきかえる音が聞こえた。

——肉を食らえ！

神が叫ぶと、犬どもが一度に吠《ほ》え立てる。めりめりと腕を食い切る、胴にかぶりつく、ひとつの脛《すね》を咥《くわ》えて左右から引き合う……。

万骨《ばんこつ》枯れて一将《いっしょう》成る。嗚呼《ああ》、無残かな旅順の地よ！　哀れかな無名の兵士たちよ！」

この恐ろしい言葉を聞いて、お婆さんはたちまち道端につっぷし、わっと声をあげて泣きだしてしまった。通る人が足を止めて、たちまち周囲に輪ができあがる。

見物人がお婆さんから事情を聴いているあいだに、僕は先生を無理やり引っぱって——袋だたきにあう前に——その場を立ち去ることにした。


「なんてことをいうんです！」

人々ののしり叫ぶ声がようやく背後に聞こえなくなってから、僕は先生に苦情を申し立てた。そのころには先生、目つきもしゃんとして、いつものようすに戻っている。

「私がなにをいったというのだ」先生は憮然《ぶぜん》としていった。「私がさっきなにを口走ったにせよ、それは無意識が私にいわしめた言葉だ。私に罪はないさ」

「ほかの人たちもそう思ってくれると良いのですがね」僕は肩をすくめた。「そうしたら、先生じゃなく、無意識を袋だたきにしてくれるかもしれません。やれやれ。この分じゃ、先生も千人針《せんにんばり》をもらっておいたほうが良さそうですね」

「千人針？　なんだね、それは？」

「ご存じないのですか。最近、世に流行《はや》る千人針を」

　ははあ、と先生はとぼけた顔であごをなでた。

「ハリセンボン。さてはフグの仲間だね。あの魚には毒があると思ったが、流行っているとは知らなかった。うまいのかい？」

「千人針は、フグの仲間でも、食べる物でもありません」僕はため息をついていった。

「千人針は、千人の女性に一針ずつ縫ってもらい、結び目をこしらえた白木綿《しろもめん》の布のことですよ。なんでもこの千人針を持って戦争におもむけば〝たちどころにして死線《しせん》を越え、苦戦《くせん》を免れることができる〟のだそうです」

「ふん、くだらん迷信だよ」

　先生は一言で切って捨てた。ハリセンボンを食いそこねたのがよほど癪《しゃく》にさわったらしい。

「危地にある仲間のために多人数の力を合わせて危機を無事に脱却させようとする呪願《じゅがん》は、本来未開社会にこそよく見られる習俗だ。しかし、そんなことでは全然、危機を根本的に回避することにはならないのだ」

　と先生はあらためて僕にむきなおった。

「ところで君は、この前の『明星《みょうじょう》』にのっていた与謝野《よさの》女史の新体詩を読んだかい？」

「与謝野女史、というと例の『君死にたまふことなかれ』のことですね」

気がつくと先生、僕の返事をみなまで聞かず、懐手をしてさっさと先に歩きだしている。
そうして、いつものひょろひょろとした声で、詩を吟《ぎん》じはじめた。

ああをとうとよ、君を泣く
君死にたまふことなかれ
末に生れし君なれば
親のなさけはまさりしも
親は刃《やいば》をにぎらせて
人を殺せとをしへしや
人を殺して死ねよとて
二十四までをそだてしや
旅順の城はほろぶとも
ほろびずとても、何事ぞ
君死にたまふことなかれ
*すめらみことは戦ひに
御自《おほみづか》らは出《い》でまさね
かたみに人の血を流し
獣《けもの》の道に死ねよとは

死ぬるを人のほまれとは
大みこころの深ければ
　もとよりいかで思《おぼ》されむ
暖簾《のれん》のかげに伏して泣く
　あえかにわかき新妻を
君わするるや、思へるや
　ああをとうとよ、戦ひに
君死にたまふことなかれ

　と口を閉じた先生、目も閉じたところを見ると、詩の余韻に浸《ひた》っているらしい。僕は恐る恐る声をかけた。

「途中、すこし言葉が抜けたようですが……」

　先生はくわっと目を開き、

「概略さえ合っていれば良いのだ」

　と唇を尖《とが》らせた。

「それとも君はなにか、これまでに自分が世の中で見聞《みき》きしたことを全部覚えているとでもいうのかね？　覚えてないだろう」

　——子供と一緒である。

「すみません」

僕がうっかり謝ると、

「だいたい、君が悪いんだぜ」

と先生はなおも追い打ちをかけた。

「こんなことになったのは、みんな君のせいだ。すこしは反省したまえ」

といわれても、僕は首をかしげるしかない。

なにが僕のせいだというのだろう？　出征兵士の行列にぶつかったことか？　しかし僕を散歩にさそったのは先生なのだ。では、先生が人込みの中でもみくちゃにされたことか？　それとも、先生がお婆さんにむかって恐ろしい言葉を口走ったことが僕のせいなのか？　まさか、先生が詩の途中の文句を忘れてしまったことが僕の責任というわけではあるまい。

「僕の、なにが悪かったのでしょう？」僕は神妙にたずねた。

「なに？」先生はびっくりしたような顔で僕を見た。「なんといって……そんなことは……あらためていうまでもなく……ふむ……そうだ！」

目を白黒させていた先生は、とつぜん、満面に勝ち誇ったような笑みを浮かべて僕を見た。

「君は車屋の話を私に報告するはずではなかったかね？」

「そうでした」

「見たまえ。君がうかうかしているからこんなことになったのだ。さ、早く話したまえ」

相変わらず〝こんなこと〟とはどんなことかはわからなかったが、いちいち気にしていたのではとても先生とはつき合えない。いずれにせよ、やっと僕の話を聞く気になってくれたのだ。先生の気が変わる前に、僕は急いで報告をすませることにした。

*

「するとあの男は『家から鼠がいなくなった』といって、わざわざ文句をいいに来たのか？」

話を聞いた先生は、あっけに取られたように僕にたずねた。

「概略としては、まあ、そうです」

「おかしいじゃないか。家から鼠がいなくなったのに、なぜ文句をいう？　良かったじゃないか」

「それが良くないのです」僕はいった。

「先生はご存じないかもしれませんが、昨今は鼠をとって交番に持っていくと、一匹あたり、都度《つど》五銭で買いあげていましてね。なんでも、鼠はペスト菌を媒介するので、その予防のために東京市がお金を出しているそうです」

ふーむ、と先生、しきりにひげをひねっている。

「車屋の亭主によれば、このあいだまではあの家の〝黒《くろ》〟なる猫——僕も見たことがありますが、全身真っ黒な、黄色い目の、図体《ずうたい》の大きな雄猫です——が、さかんに鼠をとっていたそうです。ところがこの一、二週間というもの、さっぱり鼠を持ってこなくなった。そこで、車屋の亭主がいうには『おめえンちの猫がうちの鼠を横取りしているにちがいねえ。ぬすっと猫を出せ』と、まあそういうことなのです。……もっとも僕が聞いたのは、もうすこし、なんというか、上等でない言葉でしたがね」

僕が相手をしているあいだ、車屋は大変な見幕で、そのうち門の外でのぞいている人たちまでが〝鼠泥棒〟の一味に見えてきたらしく、凄《すご》い目つきでにらみまわすものだから、近所の小僧さんの中には顔色を変え、両手を背中にかくした妙なかっこうで、転がるように逃げてしまった者もいたくらいだ。

先生はしばらくなにごとか考えているようすであったが、

「すると、あの車屋は猫がとってきた鼠で儲《もう》けていたというのかね？　一匹五銭の鼠で、一円五十銭も？」

「そういうことになりますね」

「うちの猫が鼠をとったことはあるかい？」

「まさか。鼠どころか、虫一匹とるものですか。このあいだなんか、寝ている顔のすぐ前をバッタがはねても、薄目を開けてやりすごしていましたよ」

「……そうか」

先生は、なんだか非常に残念そうに肩を落とした。

しばらくして先生は思いついたように口を開いた。

「こんな話がある」

「室町《むろまち》時代に雪舟《せっしゅう》という禅宗《ぜんしゅう》の坊主がいた。この男、小僧のころから絵を描くのが好きで、寺の仕事をほうり出しては絵ばかり描いていたそうだ。あるとき住職が、怠けてばかりいる雪舟をこらしめようと、一晩柱に縛りつけておくことにした。後に大雪舟なんぞといわれても、当時はまだほんの小僧だ。許しを乞《こ》うて泣きべそをかいたが、誰も助けに来てくれない。そのうちに、あきらめたらしく泣き声が聞こえなくなった。

やがて夜も更《ふ》けたころ、こっそりとようすを見に行った住職は、手燭《てしょく》をかざして、あっと声をあげた。雪舟小僧は柱に縛りつけられたまま眠りこんでいる。その足下に、鼠が何匹となく群れ集まり、今にも飛びかかろうとしていたのだ。あわてた住職は、しっしっと声をあげて鼠を追い払い、一方で急いで雪舟の縄を解いてやった。雪舟は、わけがわからず寝ぼけまなこをこすっている。そのときになって住職は妙なことに気がついた。なんだか鼠のようすがおかしい。鼠は今にも飛びかかろうと身構えたまま、すこしも動かないのだ。改めて手燭を近づけ、よくよく眺めてみれば、鼠たちはなんと廊下に描かれた絵だった。……雪舟は、柱に縛られても、足の指を使って廊下のほこりの上に鼠の絵を描いていたんだ」

「なるほど」僕は勢いこんで相槌《あいづち》を打った。「雪舟は、それほど写生の腕にすぐれていた。つまり彼こそが東洋のアンドレア・デル・サルトというわけですね？」

「東洋のアンドレア・デル・サルト？」先生は妙な顔で首をひねった。「いや、私はただ、雪舟は普段から掃除を怠けていたおかげで、廊下にほこりがつもり、鼠の絵を描くことができた。〝人間、なにが益するかわからないものだ〟といいたかっただけだ。第一、雪舟は足の指で描いたのだ。写生の腕に優れていたは変だろう」

先生はそういうと、またすぐに別の話をはじめた。

「ここに、最近連れ合いに死なれたお婆さんが一人暮らしをしている家がある——としたまえ。まあ、ぼろ家だね。ある夜そこへ旅の僧が宿を乞うてあらわれた。婆さんは泊めてやる代わりに、死んだ爺《じい》さんに経をあげてくれと頼む。ところがこの僧、とんだイカサマ坊主で、実はひとつも経文《きょうもん》を知らないのだ。旅の僧が仏前に腰をおろし、さて困ったなと思っていると、仏壇のかげから子鼠が顔を出した。僧はしめたとばかり、子鼠のようすを経文のように唱えはじめた。

『おんちょろちょろ出てきて候《そうろう》』

『おんちょろちょろ穴のぞき』

『おんちょろちょろ何やらささやき申され候』

『おんちょろちょろ出ていかれ候』

なにも知らないお婆さんは、この経文をすっかりありがたがって、それからというもの毎晩仏前で唱えることになった。しばらくしたある夜、この家に泥棒一味がはいった。ところが婆さんが仏壇にむかったまま、自分たちの動きをなにもかも見透かしたような文句を唱えているのを聞いて、泥棒たちはおどろいて逃げ帰ってしまったんだ」

僕は今度は黙ってようすをうかがうことにした。先生が相手だと、めったな相槌も打てない。案の定、

「なんだって泥棒一味は、わざわざ貧乏なぼろ家に盗みにはいったのだろう？」

と妙なことをつぶやいている。

「ところで、君」と先生はひょいと顔をあげていった。「『鼠の嫁入り』は知っているかい？」

「たしか、鼠が天下一の婿殿《むこどの》を求めてさがし歩く話ですよね」僕は慎重に口を開いた。

「太陽から雲、雲から風、風から塀、そして結局鼠に帰ってくる」

「ははあ」と先生、馬鹿にしているのか感心しているのだか、良くわからない。

「で、どうします？」僕がたずねた。

「なにをだね？」

「だから、車屋の亭主の苦情の一件ですよ。どう対処なさるおつもりです」

「ああ、車屋。その件は君にまかせた」

「まかせた？　困りますよ。僕は先生の家においてもらっている書生にすぎないのですから。隣家との交渉は、やはり家の主人である先生に出ていただかないと……」

「君にまかせた。まかせたといったら、まかせたからね」

先生はそういってそっぽをむいている。……まったく、理屈もなにもあったものじゃない。

僕がとほうに暮れていると、先生はちらりとこちらを見て、いいわけをするように小声でいった。

「私はいそがしいのだ。ほかにやることがある」

「やることって、いったいなんです？」

うーん、と先生はあごをひねり「しかし待てよ、猫が役に立たないとなると……」とぶつぶつとつぶやいていたが、急になにか思いついたようすで、にやりと笑って僕を見た。

「君が手伝いたまえ」

4

「なんだって、僕がこんなかっこうをしなくちゃならないんです？」

僕は台所に立って先生をふりかえり、われながらいささか情けない声をあげた。そのときの僕のかっこうときたら——

頭にはねじり鉢巻《はちま》き、片手に大箒《おおぼうき》を持ち、袴《はかま》を脱いで尻《しり》からげ……と、およそ人様《ひとさま》に見せられた姿ではない。

先生はいつものかっこう、いつもの懐手で、台所のかまちに立って僕を見おろしている。

「だって君、書生だろう」先生はなんでもないようにいう。「書生というのは、たいていそんなかっこうをしているものだぜ」

僕はあきらめて首をふった。

どうやら先生も、書生と小僧を同じに考えているらしい。

「いいかい君、手順をもう一度確認するぜ」先生は懐から手を出し、ひげをひねっていった。「鼠を見つけたら、君がその箒を使って鼠を床《ゆか》に押さえつける。それから先は私の仕事だ。私はまずこの火箸《ひばし》で鼠の頭をすこし引っぱり出す。そうして、この麻糸で鼠の首をぎゅうっと縛りあげる」

先生はそういって、懐からそれぞれの手に火箸と麻糸を取り出し、満足げに僕にむかってかかげてみせた。

「分業《ぶんぎょう》だよ君、分業。ハハ、どうだい、このあたりが浅はかな車屋などとはちがうところさ」

僕はさして感心しなかったが、一応は無理やりの笑顔でこたえ、それよりさっきから気になっていることをたずねてみた。

「先生はこのやり方で、過去に鼠をとったことがあるのですか？」

「ない」

先生はきっぱりという。

「猫じゃあるまいし、鼠なんぞとるものか」

――まあそうだろう。

僕はそっと肩をすくめた。

なにしろ、先生の自然音痴ときたらあきれるばかりなのだ。先生はかつて、学生のころに友人と田舎を旅行中、青々とひろがる水田風景を前にして「これはなんだ？」とたずねたという。それまで、毎日食べている米が稲からできることを知らなかったというから、まず常人ではない。

猫がさまよいこんできたときも、家の者が邪慳《じゃけん》に扱うなか、先生だけは猫をひざに抱きあげ、なでてやったまでは良かったが、猫がゴロゴロとのどを鳴らすのを聞いてあわてて猫をほうり出し、家の者に「この猫は肺でも悪いんじゃないか？」と真顔でたずねたそうだ。

こんな自然音痴でよく俳句なんかつくれるものだと思うが、先生は「それはそれ、これはこれだ」といって恬然《てんぜん》としている。

その先生が、御自ら鼠をとるといいだしたのだから尋常ではない（先生がさっき「車屋はまかせた。私はいそがしい。やることがある」といったのは、鼠をとるためであった）。しかもその理由とくるや、一匹たった五銭の褒賞金《ほうしょうきん》目当てなのだから、笑って良いのか、情けなく思うべきなのか、判断に迷うところである。

理由はともあれ、一度いい出したことはめったなことで引っこめる先生ではない。

「さ、君。連中が帰ってくるとやっかいだ。さっさとはじめるとしよう」

連中というのは、この家の女性陣――奥さん、御三どん、三人の娘さん――のことらしい。

僕は覚悟をきめ、箒を片手に台所のすみをのぞいてまわることにした。

とそこへ、積みあげた鍋釜《なべかま》のかげから子鼠がひょいと顔を出した。まことに時宜《じぎ》を得た登場である。

「おんちょろちょろ出てきて候《そうろう》」

僕はさっそく合言葉《あいことば》を唱えて先生に合図し、はっしとばかりに箒をふりおろした。だが、気配を察した子鼠は素早く頭を引っこめ、箒は虚《むな》しく空《くう》を切った。

（どこへ行ったのかな？）

僕がきょろきょろとあたりに目を走らせていると、

「やっ、そっちだ。逃がすな！」

先生が飛びはねるように、台所の一角を指さした。

あわててふりまわした箒の先がなにかに当たり、次の瞬間、積みあげた鍋釜がガラガラガラと大きな音をたててくずれ落ちた。

（御三どんが帰ってきてこのありさまを見たら、きっと大騒ぎになるぞ……）

僕は背筋のあたりが寒くなったが、先生は委細《いさい》かまわず、ひたすら目的にむかって邁進《まいしん》する。

「こっちだ君！」

「えいっ、また逃げた」

「なにをやってる」

「馬鹿、ちくしょう！」

うるさいことこのうえない。

僕がそのたびに、えい、やっと箒をふりまわしていると、子鼠は不意にむきを変え、先生の足もとをすり抜けて、玄関わきの狭い三畳の間《ま》に飛びこんだ。

「しめた！」

先生は部屋の戸をぴしゃりと閉め、勝ち誇ったように叫んだ。

「こんなこともあろうかと、部屋のほかの出入り口を全部閉めておいたんだ。われらが敵は、もはや文字どおりの袋の鼠だ。来たまえ、君。この戦いに終止符を打つとしよう」

僕はひそかにため息をつき、意気《いき》揚《あ》がる先生のあとに続いた。

ところが、である。

部屋の中を、いくら探しても子鼠の姿は見当たらなかった。もともとなにも置いていない狭い部屋のことだから、どこかにかくれるような場所はない。念のため、蠟燭《ろうそく》をつけて長押《なげし》の奥をのぞきこみ、火箸でつっついてもみたが、やはり子鼠の姿は見えなかった。

「おかしいなア」

先生は首をかしげた。

「君、ちゃんと調べたのかね？　もう一度ちゃんと調べたまえ」

先生から手わたされた蠟燭の光で長押の下をのぞきこむと、奥に一ヵ所——光がそこまでよく届かないのではっきりしないのだが——壁のこぼれたすみに穴らしいものが見えた。

この報告に接し、先生はたちまちしぶい顔になった。

「きっとそれだ。いかにすぐれた指揮官の作戦も、現場のつまらない失敗がもとで無に帰する。大工《だいく》のせいだ。この損害ははかりしれないよ」

「でも妙ですね」

僕はあれこれ考えあわせて、首をひねった。

「もしあれが穴だとしても、家の構造上、あの穴を抜けて鼠がどこかに出られるはずはないのですが……」

「すると君は鼠が消えたとでもいうのかね？　馬鹿だね君も。すこしは科学を学んだらどうだい」

と先生、たちまち得意然となり、僕にむかって説明をはじめた。

「いいかね君、科学というのは第一に科学的な態度をいうのだ。具体的にいえば、鼠がいなくなったのなら、なぜ鼠がいなくなったのかを考える態度がそれだ。閉め切った部屋の中から一匹の鼠がいなくなった。とすれば、鼠は部屋から別の場所に逃げたにきまっている。そして鼠が逃げたとしたら、それは穴から逃げたに相違ないのだ。こう考えるのが、科学的な態度であり、ひいては科学の発展、また真実の追究につながる……」

といいかけた先生は、そこで急に言葉を切り、妙な顔になった。そして、はっ、ほっ、といいながら、手をあげ、足を踏んで、なんとも奇妙なおどりをはじめたのだ。

僕は、唖然《あぜん》とするしかない。

先生はそのあいだも、きゃ、きょ、ひゃ、ひょ、と奇声を発しては、体をいろいろな角度にねじまげ、ついにはその場でぐるぐるとまわりだした。

「助けてくれー！」

先生の悲鳴で僕はようやくなにごとが起きたのかを察した。僕は急いで先生の羽織の袂《たもと》をつかまえ、勢いよくひとあおりすると、小さな塊がぱたりと床に落ちた。その塊は床に落ちるなり、たちまち子鼠の形となってかけだし、戸の隙間から逃げ出していった。

僕は子鼠の行方を見送ってから、先生をふりかえった。

「いなくなったと思ったら、先生の羽織の裏にへばりついていたんですね。なるほど先生のいうとおりでした。鼠は消えうせるはずがない。これからは僕も科学的に考えることにします」

先生は、ぐったりとして、ものをいう元気もないようすであった。

「作戦を変えよう」しばらくして先生がいった。

「まだ続けるのですか？」

「続ける？　当たり前じゃないか。このくらいであきらめてたまるか。なにしろ一匹五銭なんだぜ」

「たった五銭ですよ」

「おや？　君は教師と車屋のどっちがえらいと思っているんだ」

「どっち、といわれましても……」

「車屋は鼠で一円五十銭も儲《もう》けたんだ。教師にできないことはあるまい」

先生、妙な理屈で胸を張る。

「しかし、僕たちはまだ子鼠一匹とらえていません」

「だから作戦を変えるんだ」先生は、僕にもっと近くに寄るよう手招きをした。そして顔を近づけ、小声でいった。

「われわれの作戦は、はじめから敵方に筒抜《つつぬ》けだったのだ」

「まさか。相手は鼠ですよ」

「しーっ」

先生は唇に指を当て、あたりを見まわした。

「君は、鼠が人間の言葉を解さないとどうしてわかる？　だいたい、それ以外に子鼠がわれわれの作戦の裏をかいた理由が説明できるかね？　いやはや、窮鼠猫《きゅうそねこ》をかむとは聞いたことがあるが、まさかあんなやり方で、あの絶対的な死地を脱するとはね。それとも君はなにか？　鼠が人間の言葉を解さないという明白な証拠でも持っているのかね」

「そんなものは持っていませんが……」

「だったら鼠がわれわれの言葉を聞いている可能性は否定できないさ」

といった先生は、なにを思ったのか急に顔を曇らせて、

「子鼠を相手にしたのがそもそものまちがいだったのだ。ふん、羽織の裏なんぞにかくれおって。だいたい、台所なんぞにちょろちょろと顔を出すのは子鼠にきまっている。子鼠を相手にしていたのでは埒《らち》があかない。作戦を変えよう」

「どうするんです？」

「場所を変えるんだ」

先生はそういうと、僕の耳もとで囁《ささや》くようにたずねた。

「君、親鼠は普段はどこに潜《ひそ》んでいるものかね？」

「さあ、たぶん天井裏《てんじょううら》か……」

「天井裏はよそう」先生はしぶい顔になった。「前に一度、天井裏にあがって、天井板を踏み抜いたことがある。そのときはべらぼうな修理代を取られて、大いに弱った」

「さもなくば縁《えん》の下《した》でしょうね」

「ほう、縁の下か。縁の下にも鼠がいるとは知らなかった。うん、そっちが良い。なにしろ天井板を踏み抜く心配がないからな」

先生は何度かうなずき、ひょいと僕を見て、

「よし、きまりだ。君が縁の下に行って鼠を追い出したまえ」

と、あっさりといった。

「ははあ。僕が、縁の下に這《は》いこんで、鼠を追い出す、と……」

なるほど、いうだけなら簡単なものだ。

僕はやれやれと思いながら、先生に合わせて、小声でたずねた。

「それで、先生はどうなさるのです？」

「私？　私は外で待っていて、出てきたやつをとらえるのさ」

先生はもう、さっさと先に立って歩きだしている。


「今度こそうまくやるんだぜ」

僕の背中に先生がそう声をかけた。まるで台所での失敗は、みんな僕のせいだったような口ぶりである。

僕は無言で肩をすくめ、箒《ほうき》を片手に縁の下のほこりっぽい暗がりへとはいっていった。

なにしろ縁の下である。

蜘蛛《くも》の巣くらいはもとより覚悟のうえだが、ほかになにが出てくるかわかったものじゃない。いくらか目が慣れると、案の定、こっちにごろた石、あっちに廃材、といろいろなものが転がっている。みんな家を建てた大工が、面倒がってつっこんでおいたものだろう。どのみち忍者か泥棒でもないかぎり、めったに人の来る場所ではないのだ。

手探りしながら、そろそろと奥に進んでいくと、ふとすみに置いた石灰らしき袋の陰で、なにか動くものが見えた。

——鼠かな？

そう思った僕は、伸ばした箒の柄《え》で、どんと袋をついた。

たちまち石灰の白い煙が巻きあがった。狭い縁の下で思わず咳《せ》きこむと、とつぜん、煙の中から何か大きな影が僕にむかって突進してきた。

僕はわっと声をあげ、たわいもなく腰を抜かした。その僕のわきを、影はたちまちすり抜けるようにして走りすぎ、次の瞬間、表から、

「でたー！」

と先生の頓狂《とんきょう》な声が聞こえてきた。

「おお！　貴様でかいな。さては鼠の親玉だな。十五銭はまちがいなしだ！」

と嬉々《きき》とした声に続いて、箒を打ちおろす音、それから、

「待て。逃げるな、馬鹿ちくしょう！」

先生の足音が、左右に行ったり来たりしている。

僕は急いで縁の下からはい出し、顔にべったりと貼りついた蜘蛛の巣やら、ほこりやら、なにやらかやらをはらいのけた。

ひょいと見ると、猫が縁側に寝転がり、昼寝をしている。その前を、

「けーっ！」

と先生が奇声をあげながら、箒をふりまわして風のようにかけ抜けてゆく。

猫は薄目を開けて、ふんという顔をする。

なんだか白昼夢を見ているような感じである。

「こっちだ君……なにをしている。こっち！」

夢から醒《さ》めてふりかえると、先生が泥溝《どぶ》にむかって箒をふりあげていた。

ほおをつねってみたが、夢を見ているわけではなかった。

どうやら先生、とうとう現実の鼠を追いつめたらしい。

「もう逃がさんぞ、この十五銭め」

先生は肩で息をしながら、じりじりと間合《まあ》いをつめてゆく。鬼気せまるその様《さま》は、およそ普段のものぐさ、かつぐうたらな挙措《きょそ》ふるまいからは想像もできない姿である。すっかり先生の姿に見とれていた僕は、ふと泥溝の中に視線を移した。

(先生に追われる不運な鼠は、いったいどんなやつなのか？)

のぞきこんだ視線の先に、追いつめられた鼠の姿が飛びこんできた。

「先生、だめです！　それは……」

僕があわてて声をあげたのと、先生が勢いこんで獲物に飛びかかっていったのは、ほとんど同時であった。

次の瞬間、先生は箒をほうり出し、うーんといって、その場にあおむきにひっくりかえってしまった。あたりには、なんともいえぬ強烈な異臭がただよっている。

「先生……ご存じなかったのですか？」

僕は片手で鼻をつまみながら、先生を助け起こしていった。

「あれは鼠の親玉じゃありません。イタチですよ。イタチは追いつめられると、ああして最後《さいご》っ屁《ぺ》をやるんです」

ちらりと目をやると、縁側に寝ていたはずの猫はとっくに姿を消している。

「そういうことは、君……もっと早くにいいたまえ」

先生は、まだ半分白目をむきながら、弱々しい声でいった。

「これからは十五銭と聞くたびに、胸が悪くなりそうだ」

5

家の中に運びこみ、布団を敷いて寝かせると、先生はしばらく、うん、うん、とうなっていたが、やがていびきをかいて眠ってしまった。普段は運動など、薬にするほどもやらない人だから、箒をふりまわしての大活躍はさぞやお疲れのことだろう。

僕はちょっと思うところがあるので、先生をそのままにして出かけることにした。

町内をひとまわりして牛乳屋の前まで行くと、ちょうど店の中から小僧さんが出てくるところに出くわした。牛乳屋の小僧は、まだせいぜい十歳くらいの、ほおに赤みの残る、いがぐり頭の少年である。

「木村君、だね？」

声をかけると、小僧は無言のまま、警戒したようすで僕をながめた。

なるほどこれは道理だ。かくいう僕自身、さっきまでは彼のことなどすこしも知らなかったのだ。なにかと物騒なこの御時世、見知らぬ人物に名前で呼び止められるくらい気味の悪いものはない。

僕が苦笑して、自己紹介をすると、

「ああ、英語の先生のところの……」

と木村少年はようやく愁眉《しゅうび》を開き、なにを思い出したのか、ぷっとふきだした。

「なにがおかしいんだい？」

「だって」と彼は声色をつくっていった。「これは平宗盛《たいらのむねもり》にて候《そうろう》……。うちのおやじさんが、いつもぼやいていますよ。『後架《こうか》先生の家の近くじゃ商売にならねぇ。売り物の牛乳が、たちまち腐っちまう』って。あれ、なんとかなりませんかね？」

「だいじょうぶさ」僕は自信をもってこたえた。

「先生は、ひとつのことを長く続けたためしがないんだ。今度もきっと、すぐにあきるよ」

「へえ、そんなものですか」と目を丸くした木村君は、あらためて僕にたずねた。

「ところで、なにかご用ですか？　だいたい、どうして僕の名前を知っているんです？」

「うーん、そのことなんだけど……」

僕は一瞬天をあおぎ、腰を落として、相手と同じ目の高さになった。そして、ひょいと少年の手首をつかみ、手を返して彼のてのひらを調べた。

僕はそこから何本かの黒い毛を指先でつまみ上げ、彼にたずねた。

「黒に鼠をとらせているのは、君だね？」

顔をこわばらせた牛乳屋の小僧さんに対して、僕は指先につまんだ黒い毛に目をやりながら、なるたけのんびりとした口調で続けた。

「本当は僕が口出しをすることじゃないんだがね。想像だけれど、君はあの黒猫が鼠をとってくるたびに、ごほうびとして、売り物の牛乳をあげているんじゃないのかい？　だとしたら黒が、車屋じゃなく、君のところにとった鼠を運んでいくのは、猫の立場としては、むしろ当然のことだ。……ただね、君」

と僕は木村君の顔をまっすぐに見ていった。

「残念だけど、君はあの黒猫に鼠をとってこさせるのをやめなくちゃいけない。僕はなにも、君があの業《ごう》つくばりの車屋の亭主から鼠を取りあげたことが悪いといっているんじゃないよ。ペストの予防のためというなら、鼠を誰がとろうが、誰が交番に持っていこうが同じことだからね。僕が心配しているのは、むしろ黒のことなんだ」

「黒が心配？　どういうことです？」

少年ははっとしたようすで顔をあげた。

そうだな、と僕は考えていった。

「例えば、黒が鼠じゃなく、鮪《まぐろ》の切り身かなにかをとってきたらどうする？　そうしたら君は、黒から獲物を受け取って、その代わりにごほうびの牛乳をあげるつもりかい？」

「まさか、そんなこと……。それじゃ本当の泥棒猫だ」

「そうとも。だけど、猫にとっては売り物もなにも関係がないのだからね。そのうちに黒は、とるのに面倒な鼠じゃなくて、魚屋の軒先からてっとりばやく商売物を盗んで君のところに持ってくるかもしれない。そうしたら……君のいうとおり、黒は本物の泥棒猫ということになって、気の荒い魚屋の亭主はお得意の天秤棒《てんびんぼう》をふりまわして、黒を容赦なく打ちすえるんじゃないかな。この町内に、魚屋の天秤棒で打たれてケガをした野良猫が何匹もいるのを、君も見て知っているだろう？」

　少年は下をむいて、じっと唇をかんでいたが、やがて小さな声でつぶやいた。

「……わかりました。これからは、黒がとってきた鼠を受け取らないようにします」

「うん。そのほうが良いだろうね」

「でも、なぜです？　どうして僕だとわかったんです？」

「科学的な思考の結果だよ」

　と僕はいったん立ちあがったものの、少年が思いのほか真剣な顔をしているのに気づいて、もう一度腰をおろした。

「きょう、うちの先生の家に車屋の亭主がどなりこんできたんだ。話を聞くと、車屋は『うちから鼠がいなくなった。きっとおめえところの猫が、うちの鼠を横取りしているにちがいねえ。泥棒猫を出せ』と、まあそんな理由で猛烈に怒っているらしい。でも、そんなはずはないんだ。なにしろ先生のうちの猫ときたら、誰に似たのか大変なものぐさで、鼠はおろか、虫だってろくにつかまえようとはしないんだから。それに、考えてみれば車屋の話はそもそも妙だった。彼が飼っていると主張する黒猫は、しかし僕が知るかぎり、車屋の家ではろくなものを食べさせてもらっていないようすなんだ。つまり車屋の亭主は、猫がとった鼠をみんな取りあげては交番へ持っていき、自分は一円五十銭ばかりも儲《もう》けておきながら、そのくせ鼠をとってきた当の猫にはほうびすらあげていないことになる。

そう考えて、僕はあることを思い出した。車屋がどなりこんできたとき、門の外に近所の人たちが大勢顔をのぞかせていた。そして、その中に君の顔があったことをね」

なぜ僕が大勢の人の中で、とくに彼の顔を覚えていたのか？

それには理由があった。

車屋の亭主が大変な見幕で僕に事情を説明し、それから門の外からのぞいている近所の人たちを──まるで〝鼠泥棒〟の一味であるかのような凄い目つきでにらみまわしたとき、急に顔色を変え、両方の手を背中にかくした妙なかっこうで、転がるように逃げだしてしまった小僧さんがいた。それが、いま僕の目の前にいる、木村君だったというわけだ。

もっとも、そのときは僕もまさか、彼がこの〝鼠の消失事件〟に関係しているとは思わなかったが、その後、先生と一緒に町に散歩に出て、露西亜《ロシア》との戦争におもむく出征兵士の一隊、それから、その兵隊さんを見送るたくさんの人たちに出くわし、彼らが押し立てたのぼりの中に、

——木村六之助君の武運長久を祈る　　牛乳販売組合有志

とあるのを見かけて、ある可能性に思い当たった……。

「〝木村六之助君〟というのは、君のお兄さんじゃないかい？」僕は隣にすわった少年をふりかえって、そうたずねてみた。

「僕に兄さんはいません。六之助さんは、僕が子供のころからよく面倒を見てもらっていた従兄弟《いとこ》です」

「なるほど」僕はうなずいて先を続けた。「いずれにせよ、あののぼりこそが目の前に提示されたふたつの謎——車屋から鼠が消え、その話を聞いた牛乳屋の小僧さんが妙なかっこうで逃げだした——をつなぐ失われた輪だったんだ。ふたつの謎は、実はひとつのものを指していた。すなわち、戦地にむかう兵隊さんが千人針を身につけているという事実をね」

僕はあっけに取られている木村君にちらりと目をやり、

「君は、戦地にむかう従兄弟の六之助さんにどうしても千人針を贈りたかったんだね？」

とたずね、相手がかすかにうなずくのを確認して、視線を夕暮れの空にむけた。

「昼間、兵隊さんを見送るあの人込みの中で、一人のお婆さんに出会ったんだ。そのお婆さんは、戦場に行く一人息子を見送りに田舎から出てきていた。

そのときは何だかやっかいなことになって、妙な別れ方をしたんだけど……それはともかく、僕はもしやと思って、ここに来る前にもう一度行ってみると、お婆さんは息子さんを見送った同じ場所にまだすわりこんでいた。

僕はお婆さんの隣にすわってすこし話をした。お婆さんは、赤の他人である僕に、戦争に行った息子がどれほど親孝行か、またどんなに優《やさ》しい子なのかを語り、なんとか息子が戦場から無事に帰ってきてほしいと、祈るように語った。そしてそのあとで、お婆さんは僕にこっそりとこう教えてくれたんだ。

『息子が持っていった千人針は、ただの千人針じゃねぇ。一針一針に思いがこもっているのはもちろん、それに加えて、みんなに頼んでわしのへそくりの五銭や十銭硬貨を縫いつけてもらったんじゃからな』と。

わけはあらためて聞くまでもなかった。

〝五銭《ごせん》は死線《しせん》(四銭)をこえ、十銭《じっせん》は苦戦《くせん》(九銭)をこえる〟というおまじないだ」

答えは、なんのことはない、他ならぬ僕自身の言葉のうちにあったのだ。僕は先生に「千人針というのは千人の女性に一針ずつ縫ってもらい、結び目をこしらえた白木綿のことで……これを身につけていれば、死線をこえ、また苦戦を免れて、無事に帰ってくることができる」と説明したのだが、本来ならそのときに気づいていいはずだった。〝死線〟と〝四銭〟、〝苦戦〟と〝九銭〟が、同じ音を持っていることを。

先生は千人針を「くだらん迷信だ」といっていたし、それはそうなのだろうけど、実際に近しい者を戦場に送る身になってみれば、どんな迷信だろうが、おまじないだろうが、信じたくなるのが人情というものだろう。残される者には信じることしか、祈ることしか、できないのだから。

「君は、今度戦争に行くことになった六之助さんに千人針をあげたかった。それも、ただの千人針じゃなく、五銭や十銭硬貨のおまじないを封じこめたものをつくりたかった。けれど、牛乳屋で小僧をしている君には、白木綿くらいはともかく、縫いつけるための余分の五銭や十銭硬貨なんかとても用意できるはずがない。そこで君はこう考えた。『鼠を交番に持っていけば、一匹あたり五銭くれる。ところで猫は牛乳が好きだ。うちはちょうど牛乳屋だ。牛乳で猫を手なずけて、鼠をとらせば良い』と。

君は車屋の黒猫を手なずけ、鼠をとらせては交番に持っていって、五銭や十銭の硬貨を手に入れた。君はそれを、近所の女の人に頼んで千人針に縫いつけてもらった……。

これが、車屋から鼠がいなくなった理由だ。車屋ににらみつけられた君が、急に顔色を変え、背中に手をまわしたおかしなかっこうで逃げだしたのは、そのときてのひらについていた黒猫の毛を車屋に見られたくなかったから、というわけさ」

僕は自分の科学的思考の結果に満足して、牛乳屋の小僧をふりかえった。少年は鼻の下にたれた二本の棒をすすり上げるのもすっかり忘れ、大きく見開いた目で僕を見ている。

「おどろいたな。書生さんってのは、みんなそんな考え方をするんですか？」

「みんな、というわけじゃないと思う」僕はいささか照れていった。

「でも……」

「おや？　なにかまちがっていたかい？」

「僕は黒《くろ》に牛乳をやったことは一度もありません。そんなことをしたら、おやじさんにぶっとばされてしまいますよ」

「だって……そんなはずはあるまい。牛乳じゃないなら、君はどうやって黒を手なずけたというんだい？」

あっけに取られている僕に、木村少年はにこりと笑ってみせた。

「僕は、鼠をとってくるたびに黒をほめてやったんです。僕はただ、あの素敵《すてき》な黒い毛並みをなでてやっただけですよ」

6

門を入ると、僕が出かけていたあいだに奥さんやお子さんたちが帰ったらしく、家の中からはにぎやかな声が聞こえてきた。

「ただいま戻りました」

そういって、僕が玄関に散らばった履物《はきもの》をそろえていると、目の前を、頭から紙袋《かんぶくろ》をかぶせられた猫が稲妻のごとくかけ抜け、そのあとを先生の上の二人の娘さんが、きゃっきゃっと笑いながら追いかけていった。

「遅かったじゃないか、君」

書斎から先生の声が聞こえた。

書斎に顔をだすと、先生は机にむかってなにやらせっせと手を動かしていた。

「また写生ですか？」

「ふん、写生なんぞ」先生は僕に背中をむけたまま、やはり手をとめずにいった。

「それより君、病人をほうっておいて外出するとは不人情な奴だな。君が留守のあいだ、お客がむやみと来て大変だったんだぜ」

「すみません」

「アンドレア・デル・サルトは出鱈目《でたらめ》だそうだ」

「は？」

「君が留守のあいだに、例の美学者がまた来ていてね」

「あの金縁眼鏡の……」

「僕が写生を見せると、奴は急にふきだして、こういうんだ。『アンドレア・デル・サルトの写生の話はうそだ。僕の捏造《ねつぞう》だよ。君がそうまじめに信じていようとは思わなかった。ハハハハハ』だと。失敬な奴だ」

「はは あ、やっぱりそうでしたか」

「やっぱりとはなんだ。君だって感心していたじゃないか」と先生は、ありもしないことを捏造する。「しかしなんだ。奴は帰りがけに『レオナルド・ダ・ビンチは門下生に寺院の壁のしみを写せと教えたことがある』といっていた」

「また法螺《ほら》でしょう」

「うん？　私もたいてい法螺だとは思うが……そうかな？　だが君、実際奇警《きけい》な語じゃないか。ダ・ビンチがいいそうな言葉だとは思わんかね？」

僕は無言で肩をすくめた。どうやら先生、今度もまた半分方《はんぶんかた》だまされているらしい。

先生はまた、ふと思い出したように、

「君が留守のあいだに、車屋の亭主が来ていた」といった。

「その件でしたら……」僕は事情を説明しかけて、思いなおしてたずねた。「それで、どうなりました？」

「やはり君にはまかせておけないので、私が自分で解決したよ」

「解決した？　どうやったのです？」

「鼠経《ねずみきょう》で撃退したのさ」

と先生はなんでもないようにいい、続けて、

「おんちょろちょろ出てきて候《そうろう》！　おんちょろちょろ穴のぞき！　おんちょろちょろ何やらささやき申し候！　おんちょろちょろ出ていかれ候！　おんちょろちょろ……」

と声高に鼠経をくりかえし唱えはじめた。

僕はあっけに取られてその場に立ちつくしたが、おそらく車屋の亭主も同じ状況だったのだろう。

僕ははじめて車屋に深く同情した。

「よし、できた！」

先生は鼠経を中断し、机の上にペンを投げ出して叫んだ。

「君が留守のあいだに、キヨシが来ていた」

「キヨシというと……例の『ホトトギス』を主宰している、高浜《たかはま》さんのことですね」

「ん？　キヨシはキヨシだ。ウグイスだかホトトギスだか知らんが、まあ、そのくらいなものさ」

先生の話は相変わらずなんだか良くわからなかったが、僕が留守のあいだに〝むやみとお客が来た〟というのは本当らしい。

「君も知っているだろう、キヨシはこのあいだから私に『なにか書け、書け』とうるさくいっていてね。まったくなにを考えているんだろう？　中学の英語の教師になにが書けると思っているんだ。ともかく、なんとか追いはらおうと鼠経を唱えてみたんだが、キヨシにはさっぱり通じない。『ハハハ、そりゃあなんです？　新しいまじないですか』だと。信心のない奴は、これだから困る。あんな変人は見たことがない」

先生はぶつぶつと文句をいっているが、僕の目には二人とも良い勝負である。

「今日もまたキヨシが来て、『そら書け、やれ書け』とせき立てられて、あんまりうるさいものだから、私もとうとう根負けをして、つい承知してしまったんだ。だから、こうやって書いていたというわけさ。君、ちょっと聞いてくれるかい？」

先生はそうして、机の上にひろげた原稿用紙を取りあげ、できあがったばかりの作品を読みはじめた。

「吾輩《わがはい》は猫である。名前はまだない……」

其の二

猫は踊《おど》る

1

がらり年が明けて、明治三十八年の正月となった。

去年までなら、この時期は実家に帰って一家団欒《だんらん》、家族そろってめでたく新年を迎えているはずなのだが、今年は父親が事業に失敗したせいで、学費はおろか、年末の帰省費用さえ送ってもらえなかった。もちろん、周囲を見まわせば、僕よりずっと年下でも自分の食いぶちを自分で働いて稼いでいる者はいくらでもいたし、そのうえ彼らはわずかな給料の中から家族へ仕送りまでしているのだから、帰省費用を送ってもらえなかったくらいで文句をいうのは、まあ、筋ちがいというべきだろう。

というわけで、僕は相変わらず先生の家でやっかいになっている。

先生の家ではじめて迎えた年末年始は、実に、その、なんというか——

普通であった。

いや、普通というと語弊《ごへい》がある。

新しい年を迎えるこの時期は、本来、一年の中でも特別な時期のはずだ。例えば僕の実家では、年末には家族全員が*尻《しり》っぱしょりにたすき掛けで、普段はやらないような場所まで大掃除をしたり、御馳走をつくったり、松を立てたり、蕎麦を食べたり、いろいろといそがしく働いたものだし、年があらたまったらあらたまったで、晴れ着に着替えて初詣《はつもう》でに行ったり、新年の挨拶《あいさつ》にまわったり、羽子板や凧《たこ》あげや、その他にも普段やらないことをあれこれやったものだ。

はっきりしたことはいえないが、日本国中どこに行っても、普通はたいていそんなものじゃないだろうか？

ところが先生の家の年末年始は、拍子抜けするほど、普段と変わりがなかった。年末も年始も関係なく、普段のように掃除をして、普段の着物をきて、普段のようにご飯を食べて、そうして性《たち》の悪い牡蠣《かき》のごとく書斎に吸いついている。どうやら先生には、せっかくの年末年始も〝いやな学校に出ていやな英語を教えなくてすむ〟ということ以外、とりたててなんの意味も持っていないらしい。

もっとも、先生の側《がわ》にいくらその気がなくても、世間のほうではやっぱりお正月は特別と見えて、年明け早々から何人ものお客があった。門の格子《こうし》がチリン、チリン、チリリリンと鳴るたびに、先生ははっとした顔になる。それから、まるで高利貸にでも飛びこまれたように不安な顔つきで玄関のほうを見る。お客に会って挨拶をするのがよっぽど面倒なのだ。一度などは、玄関にお客の声が聞こえたとたん、とっさに押し入れを開けて中にかくれた――実際には、頭だけつっこんでかくれたつもりになっている――のを見かけたくらいだ。このときばかりは僕もあきれてものがいえなかった。子供や猫じゃあるまいし、押し入れにかくれてお客をやりすごそうとは、とても大の大人が考えることとは思えない。人間もあのくらい偏屈《へんくつ》になれば、いっそたいしたものである。

中には、どうしても断り切れずに、座敷にあげて相手をしなければならないお客もいる。そうなると、お客が帰ったあと――もう想像がつくだろう――先生はきまって癇癪《かんしゃく》を起こす。ひどく不機嫌な顔をしていたかと思うと、とつぜんひげをふるわせ、顔をまっ赤にしてどなりはじめるのだ。そんなとき、先生がなにになっているのかは誰にもわからない。たぶん本人にもわからないはずだ。先生はただどなる。ただ癇癪を起こす。家にいる者としては、いい迷惑である。

ところが、あきれたことに、その〝お客ぎらい〟の先生のところに、好んでやってくる人たちがいるのだ。

(この人たちは、いったいなにが楽しみで先生のような変人を訪ねてくるのだろう?)と僕もはじめは不思議に思っていたが、疑問はすぐに氷解した。

要するに――

彼らはみんな、先生に輪をかけた変人なのだ。

一人残らず。ことごとく。例外なし。

〝類は友を呼ぶ〟、〝同じ穴のむじな〟、あるいは〝同病相憐《あわ》れむ〟、はたまた〝朱に交われば赤くなる〟のか?

いやはや。

そのことに気づいたとき、僕は「よくもまあ、こんな人たちが世の中に何人もいたものだ」と、つくづく世間の広さを思い知ったものだった。

門松《かどまつ》の注目《しめ》飾《かざ》りも取りはらわれて正月も早や十日となったころ、僕が表で用事をすませて戻ってくると、家の中から声が聞こえた。

誰かお客さんが来ているらしい。

今日はさてどんなお客が来ているのだろうかと、僕は恐る恐る座敷をのぞいてみた。

声の主は、自称〝美学者〟の迷亭《めいてい》氏であった。先日、アンドレア・デル・サルトの出《で》鱈《たら》目《め》な話で先生を煙《けむ》に巻き、猫を写生させたのはこの人だ。およそ他人の家も自分の家も同じものと心得ている人で、いつも案内も乞《こ》わず、ずかずかとあがってくる。ときには勝手口から飄然《ひょうぜん》と舞いこむこともある。まず、心配、遠慮、気兼ね、気苦労、といったものを、生まれるときに母親のおなかの中に落っことしてきた口である。

その迷亭氏の隣に、きょうはめずらしく、もう一人お客の姿が見えた。こちらも迷亭氏同様、千客万来とはいい兼ねる先生の家にあっては数少ない常連客の一人、水島寒月《みずしまかんげつ》さんだ。寒月さんは、もとは先生の教え子で、今では学校を卒業して大学で*理学の研究をしている……と聞くと、なんだか立派なえらい人のように聞こえるが、この人がまただいぶ変わっている。なにしろ、しいたけを食べようとして前歯を折ったというくらいの人だ。その後も寒月さんは、欠けた前歯をいっこう直そうとはせず、しかも、その欠けたところに空也餅《くうやもち》をくっつけて、平気で人前でへらへら笑っている。大学院では地球の磁気の研究をしているらしいが、以前に一度見せてもらった論文は「団栗《どんぐり》のスタビリチー*を論じて併《あわ》せて天体の運行に及ぶ」という一風変わった題だった。たぶん、このくらい変人でないと、先生のところにちょくちょく顔を出す資格はないのだろう。

さて、この二人の変人客――もとい、常連客を相手にきょうのご機嫌はいかがなものか、と上座に目をやると、おどろいたことに先生の姿が見えなかった。

視線を戻すと、迷亭氏はやっぱり正面にむかって熱心に口舌《こうぜつ》をふるっている。隣でにやにやと笑っている寒月さん相手にしゃべっているようすでもなし、といってまさか、いくら迷亭氏が変人とはいえ、ひざの上にのっけた猫に話しかけているわけでもあるまい。

(いったい誰としゃべっているのだろう?)

不思議に思っていると、迷亭氏は「イヨー、だいぶ太ったな。どれ」といいながら、ひざの上で丸くなっていた猫の首筋をつまんで顔の前につるしあげた。猫は――

無抵抗。されるがままにぶらさげられている。

「ふーむ。あと足をこうぶらさげるようじゃ、鼠はとれそうにもないな。……どうです、この猫は鼠をとりますか?」

「鼠どころじゃ御座《ござ》いませんわ」

迷亭氏の質問に、どこからともなくこたえる声があった。先生の奥さんの声だ。

声はすれども姿は見えず。はて、正月早々不思議なことがあるものだ、と実際には首をかしげるほどもなく、廊下をまわってのぞくと、襖《ふすま》一枚へだてた隣室で奥さんが針仕事をされているのだった。

先生の留守のあいだにお客が来たのか、あるいはお客が来てから先生が出かけてしまったのか、そのあたりの事情は判然としない。いずれにしても、主人のいない座敷で平気でしゃべっている客人もどうかと思うが、それをほうっておいて針仕事を続けている奥さんも、やっぱりだいぶ変わっている。

「鼠をとるどころか、」

と奥さんは、さっきのではいい足りなかったと見えて、相変わらずお客には姿を見せずに先を続けた。

「このあいだなんか、お雑煮を食べて踊《おど》りをおどるんですもの。いやになってしまいますわ」

「ははあ。なるほど、踊りでもおどりそうな顔だ」

迷亭氏はいかにも感心したようすで、猫を左右にゆさぶっている。

「どんな踊りをおどったのです？」と寒月さんが、やっぱり襖越しに姿の見えない相手にむかってたずねた。「猫は、ヒゲで地球の磁気を感じるといいますからね。場合によっちゃ、論文にならないこともない。くわしく教えてください」

「どんな踊りっていいましても……」

奥さんは、迷惑そうに針仕事の手をやすめて、襖を開けて座敷に顔を出した。

「どうも御退屈様《ごたいくつさま》、主人ももう帰りましょう」とお茶を注《そそ》ぎかえて、二人の客の前に出した。

「このさい、先生は帰ってこなくてもかまいません」寒月さんは平気な顔で物騒なことをいう。「それより、猫の踊りについて聞かせてください」

「さてはこの猫が、本場の〝猫じゃ猫じゃ〟でも踊りましたか？」と迷亭氏は、猫を顔の前にぶらさげたまま、無責任にたずねる。

　こんな二人にかかってはとてもかなわない。奥さんはあきらめたように首をふり、

「たいしたことじゃありませんのよ」

といいわけしてから、件《くだん》の顚末《てんまつ》について話しはじめた。


　猫が踊ったのは、元日のお昼すぎのことだ。

「あら、猫が踊りをおどっているわ！」

　先生の一番上の娘さんがあげた大きな声を聞きつけて、あわてて台所に行ってみると、なるほど猫が踊りをおどっていた。いくらお正月だからといって猫が踊りをおどるというのも妙な話だが、実際そのときはそう見えたのだからしかたがない。

　なにしろ、猫が二本の後ろ足で立って、二本の前足を顔の前で交互にぐるぐるとまわしているのだ。ぱたぱたとしっぽをふり、耳を立てたり寝かしたり。普段慣れない二本足で立っているのは不安定だと見えて、ふらりふらりと今にも倒れそうになりながら、そのた

びに器用に後ろ足で調子をとって、台所中あちらこちらと飛んでまわっている。それがまた踊りのステップでも踏んでいるとしか見えない。

いつのまにか家の全員——先生、奥さん、三人の娘さん、下女の御三どん、僕——が台所に顔を出したものの、最初はなにがどうなったのか誰にもわからず、あっけにとられてこのようすをながめるだけであった。謎を解いたのは、騒ぎを最初に見つけた一番上の娘さんだった。

「わかったわ！　きっとあれを食べたのよ！」

得意げに指さしたのは、今朝ほど先生が食べ残した御雑煮《おぞうに》のお椀《わん》であった。とたんにその場の全員が事情を察し、同時に「ははあ」と拍子抜けした顔つきになった。

猫は、お椀の底に残っていた餅《もち》を見つけて食べてみる気になったのだろう。思い切って餅をくわえたところが、歯にくっついてしまい、かみ切ることもできず、さりとて吐き出すこともできなくなって、その結果、必死で餅を口からはらい落とそうとして〝踊りをおどる〟はめになった……とまあ、そのあたりが真相らしい。

原因がわかってみれば、なんということはない。

「あらまあ」と御三どんが小馬鹿にしたような声をあげた。

「いやな、猫ねえ」と奥さんがおっしゃった。

「この馬鹿野郎」と先生が言った。

「おかあ様、猫もずいぶんね」と五つになる二番目の娘さんがいったのをきっかけに、みんな申し合わせたようにげらげらと笑いだした。
そのあいだも猫はやっぱり踊りを続けていたが、疲れたらしく、ついに在来《ざいらい》のとおり四《よ》つ這《ば》いになると、眼を白黒させて、その場に腰が抜けたようにへたりこんでしまった。
先生は、さすがに見殺しにするのは気の毒に思ったらしく、御三どんをふりかえって
「まあ、餅をとってやれ」といいつけた。以前、この猫に秋刀魚《さんま》をとられたことのある御三どんはもっと踊らせたいような顔をしていたが、先生に「とってやらんと死んでしまう。早くとってやれ」ともう一度いわれて、しぶしぶ猫をつまみあげた。御三どんは猫の口に指をつっこみ、そのまま歯についた餅をぐいと乱暴につまみ出した。よほど痛かったのだろう（あるいは恥ずかしかったのか？）、猫はたちまち勝手口から鉄砲玉のように飛び出していった……。

「それだけのことですわ」と奥さんはいかにもつまらなそうな顔で事件を語り終えた。

「なるほど、なるほど」寒月さんはしきりに感心している。

「踊るべき事実というわけですな」と迷亭氏が駄洒落《だじゃれ》のようなことをいっていると、いつのまに帰ってきたのか、先生がふらりと座敷にはいってきた。

先生は座布団の上に腰をおろし、それからはじめてお客に気がついたような顔で、

「なんだ、まだいたのか」

といった。

「まだいたのかは、ちと酷《こく》だな。第一君が、すぐに帰ってくるから待っていたまえといったんだぜ」と迷亭氏はいっこう平気なようすだ。「それより、君の留守中に君の逸話《いつわ》を残らず聞かせてもらったよ」

「なに？　なにを聞いたんだ？」先生は急に不安そうな顔になった。

「一月《ひとつき》にジャムを八缶《かん》もおなめになったんですって？」と寒月さんがにやにやと笑いながらいった。

「このごろじゃ、大根おろしをむやみとなめるそうじゃないか」と迷亭氏。「どうせ、大根おろしの中にはジヤスターゼがあるとかなんとかいう話を新聞で読んだんだろう？　しかし君、いくらなんでも赤ん坊に『お父様《とうさま》がうまいものをやるからおいで』といって、大根おろしを食わせるのはやりすぎのようだぜ」

先生は恐ろしい顔であたりを見まわした。が、奥さんはとっくに襖のむこうにかくれて、姿が見えなくなっている。

「ふん。女はとかく多弁でいかん。人間も、うちの猫くらい沈黙を守るといいのだがな」

先生は不機嫌そうに唇を尖《とが》らせてつぶやいた。誓っていえるが、先生が猫をほめるのは、猫がこの家に来てはじめてのことにちがいない。

「最近は、だいぶん有名になったようじゃないか」迷亭氏が卓の上にかさねてあった絵葉書を一枚ひょいと取りあげていった。

「なにが有名になったんだって？」

「なにがって、君のところの猫がさ」

「猫？　うちの馬鹿猫が有名だとは知らなかった」

「はは、馬鹿猫はひどいな。さては、まだ名前もつけてもらってないのか。いいかげん、名前くらいつけてやりたまえ」

「ふん、名前なんぞ……」

「ま、僕としてはどっちでもいいんだがね。しかし、こうして猫の絵の年始状まで舞いこむようになったんだ。すこしは気にかけてやるさ」

「気にかけるもなにも……」と先生は、迷亭氏が手にした絵葉書を見て、不思議そうにたずねた。「そりゃ猫の絵だったのかい？」

「どう見ても猫だろう。君はなんだと思っていたんだ？」

「今年は征露《せいろ》の二年目だからね。熊の絵じゃないかと推測していたんだが……」

「推測た、君にしちゃ上出来だ。じゃ、こっちはどうだい？」

「そりゃ、猫にきまっているさ」先生は憮然《ぶぜん》としたように腕組みをしていった。「葉書にちゃんと文字でそう書いてある。『吾輩は猫である』。ふん、なんでも古代ギリシアじゃ、絵の下手《へた》な奴はそんなふうに書いたそうだ。『これは馬である』とか『これは人である』とかね。文字で書かなきゃわからないのなら、はじめから絵なんぞよすがいいさ。アンドレア・デル・サルトも、どこかでそういっている」

「アンドレア・デル・サルトがそんなことをいうものか」迷亭氏はふきだしていった。

「第一、この絵はなかなかどうして、君の遠近無差別《えんきんむさべつ》、黒白平等《こくびゃくびょうどう》の水彩画の比じゃないぜ。それにだ、『吾輩は猫である』は、このあいだ君が『ホトトギス』に発表した文章の題じゃないか」

「おや、そうだったかな」

「自分で覚えていないのか？　なんとも頼もしいかぎりだな」と、これにはさすがの迷亭氏もちょっとあきれたようすである。「だいたい君、それなら今まで、なぜみんなが君宛《あて》の年始状に猫の絵を描いてきたと思っていたんだ？」

「そりゃあ、君……なぜって……」と先生は、きょろきょろと救いを求めるように左右を見まわしていたが、やがて自信なげな小声で、こっそりとこうたずねた。

「今年は猫年じゃなかったのか？」

　廊下に立ってこのやりとりを聞いていた僕は、危うく腰を抜かすところであった。猫年とはまた、とんだこたえがあったものだ。この先生に中学で教わっていたかと思うと空恐《そらおそ》ろしい気もするが、苦情を申しこんだところで、先生は「自分は英語の教師だからこれで良いのだ」と開きなおるにきまっている。

　世の中にはいろいろと変わった人もいるが、やっぱり先生が一番変わっているようだ、とあらためて感心していると、とつぜん、縁側《えんがわ》のほうから「ぎゃあ」という、ただならぬ女の悲鳴が聞こえてきた。

2

急いで縁側にまわってみると、垣根のむこうの道っ端に誰かが尻餅《しりもち》をついているのが見えた。

「どうしました？　だいじょうぶですか？」

垣根越しに声をかけてから、僕はふと、相手の顔に見覚えがあることに気がついた。尻餅をついたままあわあわとなにか叫んでいるのは、たしか、新道《しんみち》の二弦琴《にげんきん》*のお師匠さんのところの下女だ。小柄な、所謂《いわゆる》典型的な猫顔の女性なのだが、普段は糸のように細いその目が、今はいっぱいに見開かれている。

「いったいなんの騒ぎだね？」

先生が、僕の肩越しにのっそりと顔を出した。先生のすぐ背後では、迷亭氏と寒月さんが興味深げな顔でこちらのようすをうかがっている。

「なんの騒ぎだね？」と先生はもう一度同じせりふで僕にたずねたが、僕に聞かれたってなんの騒ぎかわかるはずがない。

「第一、ありゃ誰だ？」先生が僕にたずねた。

「どうやら、新道の二弦琴のお師匠さんのところの下女、みたいですね」

「ほう、やけに〝の〟が多いな」と先生は妙なところで感心したようにうなずいたが、

「で、誰なんだ？」

「ですから、新道の、二弦琴の、お師匠さんのところの……」

とくりかえしてはみたものの、新道の二弦琴のお師匠さん——およびそのところの下女——が何者なのか、実は僕にもうまく説明ができなかった。

以前僕は、同じ町内のよしみで、かの猫顔の下女と左のような問答を交わしたことがある。

「あなたなぞはお知りにならないでしょうが、うちのお師匠さんは、もとは身分が大変よかった人ですのよ」

と、下女がまるで自分のことのようにつんとすましていうので、僕は危うくふきだしそうになるのを堪《こら》えてたずねた。

「へえ、あの人がそんなに身分がよかったとは知らなかったな。いったい何者なんです？」

「なんでも、天璋院《てんしょういん》様の御祐筆《＊ごゆうひつ》の妹さんのお嫁に行った先のおっかさんの甥《おい》の娘さんなんですって」

「なんですって？」

「いいこと。あの天璋院様の御祐筆の妹さんのお嫁に行った先の……」

「なるほど。ちょっと待ってください。天璋院様の妹さんの御祐筆の……」

「あら、そうじゃないの。天璋院様の御祐筆の妹さんの……」

「よろしい、わかりました。天璋院様のでしょう」

「ええ」

「御祐筆のでしょう」

「そうよ」

「お嫁に行った先の」

「妹さんのお嫁に行った、ですよ」

「そうそう、まちがった。妹さんのお嫁に行った先の」

「おっかさんの甥の娘なんですとさ」

「おっかさんの甥の娘なんですか」

「ええ、わかったでしょう」

「いや、なんだか混乱して要領を得ないな。つまるところ、天璋院様のなんになるんです？」

「あなたもよっぽどわからないのね。だから天璋院様の御祐筆の妹さんのお嫁に行った先のおっかさんの甥の娘なんだって、さっきからいっているじゃありませんか」

「それはすっかりわかっているんですがね」

「それがわかりさえすればいいんでしょう」

「ええ」と、僕はしかたがないから降参した。

その後も何度か話をする機会もあったのだが、そのたびに同じことのくりかえしで、結局新道の二弦琴のお師匠さんが何者なのか、わかったことといえば、歳は六十二で、もとは大変身分がよかった——つまり、今では見る影もなく零落しているということくらいであった。

その二弦琴のお師匠さんのところの猫顔の小柄な下女は、相変わらず道っ端に腰を抜かしたように尻餅をついて、すわりこんでいる。あわあわとなにか叫んでいるのは、どうやら「猫が……」とか「猫に……」といっているようだ。

猫？

首をひねった僕は、もしやと思い、さっきまで先生たちがすわっていた座敷をふりかえった。

猫の姿が見えなくなっている。

さっきまではたしかに、お客をほったらかして出かけた先生に代わって、ひざの上にあがったり、ぶら下げられたり、丸められたりして、お客の相手をつとめていたはずだが、餅《もち》を食べて踊りをおどったことを暴露されたあたりで、きまりが悪くなってこそこそと出ていったらしい。廊下で話を聞いていた僕が出ていくのに気づかなかったのだ。外出経路としてはたいてい、縁側から庭におりて、垣根伝いに表の道に飛びおりたにきまっている。とすると、二弦琴のお師匠さんのところの下女は、ちょうどそこへ通りかかって、垣根から飛びおりてきた猫と鉢合《はちあ》わせたのか？　それにしたって、猫が目の前に飛びおりてきたくらいで、腰を抜かすものだろうか……？

「だいじょうぶですか?」と僕はもう一度声をかけてみたが、下女はやっぱり茫然自失《ぼうぜんじしつ》の態《てい》で、こっちを見ようともしない。

「どうしましょう?」僕は先生をふりかえってたずねた。

「あの人は〝猫がどうした〟といっているみたいだが、さてはうちの馬鹿猫がなにかしたのかな?」先生は心配そうな口調でいった。もっとも、続けて「あれはうちの猫といえるだろうか? いや、そうとばかりもいえまい」などとつぶやいているところを見ると、腰を抜かした下女を心配しているというよりは、猫のせいで自分が面倒に巻きこまれるのがいやなだけなのだろう。

「ともかく、話を聞いてみるまではわからないさ」先生はきっぱりといった。

「あんなようすで話が聞けますかね?」

「なあに、わきをくすぐるとか、尻《しり》を蹴《け》っとばすとか、いろいろと手はあるだろう。それでもだめなら、拷問するとか」

「まさか、そんなこと……」

「なんなら、土下座したってかまわないさ。いいから君、ちょっと行って、話を聞いてきたまえ」

「僕が、やるんですか?」

「当たり前じゃないか。ほかに誰がいる?」先生は唇を尖《とが》らせた。「それとも、君はなにか。私がいまいったようなことを客人に押しつける気だったのか?」

僕は、やれやれとため息をついた。先生の頭の中には、御自分でという選択肢は、そもそも、はじめから存在しないらしい。居候《いそうろう》の身としてはしかたがない、僕は庭におりて下女に近づき、垣根越しに声をかけた。

「すみません。うちの猫が、なにかご迷惑をおかけしたんでしょうか？」

下女は、相変わらずあわあわと叫んでいる。これじゃどうしようもない。うんざりした僕は、とりあえず、そのとき頭に浮かんだことをなんの気なしに口にした。

「えー、ところで、お宅の猫ちゃんは元気ですか？」

とたんに、二弦琴のお師匠さんのところの下女は、ぴたりと叫ぶのをやめ、ゆっくりと首をまわして僕の顔を正面からのぞき見た。


「うちの……三毛子《みけこ》？」下女はなんだか夢でも見ているような顔つきでつぶやいた。

「お宅のあの猫は〝三毛子〟という名前だったんですか？」

僕は、なんにしても相手の反応があったことに気を良くして、急いで先を続けた。

「なるほど、きれいな三毛猫ですものね。そういえば、この元旦《がんたん》に見かけたときは、よく似合う赤い首輪をしていたな。金の鈴がよい音でチャラチャラ鳴っていた。うちの猫が、お宅の三毛子ちゃんと仲が良いのを知ってますか？　そのときも、仲良くお互いに毛づくろいをしていたくらいで……」

とといかけて、僕は相手のようすがなんだかおかしいのに気がついた。

「どうかしましたか？」

「……亡くなりましたの」

「亡くなった？」

僕は一瞬、相手が何のことをいっているのかわからず、ぽかんとしてたずねた。

「誰が亡くなったのです？　まさか、二弦琴のお師匠さんが……？」

「いいえ、とんでもない。お師匠さんはお元気でいらっしゃいますわ」と下女は、ようやく正気にかえったようすで、急いで首をふった。

「亡くなったのは、うちの三毛子ですわ」

「あの三毛猫が？」僕はおどろいていった。「元旦に見かけたときは、あんなに元気そうだったのに……」

「やあ、猫が死んだからだったのか！」

唐突に耳もとで大声がして、僕は思わずその場に飛びあがった。ふりかえると、すぐ背後に先生が立っていた。

「この人が猫がどうしたとわめいているんで、てっきりうちの猫がなにかしたのかと思ったら、この人のところの猫のことだったのだな。なんだ、心配をして損をした。いやあ、良かった、良かった」

「先生！」

僕はあわてて袖《そで》を引っぱったが、もちろん、そのくらいで止まるような人ではない。

「それにしても、猫という生き物はめったに死なないものなんだがなあ。うちの子供たちはしょっちゅうしっぽをつかんでふりまわしたり、ほうり投げたり、へっついに押しこんだり、紙袋《かんぶくろ》につめたりして遊んでいるが、いまだ一度も死んだという話は聞いたことがない。それが死んだとなると、――おおかた、ジャムでもなめすぎたんだろう」

僕は頭を抱えたくなった。ジャムをなめて猫が死ぬものか。先生は御自分の胃病と一緒にしているのだ。どうせ次は「大根おろしをなめさせてやればよかったのに」といいだすにきまっている。こうなればもう、物理的手段を講じるしかない。僕は先生にむきなおり、呼吸を整えた。飛びかかって先生の口を両手でふさごうと身がまえた瞬間、

「こんちくしょう！」

と背後で鋭い声が聞こえて、またしても僕はその場に飛びあがることになった。

ふりかえると、いつのまにか下女が立ちあがり、まるで獲物に飛びかかるときのようなきっとした目つきで、先生と――たぶん僕とを、等分ににらみつけていた。

「あんたのところの野良《のら》が、うちの三毛子を殺したのよ！」

下女の発言に、僕と先生は顔を見合わせた。

「野良？」

「あんたのところの、あの薄汚い雄猫のことにきまっているでしょう！」

これを聞いたとたん、先生はなにを思いついたのか、エヘンエヘンと咳《せき》ばらいをすると、腕組みをして、きっぱりといった。

「そんな猫はうちにいないい」

「なんですって？」下女は一瞬あっけに取られたように目を瞬《しばた》いた。が、すぐに、「ごまかそうとしてもだめよ！　たった今、この家から出てきたじゃない。あの猫が塀の上から飛びおりてくるのを、あたしはこの目でちゃんと見たんですからね！」

「なるほど、それはうちの猫かもしれないが、それなら野良ではない。家で飼っている猫は野良とはいわないのだ」

「そんなの屁理屈《へりくつ》だわ！」下女は地団駄《じだんだ》を踏んでいった。「だったら、あの猫、名前はなんていうのよ」

「名前は、まだない」

「ほら見なさい。やっぱり野良じゃない！」

「それじゃあ野良だ」と先生はあっさり同意し、「とすると、つまり、うちの猫ではないことになる」

「なに、わけのわからないこと言っているのよ！」下女は癇癪《かんしゃく》を起こして叫んだ。「ともかく、あの猫よ！　あんたのところの野良猫！　いいこと。なんといっても、あの野良がうちの三毛子を殺したのよ。責任はいずれ、ちゃんと取ってもらいますからね！」

下女は捨てぜりふのようにそれだけいうと、くるりと身をひるがえして、大股《おおまた》に歩み去ってしまった。

「なんだい、ありゃ？　いったいどうなっている？」先生が僕にたずねた。

「さあ」僕にわかるはずもない。

「それにしても、殺したとは穏やかじゃないな」縁側に立って一部始終をながめていた迷亭氏が、まじめな顔であごをひねっていった。

「責任を取ってもらう、なんていっていましたよ」寒月さんも完全に他人事《ひとごと》のようすで、にやにやと笑っている。

「責任？　ふむ、そいつはちと困るな」先生は眉《まゆ》をひそめ、すこしのあいだ思案するふりをしていたが、結局はいつものようになった。

「君、ちょっと行って事情を調べてきたまえ」

「また僕、ですか」うんざりしていった。

「他に誰がいる」と先生は責任を転嫁して、すっかり気楽なようすである。「われわれはいそがしいのだ」

「いそがしい？　まさか？」

「まさか、とはなんだね。われわれはいそがしい。大変いそがしい。ああいそがしい」

「一応、念のためにお聞きしますが、」と僕はたずねた。「なにがそんなにいそがしいのです？」

「なにがって、君……そりゃ……」と先生は左右に泳がせた視線を、寒月さんの上にぴたりと止めた。

「そうだ、寒月君。君は今度、理学協会で演説することになっているんじゃなかったかね？　そうだろう、そうだと思った。じゃあ、今日はこれからその演説の稽古《けいこ》をしたまえ。われわれで聴いて、批評をしてやろうじゃないか」

「私はかまいませんよ。ちょうど、ここに草稿も持ってきていることですし」と寒月さんは*内隠《うちかくし》からさっそく原稿を取り出した。

「演題はなんだい？」迷亭氏がわきからたずねた。「君のことだからまさかとは思うが『磁石《マグネ》付きのノヅルについて』なんていう無味乾燥な代物じゃないだろうね？」

「無味乾燥かどうか、私には判断がつきかねますが、」と寒月さんはいたってまじめな顔でこたえた。

「今回の演題は『首縊《くびくく》りの力学』です」

「なに、首縊りの力学？」迷亭氏は急に眼を輝かせて「なるほど、さすがは寒月君。脱俗《だつぞく》超凡《ちょうぼん》だ。面白い。ぜひ拝聴するとしよう」と、すっかり乗り気のようすで座敷に戻っていった。寒月さんがすぐにそのあとを追う。

「ほら見たまえ」先生はふりかえって、僕の肩をたたいた。「というわけで、われわれは実にいそがしいのだ」

3

正直なところ、先生（および、そのお客さんたち）のいったいどこがいそがしいのか、僕にはさっぱりわからなかったが、なにしろ相手は首縊りの力学である。脱俗超凡。平均的かつ平凡人であるこの僕が、議論をしてとうてい勝てる人たちではない。

というか、そもそも議論が成り立たない。

僕は肩をすくめ、玄関にまわって下駄を履き、表に出てあたりを見まわした。先生は「ちょっと行って事情を調べてきたまえ」と気楽にいったが、下女の姿はとっくに見えなくなっている。不可解な言葉の意味をたずねようにも、当人がどこに行ったのかはおろか、東西南北、どっちの方向に歩いていったのかさえ見当もつかないのだ。

僕は玄関先に立ったまましばらく思案していたが、とりあえず、新道の二弦琴のお師匠さんの家に行ってみることにした。

表から声をかけたが、返事がなかった。

(さては留守かな?)

と思い、念のため縁側にまわってみると、留守ではなかったらしく、閉《た》て切った障子のうちで二弦琴を弾く音が聞こえてきた。


君を待つ間《ま》の姫小松……

僕には常磐津《ときわづ》も清元《きよもと》も小唄《こうた》も端唄《はうた》も区別はつかないが、さすが〝お師匠さん〟だけあってなかなか良い声だ。すくなくとも、先生がときどき後架でうなっている謡《うたい》などとは、月とスッポン、雲泥のちがいである。杉垣にもたれて聞くとはなしに耳をかたむけていると、ふと琴の音がやんだ。

「誰かある？」

と近ごろではめったに聞かないような古風なせりふで誰何《すいか》する声とともに、障子ががらりと開いて、二弦琴のお師匠さんが顔を出した。こざっぱりしたかっこうはしているものの、声から想像するよりは、よほど年寄りだ。

「こんにちは」

僕はあわてて頭をさげた。するとお師匠さんは、訝《いぶか》しげな顔で、

「はて、とんとお見受けせぬ顔ですが、どちら様ですかな？」

と、とぼけたことをいう。

どちら様もこちら様も、すぐ近所なのだ。もちろん、何度も顔を合わせている。なるほどこれは、さすがは〝天璋院様の御祐筆《ごゆうひつ》の妹さんのお嫁に行った先のおっかさんの甥《おい》の娘さん〟だけあって、だいぶ浮世離れした人だ、と僕はあっさり観念した（どうやら僕には〝変わった人〟に会うとすぐに観念する癖があるらしい）。

「えー、僕は、表通りの英語の教師の家の書生で……」とあらためて自己紹介をしかけて、ひょいと思いとどまった。この家の下女はさっき「あんたのところの野良が、うちの三毛子を殺したのよ！」といって怒りだしたのだ。お師匠さんが、僕が誰だかわからないのなら、そのほうが事情を聞きだしやすかろう。

「僕は、その……えー、こちらの猫の……いえ、三毛子さんのことを小耳にはさみまして、それでちょっとご挨拶《あいさつ》に……」

とっさに思いつかず、われながらまずいいいわけだと思ったが、お師匠さんはたちまち態度を変えた。

「まあ、三毛子の。それはご親切に。さあさあ、こちらへ」

と手を引かんばかりに家にあげて案内してくれる。

気がついたら、僕は立派な座布団の上にすわらされていた。

お師匠さんはまず、自分で仏壇の前にすわって線香をあげた。それから、チーン、南無《なむ》阿弥陀仏《あみだぶつ》、南無阿弥陀仏、とひと通りやったあとで、僕にむきなおって、

「お前様も、どうか回向《えこう》してやっておくれなさいませ」

と丁寧に頭をさげて、場所をゆずってくれた。

こうなればしかたがない。いわれるまま、仏壇の前に正座した。仏壇には〝猫誉信女《みようよしんによ》〟と金文字で書かれた、ま新しい位牌《いはい》が飾られている。

わきからお師匠さんがじっと見つめている。僕は、見よう見まねで線香をあげ、チーン、猫誉信女南無阿弥陀仏、南無阿弥陀仏とやっておいて、お師匠さんをふりかえった。

「立派な御位牌ですね」とりあえず、そう切りだした。

「おかげ様で、ねえ。きょうできてきたばかりで御座いますのよ」とお師匠さんは、僕に代わってもう一度仏壇の前にすわりなおし、位牌にむかってチーンとやってから、

「仏師屋《ぶっしや》は、上等を使ったからこれなら人間の位牌より保《も》つだろうと保証して御座いましたわ。それから、猫誉信女の誉の字はくずしたほうがかっこうがいいからすこし劃《かく》を変えておきましたなどと申しまして……。ほんに、三毛子のような可愛らしい猫は鐘《かね》と太鼓《たいこ》で探し歩いたって、二人とはおりませんからねえ」

そうしてまた、チーン、猫誉信女南無阿弥陀仏、南無阿弥陀仏、である。

今、聞きまちがいでなければ、二匹、という代わりにふたりといったようだ。

ここはひとつ相手に調子を合わせることにして、僕は慎重に言葉を選んでたずねた。

「それで、えー、いつお亡くなりになったのです、お宅の三毛子さんは？　たしかこの元日にお見受けしたときは、普段とお変わりがなかったようでしたが……」

「ほんにねえ」とお師匠さんは品良く肩をすくめて、ため息をついた。〝ほんにねえ〟とはとうてい先生のうちで聞かれる言葉ではない。やっぱり天璋院様のなんとかのなんとかでなくては使えない。はなはだ雅《みやび》であると、いたく感心した。

その後、雅な――しかしいささかまわりくどい――言葉で語られた話をまとめると、お師匠さんが飼っていた三毛猫が元日の夜から急に御飯を食べなくなり、これはてっきり風邪をひいたのだと思って「あったかにして御炬燵《おこた》に寝かしておいた」ところ、三日の朝に眠るように死んでいたのだそうだ。

「甘木《あまき》さんが、お薬でもくださるとよかったのですけどねえ」お師匠さんはそういって、またため息をついた。

「甘木さん？　というと、あの人間のお医者の、甘木さんですか？」

まさかと思ってたずねた。甘木さんは、うちの先生の主治医である。

「ええ、その甘木さん」とお師匠さんは平気な顔でいう。「なんでも、うちの下女の実家が薬屋で、その親戚《しんせき》のおっかさんの隣の家の娘さんが甘木さんのところで働いていましてねえ。その関係で、うちにも来ていただいているのですわ」

「なるほど、お宅の下女の実家の親戚の隣の家の……」

「いいえ。下女の実家の薬屋の親戚のおっかさんの隣の家の娘さんが、甘木さんのところで働いているんですのよ」

ははあ、と僕はまたしてもしかたなくうなずいた。

「ところが、あなた」と、お師匠さんはため息をついて続けた。「せっかく甘木さんに来ていただいたのに、私が三毛子を抱いてお見せしたら、お風邪でもひかれたのでしょうといって、私の脈を取ろうとしましてねえ。私が、いいえ、病人は私では御座いません、これですわ、といって三毛子をひざの上に直したら、にやにや笑いながら、猫の病気はわしにもわからん、ほうっておいたら今に治るだろうってんで、そのまま帰ってしまわれたので御座いますのよ。ほんに、あのときにお薬でもくださるとよかったのですけどねえ」

年明け早々往診を頼まれた甘木先生も、猫を鼻先につきつけられては、さぞやおどろいたことだろう。それにしても、風邪をひいたくらいで御医者を呼んでもらえるとは、先生の家での自分の境遇と比べみて、なんともうらやましいかぎりである。

「あんなに急に亡くなりますなんて、昔は絶えてなかったことで御座いますのよ。きっと新しい病気にかかったので御座いますわね。……ほんに、近ごろは肺病だのペストだのいうものができて、こう新しい病気ばかり増えては、油断も隙もありゃしませんわ。旧幕時代にないものにろくなものは御座いませんから、あなたなぞもせいぜいお気をつけなさいませ」

「わかりました。せいぜい気をつけるとしましょう」僕は老人の忠告に素直にうなずいておいて、そろそろ本題に入った。「ところで、お宅の猫――じゃなかった、三毛子さんは、なぜ……その……病を得ることになったのですか？」

「それが、あなた」と、お師匠さんは打ち明け話をするように声を潜め、「人様《ひとさま》のことはあまり悪くいいたくはないんで御座いますがねえ。うちの下女なぞはもっぱら、表通りの英語の教師のところにいる野良のせいだなんて申しておりますのよ」

「ははあ、表通りの英語の教師、ねえ……」

「あなたもご存じで御座いましょう。毎朝顔を洗うたびに鵞鳥《がちょう》が絞め殺されるような、無作法な声を出す人で御座いますわ」

「そうですね。まあ、知っているような、そうでもないような……」

とこたえながら、僕は内心つくづくと感心した。

鵞鳥が絞め殺されるようなとは、なかなかうまい形容である。

先生は毎朝風呂場《ふろば》でうがいをやるとき、楊枝《ようじ》でのどをつついて妙な声を無遠慮に出す癖がある。機嫌の悪いときはやけにがあがあやる。機嫌の良いときはなおがあがあやる。つまり、機嫌の良いときも悪いときも勢いよくがあがあやる。奥さんの話では、以前はこんな癖はなかったのだが、あるときふとやりだして、それから今まで一度もやめたことがないということだ。何事にもあきっぽい先生が、なぜこんな馬鹿げたことにかぎって根気よく続けられるのか、僕にはやっぱり見当もつかなかった。

「あんな声を出してなんの呪《まじな》いになるのかしらん。御維新前は*中間《ちゅうげん》でも草履取《ぞうりと》りでも相応の作法は心得たもので、屋敷町などで、あんな顔の洗い方をする者は一人もいなかったもので御座いますがねえ」とお師匠さんは顔をしかめ、「それだものだから、うちの下女なぞも『あんな主人を持っているくらいだから、どうせ野良猫で御座いましょう。三毛子が病気になったのも、まったくあの野良のせいに相違御座いませんわ』というので御座いますのよ。ええ、やっぱりそうなんで御座いましょう」

　僕はなんだか一年分のねえと御座いを聞いたような気になったが、肝心の点については相変わらず要領を得なかった。

　さて、次はなにをどう質問したものかと思案していると、お師匠さんは急になにか思い出したような顔になって、僕を正面からのぞきこんだ。

「あら？　あなた、以前どこかでお見かけしませんでしたかねえ」

　僕はいささかあわてた。ここまできて、まさかいまさら「実は、僕は〝鵞鳥先生〟の使いの者でして……」とも名のれない。

にした。

「ご近所の人で御座いますわねえ？　たしか……」

どうにも剣呑《けんのん》な状況である。僕は適当に愛想《あいそ》をいって、ここはひとまず引きあげることにした。

帰ってくると、家の中から「アハハハ」と迷亭氏の笑い声が玄関まで聞こえてきた。さては寒月さんの首縊りの力学がまだ続いているのかと思ったが、座敷をのぞいてみると、寒月さんの姿はなく、その代わりに見たことのないお客さんが一人、先生とむき合うようにすわっていた。頭をきれいに分けて、英国仕立てらしいツイードを着て、派手なネクタイをして、胸に金鎖さえピカつかせている体裁は、どう見ても先生のところに訪ねてくる変人のお仲間とは思えない。

首をかしげ、廊下でようすをうかがっていると、お客の正体はじきに判明した。なんのことはない、株屋《かぶや》が株を買うようすすめに来ていたのだ。最近、株屋がこのあたりの屋敷町をまわって株を買うようしきりにすすめているという話は聞いていたが、先生の家にまで迷いこんでくるとはちょっとおどろきだった。なにしろ、表札《ひょうさつ》代わりに名刺を御飯粒で貼りつけているくらいの家なのだ。御飯粒だから雨が降ると剥《は》がれてしまって、晴れた日にまた貼りつけている。あんな面倒なことをするくらいなら木札でも掛けておいたら良さそうなものだが、先生はいっこう平気なようすで、雨が降るたびにまたせっせと御飯粒を練っている。

そんな家の主《あるじ》が株など買うかどうか、考える前からわかりそうなものではないか？　もっとも、先生一人のときなら、いくら血迷った株屋がさまよいこんでこようとも、家にあげることなどけっしてしないだろう。迷亭氏が、表を通りかかった株屋を面白半分に家に引っぱりあげたにちがいない。

「このさい、思い切って買うべきです」

気の毒な株屋は、自分が正月の獅子《しし》舞《まい》代わりの余興《よきょう》だとも気づかず、先生にむかってしきりに株をすすめている。

「ご存じでしょう。先日の旅順開城をきっかけにして、株がいっせいに暴騰しましてね。例えば、日本郵船《にほんゆうせん》株の五十円が、たった一晩で七十六円七十銭。一晩で、ですよ。まさに濡《ぬ》れ手《て》に粟《あわ》。株をお買いになったみなさんは、儲《もう》かって儲かって笑いが止まらないごようすです。なんです？　いえいえ、これからまだまだ上がりますよ。どうですご主人。このさい、思い切って株に投資しましょうよ」

いくら株屋がぺらぺらとまくし立てようとも、先生は腕を組んだままうんともすんともいわない。当たり前だ。いくらすすめられても、先生の家にはそもそも、そんな余分なお金は存在しないのだから。と思いきや、先生はひょいと口を開いて、

「君、田舎《いなか》はどこだい？」と全然関係のないことをたずねた。

「田舎？　あたしの、ですか？」株屋はぽかんとしている。

「当たり前さ。ほかに誰がいる」

「へへへ。よくおわかりで。そんなに訛《なま》っていますかねえ。これでも気をつけているつもりなんですが……」

「田舎から出てきて、電気鉄道にはもう乗ったのかい?」先生はまた奇問を発する。

「なんぼあたしが田舎者だって……」株屋はちょっと気を悪くしたようだ。「こう見えても、*街鉄《がいてつ》を六十株も持っているんですぜ」

「なるほど、そりゃ馬鹿にできないな」と、それまで面白げに行司《ぎょうじ》気取りで見物していた迷亭氏が、ころ合いと踏んで口をはさんだ。

「実は僕も、あの株を八百八十八株ほど持っていたんだがね、惜しいことにおおかた虫が喰《く》ってしまって、今じゃ半株ばかりになってしまった。もうすこし早く君が来てくれれば、虫の喰わないところを十株ばかりやっても良かったのだが、惜《お》しいことをした」

株屋は眉《まゆ》をひそめ、うさん臭げに迷亭氏をながめたが、すぐに商売用の顔に戻って、

「へへ、旦那《だんな》。冗談は冗談として、ああいう株は持って損はないですよ。年々高くなるばかりですからね」

「そうだな、たとえ半株でも千年も持っているうちには、倉《くら》が三つくらいは建つだろう」

迷亭氏はしごくまじめな顔でうなずいてみせる。「どうやら君も僕も、そのへんには抜かりはない当世の才子《さいし》のようだが、そこへいくとこちらの先生などは哀れなものさ。株といえば、大根の兄弟くらいに考えているんだからね」

迷亭氏はひょいと先生をかえりみて「だいたい君。君は昨今のものの値段などすこしも

知らんだろう？」とたずねた。

先生は憮然《ぶぜん》としたようすで「なにをいってやがる。いくら御時世とはいえ、大根が五十円もしてたまるものか」といい、それからちょっと考えて「鼠は、一匹五銭だ」とつけ足した。

「ハハハハ、どうもおどろいたね。まさか君が鼠の値段まで知っているとは思わなかった。降参《こうさん》降参」と迷亭氏は一人で承知して一人で笑っている。先生は依然として憮然たり。株屋はあっけに取られている。


しばらくして狐《きつね》につままれたような顔で引きあげていった株屋と入れちがいに、僕は座敷にはいって、調査の結果を先生に報告した。

「なんだ。せっかく行ったのに、結局なにもわからなかったのか」先生は不満そうに唇を尖《とが》らせた。

「せめて先生の評判がもうすこし良ければ、なんとか話もできたと思うのですがね」

僕はさすがにいやになっていった。

「今後の近所づき合いのこともありますから、毎朝のあの鶩鳥の声だけはおやめになったらどうです？」

「鶩鳥？　なんだそれは？」

先生は妙な顔をしている。どうやら自分ではすこしも気づいていないらしい。

「君、鵞鳥はともかく、孔雀《くじゃく》の舌は大変な珍味だぜ」と、そこへまた、迷亭氏が事態を混乱させるようなことをいう。

「孔雀の舌？　そりゃうまいのかい？」

案の定先生は、目の前の僕のことなどそっちのけで、たちまち注意を奪われたようすだ。胃弱のくせに食いしん坊なのだ。

「うまいもなにも、古くは羅馬《ローマ》時代から欧州貴族の宴会に欠かせない食材だよ」と迷亭氏はうそかまことか、ろくでもないことを断言する。「前から君に御馳走《ごちそう》しようと思って探しているのだが、ご存じのとおり、孔雀の舌は一羽につき小指の半ばにも足りないのでね。健啖《けんたん》なる君の胃袋を満たす量を確保するために、少々時間がかかっているんだ。ま、楽しみに待っていてくれたまえ」

「ふふん」

先生はなんだかはっきりしない声でうなった。どうせまた迷亭氏の法螺《ほら》だろうと思いながらも、万が一真実だった場合、珍味を食べそこなうことが不安なのだ。

「孔雀の舌はともかく、このあいだ上野にトチメンボーを食いに行って、エラい目にあったよ」と迷亭氏はすました顔で、さらに妙なことをいいだした。

「うまいのかい、そのトチメンボーた？」先生は相変わらず手もなくひっかかる。

「うまいかどうかは人にもよるが、まあ少々変わってはいるだろうね」

「どんな食べ物なんだ？」

「そうさな。去年の暮れ——たしか二十七日と記憶しているが、僕がなにか変わったものを食べようと思いたって、上野の西洋料理に行ったとしたまえ」迷亭氏は金縁眼鏡を光らせて、こんなことを話しはじめた。

「店に入って献立を見せてもらったんだが、ちっとも変わったものが見当たらない。ボーイを呼んで『どうもこの店には変わったものもないようだねえ』と文句をいうと、なかなかどうして、ボーイも負けぬ気で『鴨《かも》のロースか子牛のチャップ*などはいかがです』と生意気をいう。そうなると、しかたがない、やっぱり僕だって負けるわけにはいかないから『そんな月並みを食いに、わざわざここに来やしない。仏蘭西《フランス》や英吉利《イギリス》あたりに行くと、なめくじのソップ*や蛙のシチュくらいの、いくらか変わったものも食えるんだが、日本じゃこのとおりどこへ行ったって版《はん》でおしたようで、だから西洋料理屋にはいる気がしないんだ』といってやったのさ」

「フランスやイギリス？」先生が眉をひそめてつぶやいた。「君は、イギリスはおろか、上海《シャンハイ》にだって一度も行ってやしないじゃないか」

「そりゃ、まだ行ってないさ」迷亭氏はけろりとしていった。「これから行こうと思っているんだ。そのつもりのところを、過去に見立てていっただけのことだよ」

「ナール」と先生は「ほど」を略して引っぱった。感心しているのか馬鹿にしているのか、よくわからない。

「それで、トチメンボーはどうなったんだい？」

「うん」と迷亭氏はあごをひねって先を続けた。

「ボーイはもはやグウの音も出ない。ここ日本海において勝敗ははっきりと決したわけだ。僕は勝者の余裕を示しつつ、おもむろに『日本じゃ、なめくじのソップや蛙のシチュは食おうっても食えやしないだろうから、きょうはまあトチメンボーくらいなところで負けとくさ』と注文すると、ボーイは変な顔をして『*メンチボーですか』と聞きかえしてくる。僕は『メ、ン、チボーじゃない、ト、チ、メ、ン、ボ、ーだ』と念を押した。ボーイはしばらく思案していたが、『お気毒様ですが、今日はトチメンボーはお生憎様《あいにく》で、メンチボーならすぐにできます』という。僕は『それじゃせっかくここに来た甲斐《かい》がない。どうかトチメンボーを都合して食わしてもらうわけにはいかないか』とボーイに二十銭銀貨を握らせて、料理番と相談してくるようにいったんだ……」

「やっ、思い出したぞ！」

先生が、話の途中にもかかわらず、とつぜん声をあげた。

「さっきからどこかで聞いたことがあると思っていたら、トチメンボーた、橡面坊《とちめんぼう》のことじゃないか。日本派の俳人、安藤錬三郎《あんどうれんざぶろう》の俳号だ」

「おや、今ごろ気づいたのかい。僕はまた、君なぞはとっくに気づいていると思って話していたのだがね」

「なに？　いや……エヘン。もちろん気づいていたさ。気づいてはいたが……」

「西洋料理屋で働いているってだけでおつにすましている小生意気なボーイがいたものだ

から、ちょっとからかってやろうと思ったのさ」迷亭氏はすました顔でいった。「どうもあの連中は、横文字を並べりゃ、それで高尚だと思ってやがるからね。月並みた、あんな連中のことをいうんだ。連中に、それらしい名前の、ありもしない料理を注文したら、どんな馬鹿ないいわけをしてくるか楽しみにしていたのさ。ところが……」

「まさかとは思うが、出てきたのかい？」

「ウン。しばらくして、ボーイが蓋《ふた》つきの皿を運んできた」迷亭氏はちょっと肩をすくめた。「ボーイは、僕の目の前のテーブルに皿を置いて、蓋を取ると『ご注文のトチメンボーでございます。ごゆっくりお召し上がりください』ともったいぶった口調でいって下がっていったんだ。皿の上には……」

「うひゃあ！」

先生が頓狂《とんきょう》な声をあげた。

「それじゃ君は、その西洋料理屋で、その……日本派の俳人を食っちまったのか？」

「馬鹿な。いかな僕だって――そりゃ時には人を食った話はするが――人肉を食ったりするものか」迷亭氏はさすがにあきれたようにいった。「皿の上にはなんの変哲もない木の棒と、紙が一枚のっている。紙にはこう書いてあった。『この棒は、栃麺《とちめん》を延ばすのに用いる棒也《なり》。称して栃麺棒《とちめんぼう》という』」

「栃麺を延ばすのに用いる棒だから、トチメンボーか。なるほど、こりゃいい！」先生は手を打っていった。

「いや、実際一本取られたよ」と迷亭氏は相変わらずすましたものだ。「ボーイから相談された料理番は、すぐに僕が冗談をいってからかっているのに気づいたんだね。それで、出てきたのが栃麵棒というわけさ。西洋料理の料理番、侮《あなど》りがたしだ。どんな場所にも、月並みでない奴はいるものだね……」

僕はこのへんてこなやりとりを聞いているうちに、ふとあることを思いつき、席を立って、こっそりと先生の家を抜け出した。

4

街《まち》に出ると、通りは大変なにぎわいだった。

さっき株屋もいっていたが、今年の正月早々、日本軍は難攻不落《なんこうふらく》といわれていた露西亜《ロシア》の要塞《ようさい》を陥落させ、旅順に入城した。新聞はいっせいに号外《ごうがい》を出してその知らせを国民に伝え、以来連日のように景気の良い号外が配られている。

街の雰囲気はまるで――正月気分ともあいまって――まだ続いている露西亜との戦争に、もう勝ったようなぐあいだった。

百貨店では旅順陥落を祝して福引大売出しが十日間連続で開催されていた。日比谷《ひびや》公園でも〝旅順攻略東京市大祝勝会〟がおこなわれている。国旗屋や提灯《ちょうちん》屋が大儲《おおもう》けをしたそうだ。ちょっとのぞいただけでも食べ物屋はどこもいっぱいで、みんな浮かれたように大酒を飲んでいる。年明けこの方、どこの会社も株価がうなぎのぼりらしいが、僕がよく利用する貸本屋のおやじだけは浮かぬ顔だった。

「ひどいものだよ。とくに、あんたが借りていくような探偵小説や復讐物《ふくしゅうもの》なんざあ、戦争がはじまる前に比べりゃ半分以下にもなりゃしねえ」

本を借りに立ちよると、貸本屋のおやじは、最近ではいつも苦虫をかみつぶしたような顔で愚痴をこぼしている。

「日露の戦争がはじまってから、みんな、戦局を報じる新聞や戦争雑誌ばかり読んでいやがるんだ。やれやれ、そんなに戦争が楽しいのかねえ？」

「号外！　号外！」

街角でくばっていた号外を受け取ると、ちょうど旅順をめぐる戦闘の詳細な記事がのっていた。

激烈な戦闘、だったらしい。

旅順要塞を落とすに際して、攻め手側の日本軍も大きな痛手を被った。負傷者は数知れず、日本兵の死者は五万とも六万とも……

僕は眉《まゆ》をひそめ、先日このあたりで出会ったお婆さんのことを思い浮かべた。お婆さんは、一人息子が出征するのを見送りに、田舎から出てきていたのだ。息子さんは旅順に行かされるといっていた。あのとき僕は「乃木将軍が……部下を犬死にさせるようなことはありませんよ」といってお婆さんをなぐさめたのだったが——

　負傷者は数知れず、日本兵の死者は五万とも六万とも……

お婆さんの息子さんは無事だったのだろうか？

そんなことをつらつら考えていたので、うっかり肝心《かんじん》の相手を見逃すところだった。

僕が行く手をさえぎるように正面に立つと、相手ははっとおどろいたように顔をあげた。

「あら、あんた」

猫顔をした小柄な女性——二弦琴のお師匠さんの家の下女は、僕だとわかるとほっとしたようすでいった。

「こんなところでまた会うなんて、偶然ね」

「偶然じゃありません」と僕は首をふり、「さっきから、ここであなたが出てくるのを待っていたんです」そういって、視線を正面のビルディングにむけた。

「待っていた？　待っていたってどういう意味よ？」下女は混乱したようにいった。「第一、あたしがここに来ることを、なんであんたが知っているのよ？」

「そのことなんですが……」僕はどう説明したものか迷って頭をかき、結局、「その前にひとつだけ教えてください」とたずねた。

「なによ」と下女は横目でじろじろと僕をながめている。

「お師匠さんが飼っていた三毛猫は、あなたが殺したんですね？」

「だいじょうぶですか？」

　僕はあわてて相手を助け起こした。二弦琴のお師匠さんの家の下女は、僕が三毛猫について たずねた瞬間、まるで白昼に幽霊でも見たように細い眼をいっぱいに見開き、その場にへなへなとすわりこんでしまったのだ。

「どうして……なんで……そのことを……？」

「お財布《さいふ》に鈴を入れてやしませんか？」

　僕は相手を落ち着かせようと、なるたけなんでもないようにたずねた。

「元旦《がんたん》に見かけたとき、お宅の三毛猫は赤い首輪をして、首輪についた金の鈴がチャラチャラとよい音で鳴っていた。あの鈴をおもちですよね？」

　下女はじっと僕の顔を見つめていたが、やがてあきらめたように首をふり、財布を取り出して、中から金の鈴をつまみあげた。

「なんであたしがお財布にこの鈴を入れているってわかったの？」下女がたずねた。「こんな小さな鈴の音が外にまで聞こえるはずはないし……それに、元旦に一度見かけただけなんでしょう。この鈴が三毛子のものだって、どうしてわかったのよ？」

「わかったのは、僕じゃありません。猫です」

「猫？」

「ほら、先生の家にいる、あの……」

「あの名なしの野良猫！」

「ま、そうです」

僕は肩をすくめた。

「あなたはさっき、先生の家の前で尻餅《しりもち》をついていましたが、あれはうちの猫が急に飛びついてきたからですよね？」

「そうよ。あの猫が、垣根の上から急にあたしに飛びかかってきたんだわ」と下女はとまどったようにこたえた。「あたしはびっくりして、一瞬、あの猫が……」

「あなたが殺した三毛猫の幽霊だと思った？」

下女は下唇をかんで、無言でうなずいた。

あのとき、下女が腰を抜かしたように尻餅をついて「猫が……」とか「猫に……」とか意味不明の言葉を叫んでいたのは、そういう理由だったのだ。

「あなたに飛びついたのは幽霊猫じゃありませんし、まして先生の家の猫が死んだ三毛猫の復讐のためにあなたをおどろかせたわけでもありません」僕はいった。「猫はたぶん、あなたの財布の中で鈴の音が鳴るのを聞きつけて、仲良しの三毛猫が遊びに来たと思ったのです。だから……」

「鈴の音にむかってまっすぐに飛び出してきた？」

「ええ、おそらくは」

僕の謎解きに、下女はほっと息をつき、いくらか安心したようすだった。が、またすぐに首をひねって「でも、わからないわ」といいだした。

「猫はともかく、あなたはなぜそのことに気づいたの？」

「先生の家には、とかく変な人たちが集まる傾向がありましてね」僕は苦笑していった。

「みんな好き勝手に、およそ月並みでないことをしゃべっているのです。ところで言葉というやつは不思議なもので、全然関係のないふたつの言葉が結びつくことで、思いもかけぬ真実を開示することがあるのですよ」

下女は、ぽかんと口を開いている。

「えー、つまりですね」

僕はちょっとあせった。このままでは僕も、先生の家に集まる変人の一人だと思われそうだ。

「つまり、僕はトチメンボーの話を聞いていて、あることを思いついたのです」

「トチメンボー……」

逆効果だった。下女は狂人を見るように僕をうかがい、今にも逃げだしそうな怯《おび》えた目で左右を見まわしている。

僕は急いで、迷亭氏から聞いたトチメンボーの一件をかいつまんで話した。

「迷亭さんはトチメンボーなんていいかげんな言葉をでっちあげて相手をからかおうとしたのに、その言葉どおりの物——栃麺棒——が出てきてしまった。だとしたら、いいかげんに発した言葉が、本人の案に相違して真実を指すこともあるんじゃないかと思ったのです」

そういっても、相手は依然として訝《いぶか》しげなようすで僕を横目で見ていた。

が、僕が先生の声色をまねて、

――おおかた、ジャムでもなめすぎたんだろう。

というと、下女は急に真顔にかえった。

「あなたのご実家が薬屋だということは、お師匠さんから聞きました」僕はいった。「そのときは気づかなかったんですが、トチメンボーの話を聞いているうちにふと、先生の言葉を聞いたとたん、あなたが急に立ちあがってどなりはじめたのを思い出して、それから芋づる式にいろんなことを思いついたのです。例えば、ジャムという言葉が、場合によっては別の物を指すことがあることをね」

微笑んでみせたが、下女はやっぱり青い顔で僕をにらみつけている。

「僕の学校の友人にも薬屋の息子がいるんですよ」しかたなく、先を続けた。「そいつから聞いたんですが、薬屋にはいろいろな符丁《ふちょう》があって、例えばアヘンはジャムと呼ばれているそうですね？　あなたがお師匠さんが飼っていた三毛猫に使った毒は、実家からもちだしたアヘンだった。だから、あなたは先生がなにげなく発したあの言葉――おおかた、ジャムでもなめすぎたんだろう――を聞いて飛びあがったんでしょう？」

下女は僕から視線を逸《そ》らし、わきをむいて、きつく下唇をかんだ。

僕のいいかげんな推理は、どうやら図星《ずぼし》だったらしい。

とはいえ、僕が貸本屋で借りて読んでいる探偵小説の名探偵ならば、もっとずっと早く真相にたどりついていたはずなのだ。

例えば、猫が踊りをおどったあのときに。

あのとき僕たちはみんな——先生も、奥さんも、娘さんたちも、下女の御三どんも、そして僕も——猫がお雑煮を食べて踊りをおどっているのだと思った。なるほど、うちの猫はたいていのものは食べる。お子さんたちが食べ残したパンを食べるし、餅菓子《もちがし》の餡《あん》もなめる。一度などは先生が食べ残した沢庵《たくあん》を二切ればかり食べるのを見たこともある（もっとも、これはよほどまずかったと見えて、あとで妙な顔をしていた）。

それでもやっぱり、猫がお雑煮の残りの餅を食べて踊りをおどるはずはないのだ。

うちの猫が——たぶん、どこの猫もそうだろうが——新しい食べ物にいきなりかみつくということは絶対にない。口に入れる前にかならず、まずは前足でちょっとさわってみる。鼻で匂いをかぐ。なめてみる。いろいろと慎重に安全を確認して、それからようやくがぶりとかみつくのだ。もし餅のようにねばねばしたものだったら、猫はねばねばしたものがきらいだから、前足でさわった時点でいやがって口にしないはずだ。ところが、あのときにかぎって猫は餅にいきなりかみついて、踊りをおどるはめになった。普段ならしないことを、あえてやった。その理由を、僕はうかつにも、それと気づかずに、この目で見ていたのだ。

猫が踊ったのは元日のお昼すぎだった。

あの日の朝、僕は、うちの猫とお師匠さんの三毛猫が仲良くしているところを見ている。二匹の猫は仲良くおたがいに毛づくろいをしあっていた。もしあの時点で、すでにアヘン入りの食べ物が三毛猫に与えられていたのだとしたら――アヘンの味や匂いに気づかれないよう、小魚の腹かなにかに仕込んだのだろう――その一部をうちの猫がなめてしまったとしても不思議ではない。おそらくそのせいで、うちの猫は少々変になって普段ならけっしてしないことを――お雑煮の残りの餅にいきなりかみつくようなことをしでかしたのだ。それが、あの〝猫踊《ねこおど》り〟の正体だった……。

下女が顔をあげて、僕の顔を正面からのぞき見た。

「それじゃ、あたしがなぜ三毛子を殺さなくちゃならなかったのか、あんたはその理由も知っているの？」

「知っているわけじゃありません」僕は肩をすくめた。「けれど、可能性を推理することはできます」

「推理？　なによ、それ？」

「ヒントはいくつかありました」

僕は、最近読んだばかりの、ある探偵小説の主人公をまねていった。

「お師匠さんの猫が三毛猫《みけねこ》だったこと。近ごろ、あのあたりの屋敷町を株屋がうろついていること。それからお師匠さんが、もとは、えー、天璋院の御祐筆《ごゆうひつ》の妹さんのお嫁に行った先の……なにしろ大変身分がよかった方で、そのうえ死んだ三毛猫を人間あつかいしていて、残念ながら、最近では少々ぼけていらっしゃるらしい、といったことです」

「うちのお師匠さんは、なにもぼけているわけじゃ……」

と、むきになって反論しようとする下女に、僕は片手をあげて先を続けた。

「たぶん、去年の暮れごろでしょう。あなたが外に出かけているあいだに、株屋がお師匠さんの家にあがりこんで言葉巧みにお師匠さんに株を買わせてしまったのではないですか？　もっとも、お師匠さんには自分がなにを買ったのかすらわからなかったはずです。なにしろ昨今の株の売買なんてものは、たいていは預かり証だけで、株券の実物すら見ない場合が多いそうですからね。想像ですが、おそらくそのとき、お師匠さんのひざの上で三毛猫が寝ているのを見て、口の上手《うま》い株屋は『その猫ちゃんのためにもぜひ』とかなんとか、そんなことをいったのでしょう。

　外から帰ってきたあなたは、お師匠さんから話を聞いておどろいた。先生の家もそうですが、まっとうに暮らしていれば、株を買う余分なお金などないはずですからね。お師匠さんにたずねると、預かり証は猫の首輪に縫いこんでしまった、あれは三毛子のものだから大事にしなくちゃいけない、と株屋に教えられたままのことをいう。そこであなたはなんとかして猫から首輪を取りあげようと機会をうかがった。ところが、三毛猫というやつは——ごくまれに例外もあるようですが——まず雌《めす》と相場がきまっています。雌猫は、先生の家の雄猫などとはちがって、ほとんど外に出かけずに家にいて、しかもたいてい飼い主のまわりをうろちょろしている。お師匠さんのあの口ぶりじゃ、たぶん寝るときも一緒だったのでしょう。お師匠さんにいくら頼んでも、首輪から預かり証を取り出させてはくれない。といって、お師匠さんの目の届かないところで猫から首輪を取り上げることもできない。困りはてたあなたは、しかたなく……」

「……米屋が、もうこれ以上待てないっていうのよ」下女はげっそりとした顔でいった。

「お師匠さんが株屋にだまされたお金は、暮れに米屋に払うはずのお金だったの。お師匠さんは、もとは大変身分のよかった方だから、お金のことなんぞすこしもおわかりにならない。あたしがいくら『株なんて猫にとっては小判《こばん》みたいなもので、すこしも役に立ちません』っていっても、お師匠さんはすっかり株屋にだまされていて『この子の将来のためになるものだから』といって聞かないし……。しょうがないから、あたしは自分で株屋に掛け合いに行ったわ。でも株屋は、預かり証がなくちゃだめの一点張り。そのうちに、米屋がもう待てないといいだして――ほかにもあれこれ払わなくちゃならないお金があって――あたしはもうどうして良いかわからなくて……」

「だからあなたは、きょう位牌《いはい》ができてくるのを待って、首輪をもって株屋に出かけた」

僕は独りでうなずき、ひょいと顔をあげてたずねた。

「年が明けて株価が馬鹿みたいに上がったそうですから、お師匠さんのお金はずいぶん増えて返ってきたんじゃないですか？」

「なんですって？　そう……そういえばそうね。おかげで今年はすこしは息がつけそうだわ。あの三毛子が稼いでくれたんだと思えば、皮肉な話だけど……」

とつぶやいた下女は、急にはっとした顔になり、自分が出てきたばかりのビルディングを肩越しにふりかえった。

「そう、そういうことなの？　だからあんたは、あたしが株屋から出てくるのを待ち伏せしていたのね？　あんた、いくら欲しいの？」

「そういうつもりはありません」僕は肩をすくめた。

「じゃあ、いったいなんなのよ？」

「僕はただ真相が知りたかっただけです」

「真相、ですって！」

下女はあきれたように声をあげた。

「まさか……でも……本当にそれだけなの？」

「ええ、それだけです」

下女はしばらく疑わしげに僕をじろじろとながめていたが、僕が本当にそれだけの意図しか持っていないことに気づくと、ふいに顔を歪《ゆが》めて、泣きだしそうな顔になった。

「やれやれ。お宅の先生が変わり者なのは、前々から知っていたけど……」

彼女は――たぶん、ずっと一人で抱えていた秘密を誰かに聞いてもらえてほっとしたのだろう――半べそをかきながら、くしゃくしゃになったその顔に無理やり笑みを浮かべて、僕にいった。

「あんたも、やっぱり変な人だわ」

其の三

泥棒《どろぼう》と鼻恋《はなこい》

1

近ごろ、世の中がなにかと騒がしい。

去年の年末には三宅島《みやけじま》で大きな火事があって三百軒以上の家が焼けたそうだし、列車と貨車が衝突して転覆するという事故が起きた。今年にはいってからも、大阪港で濃霧のために船が沈没して乗客九十四人が行方不明になったり、福岡の炭鉱では大きな落盤事故が起きたりしている。そのほかにもいろいろと変な事件が起きていて、もちろんたまたま重なっただけなのかもしれないけれど、巷《ちまた》になんとなく落ちつかない空気が流れているのはたしかだった。

僕がよく利用している貸本屋のおやじの意見によると、「それもこれも、日本が戦争をしているせい」なのだそうだ。

「日本が戦争をはじめて以来、みんな戦局を報じる新聞や戦争雑誌ばかり読んでいて、さっぱり本を借りにきやしねえ。戦争ってやつは、つきつめれば、要するに人殺しのことじゃねえか。毎日ろくに本も読まず、人殺しの結果に一喜一憂しているんだから、物騒な世の中になってもしかたがねえや」

と貸本屋のおやじはいうのだが、なんだか自分の商売がうまく行かなくなったのでボヤいているだけのような気もしないではない。もっとも——情報通の中学の同級生によると——日本と戦争をしている敵国・露西亜《ロシア》でも、昨年以来、デモをする民衆に軍隊が発砲して死者が出たり、逆に役人や政治家、皇族にまで爆弾が投げつけられたりする事件が相次いでいるのだそうだ。

なんとも物騒な話である。

そんな折も折——

先生の家に泥棒がはいった。

こちらは……なんともまぬけな話である。

表札を御飯粒で貼りつけ、しかも屋根にペンペン草が生えているような家は、町内広しといえども、まず先生の家くらいなものだ。同じ泥棒をするんだったら、もっとはいりがいのある家がいくらでもあるだろう。

その日の朝、僕が表に顔を出すと、すでに巡査《じゅんさ》が来て、先生ご夫妻と対談しているところだった。僕の姿に気づいた先生は、伸びあがるようにして手招きをした。

「君、泥棒だよ！　どーろーぼー。昨夜、うちに泥棒がはいったんだ！」

先生は、なんだかやけにうれしそうである。

「そのようですね」

僕はちょっと肩をすくめてみせた。表に出てくる途中、台所で下女の御三どんにつかまって、おおかたの事情はすでに聞かされていたのだ。

先生は急につまらなさそうな顔になって口を尖《とが》らせた。……どうやら、僕の反応が物足らなかったらしい。ふんとひとつ鼻を鳴らすと、先生、今度は、

「ところで君、なんで吠《ほ》えなかったんだ」といいだした。

「吠える？　僕が……ですか？」

「だって君、書生だろう？」

とたずねた先生のほうが、むしろきょとんとした顔をしている。

——書生を番犬《ばんけん》かなにかとまちがっているらしい。

どうこたえたものか対応に窮していると、先生は顔をしかめて、

「そうか、書生は吠えないのか……そういえば、うちの子供たちも吠えないな。……これじゃ家に何人いても役に立ちゃしない。これからは、吠えるかどうかをちゃんとたしかめてから数を増やすとしよう」

とかなんとか、よくわからないことをぶつぶつつぶやいている。

それまで黙っていた巡査が——どうやら先生は相手にならぬと見て——奥さんにむかってたずねた。

「それで、盗難にあったのは何時ごろなんです？」

これは……妙な質問である。

泥棒がはいった時間がわかるくらいなら、なにも盗まれる必要はないはずだ。ところが

奥さんは、

「さあ、何時ごろでしょうねえ」と首をかしげて考えている。

――考えればわかるのだろうか？

僕が隣であきれていると、奥さんはひょいと先生に顔をふりむけて、

「あなたは夕《ゆう》べ、何時にお休みになったんですか？」とたずねた。

「俺？　俺か？」

先生は急にふられてびっくりしたようすで、ぱちぱちと目を瞬《しばた》いた。

「俺の寝たのは……そうだな、お前よりあとだ」

「ええ、私が伏せったのは、あなたより前ですわ」

「目がさめたのは何時だったかな？」

「七時半でしたでしょう」

「すると泥棒のはいったのは、何時ごろになるかな？」

「なんでも夜中でしょう」

「夜中はわかりきっているが、何時ごろかというんだ」

「それは、よく考えてみないとわかりませんわ」

――奥さんは、まだ考えるつもりらしい。

このやりとりを聞いて、巡査もさすがにあきらめたらしく、

「それじゃ、盗難の時刻は不明ということで……」

といいかけた瞬間、先生が急になにか思い出したようすで、飛びあがるようにして叫んだ。

「そうだ猫だ！　猫はどうしていた？」

「猫？」

僕は思わず巡査と二人で顔を見合わせた。

「猫というと、先生の家の、えー、あの猫ですか？」

先生の家では猫を一匹飼っている――というか、先生によれば「勝手に住みついている」そうだが――いずれにしても、もうずいぶん長く同居しているのに、この猫には名前がまだない。名前がないとなにかと不便なので、いいかげん名前くらいつけてやってほしい、と僕はいつも思っているのだが、先生はもちろんいっこうに平気である。

「猫といったら、うちの馬鹿猫に決まっているさ」

先生は、なんでそんな当然のことを聞くんだといわんばかりに口を尖らせ、

「昨夜はだいぶにぎやかだったようだが……」

とそこまで聞いて、僕はようやく先生がなにをいいだしたのか思い当たった。

春先のこの時期、屋根の上や庭先に、浮かれ歩く町内の猫たちの声が聞こえない夜はない。

所謂《いわゆる》〝猫の恋〟というやつだ。

千金の春宵、心も空《そら》に雌猫雄猫が狂いまわっている。

俳諧《はいかい》の世界では春の季語に取りあげられるほど風流なものらしいが、僕が居候《いそうろう》させてもらっている物置の屋根の上では、このところ毎晩のように猫たちが浮かれ騒いでいて、そのたびに眠りをさまたげられる僕にとっては、正直、迷惑な話であった。

「うちの猫はどうしていたんだろう？」先生は首をかしげていった。「泥棒がはいったのなら、そのとき猫が騒いだはずだが……？」

猫が騒いだのなら、それが泥棒のはいった時刻というわけだ。

先生にしては目のつけどころの悪くない指摘だったが、残念ながらこの質問には僕が自信を持ってこたえることができた。

「昨夜、うちの猫は全然騒いでいませんよ。たぶん、ずっと寝ていたんでしょう」

「ずっと寝ていた？」

「ええ。先生と一緒に……」

僕は最後のほうの言葉は口の中でつぶやいたきり、横をむいて、思い出し笑いをこらえるのに懸命だった。

きのうの晩——といっても、まだ宵《よい》の口だったが——猫たちが朧《おぼろ》うれしと物騒な風流気を出して庭先であまりにうるさく騒ぎまわるので、僕はとうとうたまりかねて、かれらを追いはらうというささか無粋《ぶすい》な行動に出ることにした。

なにげなく母屋《おもや》のほうをのぞくと、書斎の窓が開いていて、先生の姿が見えた。

先生は——

いつものように机につっぷして眠っていた。赤い薄い本が、ちょうど先生の口ひげの先につかえるくらいなところに半分開かれて転がっている……。いつものようにというくらいだから、この光景は別段めずらしくもなんともない。なにしろ先生は、先日も僕にむかってこんなことを喝破《かっぱ》したくらいだ。曰《いわ》く、

——書物とは読むものではない。眠りをさそう器械である。活版《かっぱん》の睡眠薬である。

と。

意想外の真理に啞然《あぜん》とする僕にむかって、先生は続けていった。

「ぜいたくな風流人が*竜文堂《りゅうぶんどう》に鳴る松風*の音を聞かないと寝つかれないごとく、書物を枕もとに置かないと眠れない者があるのも、また真実なのだ」

だから先生は、寝るときはかならず横文字の小本を二、三冊たずさえて寝室にはいる。もちろん一行も読まない。睡眠のために必要なのだ。最近はもっぱら分厚いウエブスターの大辞典をかかえていく。なんでも、これがいちばん熟睡できるそうである。

というわけで、先生が本を広げて眠っているのは見慣れた光景だったが、そのとき書斎に猫がのそのそと歩いてはいってきた。そして、僕が見ている目の前で机の上に飛び乗ると、ひとつ大きなのびをして、やっぱり本にひげの先がつっかえるくらいなところで、くるりと丸くなって、たちまち眠ってしまったのだ。

僕はわが目を疑った。

文字どおりの鼻っ先、家の庭先に町内の猫たちが集まり、恋の饗宴《きょうえん》をくりひろげている

まっ最中《さいちゅう》である。

──のんきに寝ている場合じゃないだろう。

と思わず声をかけそうになり、ふと、開いた本をはさんで眠っている先生と猫とがあまりにそっくりなのに気づいて、僕は笑いをこらえつつ物置にかけこんだのだ……。

「時刻は不明、と」

巡査はあきらめたようすで肩をすくめ、勝手に手帳に書きつけた。それから、手帳に目を落としたまま、肝心な点をたずねた。

「それで、なにを盗まれたんです？」


──なにを盗まれたのか？

この問いのあと、変な間があいた。

先生と奥さんはしばらく顔を見合わせ、無言で首をかしげていたが、

「なにといって……」と先生がようやく口を開いた。

「そりゃあ、もう大変な損害にきまっているさ。……なあ、お前」

「ええ、そりゃあもう、大変な損害ですわ」

めずらしく夫婦で意見が一致したのをさいわい、お二人は、なあ、ええ、としきりにうなずき合っている。

「大変な損害なのはわかりましたが」と巡査は手帳から顔をあげてたずねた。「具体的に

なにを盗まれたのか、品物をあげてください。例えば〝羽織《はおり》何点、対価いくら〟といったぐあいにです」

「具体的なんて、いきなりいわれても……なあ」

「ええ、そうですわ。急にそんなことをいわれましても、ねえ」

巡査はそろそろうさん臭げな顔になって、二人を交互にながめた。

「ああ、そうだ！　ほら、あれだよ、あれ」先生が眉《まゆ》をひそめ、人さし指を顔のわきでしきりにふりながらいった。「あれを盗まれたんだった！」

「そうそう。そうでしたわね。あれを盗まれたのでしたわ」

「あれは……名前はなんといったかな？　巡査さんが聞いているんだ。お前からおこたえしなさい」

「おほほほ。いやですわ。あなたがおこたえくださいな」

「俺は……まあ、きょうのところは遠慮しておこう」

「そんなことをおっしゃらずに。あなたがどうぞ」

「お前がおこたえしなさいといっているのだぞ。亭主のいうことが聞けないのか」

「こんなときだけ、亭主面されてもねえ」

「なんだと！　亭主になんて口のききようだ。家から出ていけ！」

「お生憎《あいにく》様。もう出ています。ここは家の外ですわ！」

大喧嘩《おおげんか》になりそうなところを、僕があいだにはいってなんとかその場をおさめ、お二人からそれぞれ話を聞いたところ、どうやら次の物が盗まれていることが判明した。

煙草《たばこ》一袋（「朝日《あさひ》」二十本入り、六銭）
黒足袋《たび》一足（二十七銭）
古毛布《ふるげっと》一枚（十二年来使用。価格、および色は不詳）
山の芋一箱……

「山の芋？」巡査は手帳から顔をあげ、首をかしげてたずねた。「すると盗賊は、お宅の台所から山の芋を盗んでいったんですか？」

「いいえ、台所からではありませんわ。わたしの枕もとに置いてあったんです」奥さんは平気な顔でいう。

「枕もとに……山の芋を？」

事情を知らない巡査は、きょとんとした顔をしている。

なるほど、山の芋を枕もとに飾って寝るのはあまり例のない話かもしれない。しかし、先生の奥さんは、例えば煮物に使う白砂糖を用簞笥《ようだんす》にしまっておくくらいの、一風変わった……はっきりいえば、人一倍かたづけ下手《べた》な人なのだ。山の芋はおろか、枕もとに沢庵《たくあん》を置いて寝ていても、不思議ではない。

「泥棒は、わたしの枕もとに置いてあった山の芋を、箱ごと盗んでいったんですわ」奥さんはすました顔で念を押すと、「*四寸角の、長さは、さあ、*一尺五、六寸ばかりもありましたかしら？　きのう届いたばかりで、まだ釘《くぎ》づけにして木箱にはいっていたんですのよ」と、手で大きさを示して、残念そうに眉をひそめている。

そういえばきのう、御三どんに呼ばれて、僕が重い木箱を受け取った。

四寸角、一尺五寸の木箱である。

大きさといい、重さといい――泥棒もまさか山の芋を枕もとに飾って寝ているとは思わないだろうから――よほどの貴重品が入った箱だとかんちがいして、盗んでいったにちがいない。

「山の芋を、枕もとから、ねえ」巡査は、いささかうんざりしたようすで手帳に書きとめた。「それで、対価はいくらくらいです？」

「あら、いやだ。山の芋の値段までは知りませんわ」

奥さんはにべもない。

巡査は無言のまま、先生に目顔で問いかけた。

「じゅ、じゅ、十二円……と、五十銭！」

先生は吃《ども》りながら裏返った甲高い声で答えた。

「十二円五十銭？　あの山の芋が、ですか？」奥さんが目を丸くして、先生に聞いた。

「そうとも。あれは、わざわざ久留米《くるめ》の山から掘ってきた山の芋だ。そのくらいはするだろうさ」

「馬鹿馬鹿しい。いくら久留米の山から掘ってきたって、山の芋が十二円五十銭もしてたまるものですか」

「しかし、お前はさっき値段は知らんといったじゃないか」

「知らなくたって、十二円五十銭は法外《ほうがい》ですわ」

「知らんけれども十二円五十銭は法外とはなんだ。まるで論理に合わん。それだから、お前はオタンチン、パレオロガスだというんだ」

「なんですって？」

「オタンチン、パレオロガスだよ」

「なんですの？　そのオタンチン、なんとかというのは」

「オタンチン、パレオロガスは——つまり、お前みたいなものだ」

「まあ、くやしい！　わたしが英語を知らないと思って、よっぽど馬鹿にしていらっしゃるのね。ええ、わかりました。それならもう、あなたとは口もききたくありませんわ」

奥さんはそっぽをむいてしまった。

若い巡査は、夫婦のやりとりをあっけに取られたようすでながめていたが、やれやれと首をふり、ため息をついて、もう一度先生にたずねた。

「それで、ほかにはなにを盗まれたんです？」

「ほかに？」

と先生は首をかしげ、しばらく考えたあげくに、しぶしぶとこたえた。

「まあ、だいたいそんなものだ」

2

巡査があきれて帰っていったのと入れちがいに、お客さんが玄関先に現れた。

「奥さん。よか天気で御座ります」

と訛《なま》りのある言葉で挨拶《あいさつ》して茶の間にはいってきたのは、多々良三平《たたらさんぺい》さんであった。

多々良さんは、僕が来る以前に先生の家で書生をしていた人で、今ではどこかの法科大学を卒業して、さる大会社の鉱山部に就職している——という話だ。折しも話題の山の芋は、この多々良さんが郷里筑後《ちくご》の国からわざわざ送ってくれたものであった。

「おや、多々良さん」奥さんがお客に気づいていった。「きょうはまたどうなさったの?」

お客にいきなり「どうなさった」とはあんまりだが、これには一応理由がある。

多々良さんは、九州の炭鉱勤務がきまったということで、一ヵ月ほど前に盛大な送別会を開いたばかりなのだ。とっくにむこうに赴任しているはずであった。

「今度、東京の本社詰めになり申した」

「あらまあ、もうお帰り。ずいぶんと早かったわね」

「それだけ優秀な人材ちゅうことですばい」と当人はきわめて平気な顔だ。「ところで、先生はどこぞへ出なすったか?」

「いいえ、書斎にいます」奥さんはつんと横をむいていった。

「勉強でごたるか。先生のごと勉強しなさると毒ですばい。たまの日曜だもの、あなた」

「勉強かどうか知りませんが、わたしがいってもだめだから、あなたが先生にそうおっしゃい」

「そればってんが……」といいかけた多々良さんは、ひょいと背後をふりかえって、たずねた。「今、こん家から巡査が出てきたようじゃが、なにか御座いましたか？」

「それがあなた、昨夜うちに泥棒がはいって……」

「へえ、こん家に泥棒がはいりましたか。物好きな泥棒があってごたる」

「せっかく多々良さんが送ってくださった山の芋を、みんなとられてしまいましたわ」

「山の芋を？　馬鹿な奴ですなあ。そげん、山の芋の好きな男がおりますか」

多々良さんは大いに感心している。

「それで、ほかにはなにを盗まれなさいましたか？」

「なにといって……そりゃあもう大変な損害ですわ」

「ははあ、大変な損害であんなさるか」と多々良さんはまじめな顔であごをひねっていたが、ふと座布団の上で猫が丸くなって寝ているのに気づくと、

「しかし惜しかことをしましたなあ――この猫が犬ならよかったに。奥さん、犬の大《ふと》か奴をぜひ一丁飼いなされ。猫はだめですばい。飯を食うばかりで――ちっとは鼠でもとりますか？」

「一匹もとった事はありませんわ。泥棒がはいったって知らん顔で寝ているばかりで……本当に図々《ずうずう》しい。まったく、誰に似たんだか……」

と奥さんがしゃべっている背後から、多々良さんの声を聞きつけたのだろう、懐手《ふところで》をした先生がのそのそと茶の間にはいってきた。

「先生、泥棒にあいなさったそうですな。なんちゅ愚なことです」多々良さんは、開口一番、遠慮会釈なくやりこめる。

どうもこのあたり、同じ書生身分でありながら僕のような凡人には想像もつかないのだが、多々良さんは先生の家に居候しているあいだじゅう、例の有名な川柳《せんりゅう》――《居候、三杯目にはそっと出し》ではなく、《六杯目にはにゅっと出し》のほう――を身をもって実践していたという剛《ごう》の者である。このご時世、このくらいの人でなければ大会社の鉱山部になど就職できないのだろう。

もっとも、先生だって負けてはいない。

「なあに、はいるほうが愚なんだ」と、あくまでも賢人をもって自任するばかりで、多々良さんが東京にいる理由さえ聞こうとしない。

「はいるほうも愚だばってんが、とられたほうもあまり賢こくはなかごたる」

「それじゃきっと、なにもとられるもののない多々良さんのようなのがいちばんかしこいんでしょう」と奥さんが、なにを思ったのか急にわきから口をはさんで、先生の肩をもった。

「それは、そうかもしらんが……」多々良さんは多勢に無勢と見るや、たちまちあっさりとうなずき、今度は座布団の上で寝ている猫に矛先《ほこさき》を転じた。

「いちばん愚なのはこの猫ですばい。ほんにまあ、どういう了見じゃろう。鼠はとらず、泥棒がきても知らん顔をしている。――先生、この猫を私にくれなさらんか。こうして置いたっちゃ、なんの役にも立ちませんばい」

「やってもいい。なんにするんだ？」

「煮て食べます」

ほう、と先生はこの猛烈なる一言《いちごん》を聞いて、興味をひかれたようすであった。

「これは食えるのか？」

「ありゃあ、先生は意外に物知らずですな。猫は陸河豚《おかふぐ》といってうまかです。猫ってえのは三年飼っても三日で恩を忘れる。そのうえ小判を見たって価値がわからない。玉葱《たまねぎ》と一緒に煮て食うにかぎります」

玉葱と一緒に煮て食われるかもしれないこの一世一代の危機に、猫は――

相変わらず座布団の上で眠りこけている。見れば、薄く開いた口から少々よだれまでたれているようだ。……やっぱり、先生に似ている。

先生は、うふと気味の悪い胃弱性の笑いをもらしたきり、それ以上は別段の返事もしなかった。多々良さんが、それ以上はぜひ食いたいといわなかったのは、猫にとっては望外の幸運というべきだろう。

「それで、なんの用だ？」先生が多々良さんにたずねた。

「用がなくちゃ来ちゃならんですかね？」

「来ちゃならんことはないが、たいてい用がなくては来んだろう」

「ははあ、なるほど。そういえば、そうでごたるな」と多々良さんは平気な顔でうなずくと、「きょうは先生にビールを一ダースもってきたでごたる」といった。

「ほう、久留米の山じゃ、芋だけでなくビールも採れるのか？」

「いくらなんでもビールは採れんですばい。ビールは金田《かねだ》さんに頼まれて運んできたとです」

「金田？」先生は首をかしげている。

「向こう横町に、倉つきの、二階建の、めっぽう大きな西洋館がたっておりましょう。あれが金田さんのお屋敷ですばい。金田さんはえらか実業家で、二つも三つも会社を兼ねていて、それにどの会社でも重役なんで――なにしろ実業の世界じゃ、たいした有名人でごたる」

といわれても、先生は相変わらず首をかしげたままである。

別段おどろくほどのことではない。先生はこのあいだも、茶の間で寝ている赤ん坊をしげしげとながめて「おい、これはうちの子供だったかな？」と奥さんに訊《き》いたくらいだ。向こう横町はおろか、隣の家にどんな人が住んでいるのか、先生がとっさにこたえられたら、そっちのほうがおどろきだ。

そもそも先生は、相手が博士とか大学教授とかいうと面白いほど恐縮するが、妙なことに実業家に対する尊敬の度《ど》はきわめて低い。というか、自分が実業家や金満家から恩恵をこうむることなどけっしてないと信じているので、自分が世話になる見込のない人についてはおよそ無頓着《むとんちゃく》なのだ。したがって、どこに、どんな実業家が、どれだけ生息していようが、先生にとっては月の上で兎が餅《もち》をついているのと大差ないのである。

「先生はご存じなさらんか」と多々良さんはたいして困ったようすもなく、頭をかいていった。「先方じゃ、ずいぶん世話になったようなことを話してごたったが……？　なんでも、むこうの奥さんが、先生のところに水島寒月《みずしまかんげつ》という人《じん》のことを訊きに、わざわざ出むいてきたとか、こんとか……」

「や、あの鼻か！」

先生はやっとなにか思い出したらしく、ぴしゃりとひざを打っていった。

「そういえば、この前、寒月のことを訊きに妙なのが来ていたな」

「鼻、とはなんのことでごたる？」

「先にむこうに行ったんなら見てきたろう、あの鼻子《はなこ》を」

「ははあ、金田夫人のことでごたるか。あの奥さんは、なかなかさばけた人ですたい」

多々良さんは相変わらず平気な顔でうなずいている。

「へえ、金田ねえ。あの鼻に名前があったとは知らなかった。たいしたものだ」先生は大いに感心している。

先生の家をそのお客が訪れたのは、今から半月ほど前のことである。

とつぜん、格子戸のベルが飛びあがるほど鳴りひびき、続いて「御免《ごめん》なさい！」と女性のするどい声がした。先生に女のお客はめずらしいなと思いながら出ていくと、玄関先に……なんというか、非常に個性的な顔立ちの女性がたっていた。

年は四十の上をすこしこえたくらいだろう、抜けあがった生え際から前髪が堤防工事のように高くそびえて、すくなくとも顔の長さの二分の一は天にむかってせり出している。目が切り通しの坂くらいな勾配《こうばい》で直線につるしあげられて左右に対立し――だが、なんといっても特徴的なのは、その顔のまん中に鎮座している大きな鼻であった。日本人にはめずらしい所謂《いわゆる》かぎ鼻で、一度はせいいっぱい高くなってはみたが、これではあんまりだと途中から謙遜《けんそん》して、先のほうへ行くとはじめの勢いに似ず垂れかかって下にある唇をのぞきこんでいる、といったぐあいだ。他の部品と比べて鼻だけがむやみと大きいので、誰か別の人の鼻を盗んできて顔へ据えつけたようにさえ見える。

これが先生のいう〝鼻〟もしくは〝鼻子〟――多々良さんのいうところの〝金田夫人〟であった。

金田夫人が「先生にぜひ面会を願いたい」というので、僕が座敷に案内していくと、まの悪いことにそこに迷亭《めいてい》氏が先客として来ていた。

自称〝美学者〟の迷亭氏は、先生の数すくない友人（？）の一人である。およそ他人の家も自分の家も同じものと心得ているような人で、いつも案内を乞《こ》わず、あるときは勝手口から飄然《ひょうぜん》と舞いこみ、あるときはこの家の下女の御三どんに命じて自ら持参した蕎麦《そば》を茹《ゆ》でさせたりしている。この日もどうやら勝手にあがりこんだとみえて、おかげでお客同士が鉢合わせをする羽目となったわけだ。

迷亭氏はむろん、新しくお客が来たからといって自分から帰るような人ではない。また先生も迷亭氏に帰れというはずもない。それどころか二人して新来の女性客の顔を——というか、鼻を——遠慮もなにもあればこそ、ぽかんと口を開け、無言のまま、あっけに取られたようにまじまじとのぞきこんでいる。

金田夫人はきつく眉《まゆ》をひそめ、ひさしの下からきいっとした表情で先生と迷亭氏をかわるがわる見かえしていたが、いつまでこうしていても埒《らち》があきそうにないと見てとるや、自分から型どおりに初対面の挨拶《あいさつ》をすませて、さっさと用件を切りだした。

用件とは、意外なことに、先生のかつての教え子で今もたびたび先生の家を訪れる水島寒月さんについてであった。金田家の一人娘である富子《とみこ》嬢と寒月さんの結婚話が内々で進んでいて、ついては先生から寒月さんについていろいろと聞いておきたい、というのが来訪の趣旨であるらしい。

聞けば、なるほどもっともな話である。が、先生は魅入《みい》られたようにお客の鼻から目を離せずにいるので、金田夫人の質問には代わって迷亭氏がこたえることになった。

「寒月さんは理学士だそうですが、どんなことを専門にしているので御座いましょうか？」

「大学院では地球の磁気の研究をやっているようですな」と迷亭氏にしてはめずらしく尋常にこたえた。

「なんでも近ごろこちらで、なんとかという研究結果を演説したそうですわね？」

「ああ、それならきっと『首縊《くびくく》りの力学』のことでしょう」

「首くくり？」

金田夫人はぞっとしたように首をすくめた。

「おおいやだ。首くくりだなんて。そんなものをやっていたんじゃ、とても博士にはなれますまいね？」

「そりゃまあ、本人が首をくっちゃ難しいでしょうが……」と迷亭氏はこたえて、ちょっと顔をしかめた。「首縊りの力学なら、まあなれないともかぎらんでしょう」

「よっぽどの変人ですわねえ。そんな人でも、博士になれますのかしら？」

「博士にならなければ、やれないとおっしゃるんですか」

「ええ。ただの学士じゃね、いくらでもありますから」

これには迷亭氏もいやな気がしたと見えて、不機嫌な顔で先生を見た。先生は――

相変わらず、あんぐりと口を開けて鼻に見入っている。

金田夫人は、先生のことはきっぱり無視して、迷亭氏にさらに質問した。

「そのほかにもたしか、もっとわかりやすいものをなにか勉強しておりましたでしょう?」

「そうですな……。先だっては『団栗《どんぐり》のスタビリチーを論じて併《あわ》せて天体の運行に及ぶ』という論文を書いたようです」

「それそれ。そのドングリですわ!」金田夫人は手を打っていった。「そもそもドングリなんぞを大学校で勉強するものでしょうか?」

「さあ、僕らも素人《しろうと》だからよくわからんが、寒月君がやるくらいなんだから、研究する価値があるんでしょうな。……まあ、それはそれとして」と迷亭氏は首をひねってたずねた。

「さっきから聞いていると、どうも——僕らが話すまでもなく——この家で寒月君が話した内容をずいぶんとご存じのようですな?」

「そりゃまあ、大事なことですもの。わたしのほうだって抜かりはありませんやね」

「それにしたって、あんまり抜かりがなさすぎるようですぜ。首縊りの力学はともかく、団栗のスタビリチーまでご存じとはおどろいた。いったい誰にお聞きになったんです?」

「この裏にある車屋のおかみさんからですわ」

「というと、あの黒猫のいる車屋ですか」

「黒猫のことは知りませんが、なにしろ裏の車屋ですわ」と金田夫人。

「おかみさんに頼んで、寒月さんがここに来るたびにどんな話をするかいちいち知らせてもらっていたんです」

「……そりゃひどい」迷亭氏が眉をひそめてつぶやいた。

「なあに、あなた方がなにをなさろうと、おっしゃろうと、それにかまっているんじゃないんです。寒月さんのことだけですよ」

「寒月君のことだって、誰のことだって――むこうは承知で引き受けたんですか？」

「ええ。引き受けてもらうったって、ただじゃできませんやね。それやこれやでいろいろ物も使っているんですから」

「それにしたって――ふん、ぜんたい、あの車屋のかみさんは気に食わん奴だ」迷亭氏はしぶい顔だ。

「だって、この家の垣根の外に立っているのはむこうの勝手じゃありませんか」金田夫人はすこしも悪びれたところがない。「聞こえて悪けりゃ、もっと小さな声でなさるか、もっと大きなうちで話をなさるが良いでしょう。車屋のおかみさんばかりじゃありませんわ。ほかにも……」

「ほかにもまだ探偵を雇っているんですか？」

「寒月さんのことじゃ、もうよっぽど使いましたわ」

「ちょっとおうかがいしますがね」迷亭氏はうんざりしたようにたずねた。「あなたのほうでは、本当にご令嬢を寒月君にやりたいと考えているんですか？」

「やりたいなんてえんじゃないんです」金田夫人はけろりとした顔でいった。「ほかにも口があるんですから、無理にもらっていただかなくても困りゃしません」

「それじゃ、これ以上寒月君のことなんか聞かなくていいでしょう」

「まあ！　だって、お隠しなさる理由もないでしょう」

事ここにいたっては、まるで子供の喧嘩《けんか》である。迷亭氏も迷亭氏だが、このお客だってなにをしに来たのかわからない、と僕があきれていると、とつぜん、頓狂《とんきょう》な声がせまい家中にひびきわたった。

「見ろ、迷亭！　出た、出た、ついに出たぞ！」

何事かとふりかえると、先生が座布団の上で跳びはねるように体をゆすりながら、女客の顔をまっすぐに指さしていた。

「隠す？　はは、冗談じゃない。どうやったって隠せるものか。*天網恢恢疎《てんもうかいかいそ》にして漏《も》らさず。悪事千里を走る、だ」

「どうしたんだ君、さては気でも狂ったかい？」迷亭氏がいつもの調子に戻って、たずねた。

「馬鹿。気じゃない。毛だ！」先生は喜色満面の笑みを浮かべて叫ぶ。

「さっきから、いま出るか、いつ出るかと待っていたんだが、やっと出た！　見ろ迷亭、あの見事なやつを！」

先生がなにを指さしているのかに気づいた瞬間、僕は危うくふきだしそうになって、あわてて襖《ふすま》のかげに自分の頭を押しこんだ。

金田夫人の顔のまん中に鎮座まします大きな鼻の下から、黒くて太い、見事なまでの鼻毛が一本飛び出していた。長さといい、太さといい、艶《つや》といい、まさに鼻そのものの大きさに見合う、立派な代物である。そのうえ、ごていねいにも、クルリとひとつ、毛先で輪っかまでつくっている。

とっさに襖のかげに顔を押しこんだ僕のような凡人とはちがい、先生や迷亭氏は脱俗超《だつぞくちょう》凡《ぼん》、彼らの辞書に遠慮などという奥ゆかしい言葉がのっていようはずもない。二人はたちまち女客の顔を指さして、大声でゲラゲラと笑いだした。

金田夫人も、さすがに自分の身になにが起きているのか察したのだろう、両手で自分の鼻を押さえ、顔をまっ赤にして立ちあがった。

「失礼な！　わたしを誰だと思っているんです！　金田の妻ですよ！」

押さえた両手のあいだから、なにかそんなことをもぞもぞといったようだ。それですこしは恐れ入るだろうと思ったのなら、相手が悪かった。先生と迷亭氏は相手の言葉を聞くやいなや、恐れ入るどころか、座布団から転がり落ち、畳の上に引っくりかえって、腹を抱えて笑いだしてしまったのだ。

金田夫人は、怒って帰ってしまった。

その後音沙汰《おとさた》がないのでどうなることかと心配していたが、こうして多々良さんにビールを持たせてくるくらいなら、事穏便《おんびん》にすませようというのだろう。なにがあっても義理は義理、人のうちへ話を聞きに行って知らぬ顔の半兵衛をきめこむわけにはいかないのが、世の大人の対応というものである。

もっとも大人だからといって、みんながみんな大人の対応をするとはかぎらない。

「さばけているかどうか知らんが、なんだ、あの鼻は」と先生はあくまで子供の対応をつらぬくつもりである。

「金田夫人は『先日お伺《うかが》いしたときは生憎《あいにく》別のお客様がいらしていて、ちゃんと話を聞けずに残念でした』というておったですばい」と、なにも知らない多々良さんは平気な顔でいう。

「ふん、誰がいたって関係あるものか。話を聞きにくるのに、あんな鼻をつけてくるほうが悪いや」

「持ってきたビールはどこに置いたらよかとです？」

「あの鼻から、ビールなんぞを受け取るいわれはない。持って帰れ」

「しかし、もらえるものはもらえるときにもろうておいたほうが得ですばい」

「しかしもクソもあるものか。……ふん、どうせ車屋のかみさんにはもっと使っているんだろう」と先生、なんのことはない、要するに拗《す》ねているのだ。

あのときは鼻に見とれて話を聞いていなかったはずだが、あとで迷亭氏から事情を聞いて妙なぐあいにへそをまげてしまったものらしい。

「ビールだと？　ジャムならなめてやってもいいが、ビールのような苦いものが飲めるかどうかちょっと考えればわかりそうなもんじゃないか」

などと、先生はぶつぶつとつぶやいていたが、ふいにはっとした顔になり、きょろきょろとあたりを見まわした。

「えへん、えへん。……そうだ多々良、ちょっと散歩をしようか」

先生は、いかにもわざとらしい、取ってつけたような口調でいった。

どうやら車屋のかみさんが垣根の外で聞いていることを、今さらながら思い出したらしい。

一方、多々良さんは――

六杯目のあの性格である、逡巡《しゅんじゅん》するはずもない。

「行きましょう。上野にしますか？　芋坂《いもざか》に行って団子を食いましょうか？　先生、あそこの団子を食ったことがありますか？　奥さんもいっぺん行ってご覧。柔らかくて安いです。酒も飲ませます」と一頻《ひとしき》りまくし立ててから、思い出したようにたずねた。

「それで結局、持ってきたビールはどげんなさるとです？」

その場に居合わせた全員が、いっせいに僕を見た。

3

僕は両手にビールをさげて、金田邸を見あげることになった。

これまたいつものようにというべきか。

先生は、なにか面倒なことが持ちあがると、かならず僕にその用事を押しつける。僕が苦情を申し立てると、先生はきまって「だって君、書生だろう？」とおどろいたような顔をする。

先生が思いえがく書生の仕事の領域とは、じつに広大無《こうだいむ》辺《へん》であるらしい。

ということで、結局いつものように僕がビールを返しにいくはめになったわけだ。

向こう横町の角地をわがもの顔に占領している金田邸は、西洋館をまねた二階づくりの大きなお屋敷である。この建物——およびその所有者——を知らないのは、なるほど近所では先生くらいなものだろう。

もっとも、かくいう僕も、何度か前を通ったことはあるが、門から中にはいるのは初めてだった。

玄関に立ち、案内を乞《こ》うべく僕が息を吸いこんだ瞬間、視界のすみに意外なものが飛びこんできた。ゆらり、と揺れたのは——

猫のしっぽ？

しかも……まちがいない、先生の家の猫だ。

猫は、小窓の縁《へり》にとんと飛びあがると、そこからたちまち金田邸の中に姿を消した。

（先生の家の猫が、なんだってこんなところにいるんだ……？）

唖《あ》然《ぜん》として、猫が消えた小窓をながめていると、とつぜん家の奥から若い女性の甲高い声が飛んできた。

「知らないったら知らないんだよ！」

僕は迂《う》闊《かつ》にもさっき吸いこんだ息もそのまま、びくりとその場に飛びあがった。そこへまた、今度は別の若い女の声が聞こえた。

「しかしお嬢様。旦那《だんな》様と奥様が、なんでも水島寒月さんのことで御用があるんだそうで御座いますが……」

「うるさいね、知らないってば！」と、これはさっきと同じ若い女の声だ。〝お嬢様〟という呼称から推測すれば、どなっているのが金田家の一人娘、寒月さんとの結婚話が進んでいるという、富子嬢だろう。もうひとつの声のほうは、この家の小間使《こまづかい》だろうか？

会話は、どこか玄関近くにある部屋の中から聞こえているらしかった。

「寒月でも、水月でも知らないんだよ。いいからむこうへお行きよ。あたしは今から電話をするんだから」

と続いて、ジャラジャラとベルをまわす音が聞こえた。

「大和屋《やまとや》かい？　あしたね、行くんだからね。鶉《＊うずら》の三をとっておいておくれ――いいかえ――わかったかい――なに、わからない？　おおいやだ。歌舞伎《かぶき》を見に行くから、鶉の三の席をとれっていっているんだよ――なんだって、今からじゃとれない？　とれないじゃないだろう、とるんだよ――へへへへ、ご冗談をだって――なにがご冗談なんだよ――全体お前は誰だい。長吉《ちょうきち》だ？　長吉なんぞじゃわけがわからない。おかみさんに電話口に出ろっておいいな。――なに？　わたくしでも弁じます？――お前は失敬だよ。あたしを誰だか知っているのかい。金田だよ――へへへ、よく存じております？――なに？　毎度ごひいきにあずかりましてありがとうございます？――なにがありがたいんだね。お礼なんか聞きたかないやね――おや、また笑っているよ。お前はよっぽど愚物だね――おおせのとおりだって？――あんまり人を馬鹿にすると電話を切ってしまうよ。いいのかい、困らないのかい――黙ってちゃわからないじゃないか。なんとかおいいなさいな」

短い沈黙のあと、ベルが癇癪《かんしゃく》を起こしたようにジャラジャラと鳴りひびいた。

どうやら、長吉のほうが電話を切ってしまったものらしい。

そこへ「富子や、富子や！」と大きな声で、今度は男の声が聞こえてきた。富子嬢を呼び捨てにするとは、この家の主《あるじ》、金田氏当人以外あるまい。案の定、富子嬢は「はーい、ただいま参ります」と、打ってかわった神妙な声で返事をして、廊下に出てくるようすであった。

僕は急にわれに返って、ビールを両手にさげたまま、あわてて玄関わきの植え込みのかげに身を隠した。なんだか隠れてばかりだが、さっきの電話のやりとりを聞くかぎり――いい、わざとではないにせよ――盗み聞きをしたことがばれたら、罵倒《ばとう》されるだけですむとは到底思えない。

そっと顔だけ出してうかがうと、ちょうど若い女性が廊下の角をまがっていくところだった。見えたのは、すらりとした背中。お顔を拝見できなかったのは少々残念な気がした。

僕は植え込みのかげでビールをさげたままちょっと思案した。いまさら玄関から案内を乞うのもなんだか不自然だ。といって、このままここにビールを置いて帰るわけにもいかない。

さてどうしたものか、と弱っていると、足もとになにかふれるものがあった。見ると、先生の家の猫だ。しっぽの先で、ちょっと僕の足にさわっている。

——いったいどこから現れたんだ？

僕はあきれて首をひねった。猫の足はあれどもなきがごとし。どこを歩いても不器用な音などけっしてしないのだから、たいしたものだ。猫は行きたいところへ行って、聞きたい話を聞いて、舌を出し、しっぽをふって、ひげをぴんと立ててゆうゆうと帰ってくる。まったく猫に比べれば、人間の泥棒など足もとにもおよばない……。

とそんなことを考えていると、猫が歩きだした。しっぽがゆらりとゆれて、まるで僕に「ついてこい」といっているようだ。

猫のあとについて植え込みのわきを抜け、金田家の裏手にまわると、そこで急に猫の姿が見えなくなった。きょろきょろしていると、猫は見つからなかったが、代わりに金田家の勝手口が目にはいった。

（ちょうど良い。ここからビールを返すとしよう）

そう思って近づくと、そこは金田邸、勝手口とはいえさすがに広かった。先生の家の玄関くらいはある。中をのぞくと、お勝手は先生の家の台所の十倍はあった。漆喰《しっくい》でたたきあげた二坪《ふたつぼ》ほどの土間《どま》で、二人の男がなにやら話しこんでいた。

「あの……」

と声をかけると、二人は同時にふりかえった。

「なんだい？　どこの小僧さんだい」とたずねたのは、この家の飯焚《めしたき》らしい。

「どこの小僧でもありません。僕は、この町内に住んでいる英語の教師の……」といいかけたとたん、もう一人の——こちらはこの家のお抱え車夫と思《おぼ》しき人物が、はたと手を打って声をあげた。

「やっ！　誰かと思えば、あの教師のところの小僧さんじゃねえか」

「ですから、僕は小僧ではなく書生でして……」という言葉は、しかし全然聞いてはもらえなかった。

「わかってるよ、ビールを返しに来たんだろう？　そのすみに置いておきな」と飯焚がいったので、僕はようやく両手にさげてきたビールをおろすことができた。重い荷物をおろしてやれやれと息をつき、そのときになって、ふと妙なことに気がついた。

「どうして僕がビールを返しに来たとわかったんです？」

「どうしてって」

「なあ」

二人は顔を見合わせてにやりと笑い、すぐに「さっき車屋のかみさんが来てたんだよ」と種明《たねあ》かしをしてくれた。

「『ジャムならなめてやってもいいが、ビールのような苦いものが飲めるか』なんていったんだってな。ちぇっ、人にものをもらっておいて、なんて言い草だい」

するとと車屋のおかみさんは、さっきもやっぱり垣根の外で立ち聞きしていたのだ。早速ご注進に及んだらしい。

「しかしあの教師の奴ぁ、本当にうちの旦那の名を知らないのかね？」飯焚が不思議そうに首をひねった。「うちの旦那は、三つも四つもの会社で重役を兼ねていて、そのうえ、九州の炭鉱にまで関係してるっていう話じゃねえか。……そうだおめえ、旦那からあの話を聞いたかい？ なんでも昨今じゃ、金をつくるためには〝三角術《さんかくじゅつ》〟ってものを使いこなさなくちゃならねえらしいぜ」

「なんでえ、その三角術てえのは？」車夫がたずねた。

「それが面白いじゃねえか。義理をかく、人情をかく、恥をかく。これで〝三かく〟になるんだそうだ」

「なるほど、さすが旦那だ。てえしたもんだ」

おどろいたことに、二人は本気で感心している。

「だからよ」と飯焚が、話をもとに戻していった。「あの教師の奴ぁ、本当にうちの旦那の名前を知らないのかね？ この界隈《かいわい》で金田さんを知らなけりゃ、そりゃもぐりってもんだぜ」

「あの教師の奴ぁよっぽどの変人なんだよ。車屋のかみさんもいってたろう。茶の間で寝ている赤ん坊を見て『おい、これはうちの子供だったかな？』って、まじめに訊《き》いたくらいだぜ。旦那のことをすこしでも知ってりゃ恐れるかもしれねえが……どうしようもねえな」

「やっかいな唐変木《とうへんぼく》だな」

「まったくだ。だから、『とられた山の芋の値段は十二円五十銭だ』なんていいだすんだ。物の値段を知らねえんだよ」

「それにしたって、奥様の鼻が大きすぎるの、顔が気にくわないのっていうのは、いくらなんでもひどいじゃねえか。自分じゃ今戸焼《いまどやき》の狸みたいな面《つら》しやがって——あれで一人前だと思っているんだからやり切れねえやな」

「生意気にひげなんか生やして」

「面ばかりじゃねえ。手拭《てぬぐ》いをさげて湯に行くところからして高慢ちきだぜ」

「町内で自分くらいえれエ者はないつもりでいやがるんだな、ありゃ」

と二人は先生の悪口でさんざん盛りあがったあげく、同時に僕をふりかえって、

「おめえも、あんな家で小僧をやっているんじゃ大変だあな」

と、いかにも同情したようにいった。僕としては——

苦笑するしかない。それにしても、先生の行状をこれほど事細《ことこま》かに知っているのはおどろきである。そういうと、

「当たり前さあね。あの教師についちゃ、車屋のおかみさんがしょっちゅう来ちゃあ、奥様にいいつけているんだ」

「二人とも声が大きいんで、どこにいても丸聞こえとくらあ」

二人は顔を見合わせ、鼻先をひくつかせている。……要するに、盗み聞きしたものを盗

み聞きしているわけだ。金田夫人は「聞かれたくないんだったら、もっと小さな声で話すか、もっと大きな家で話をしたらいいでしょう」としたり顔でいっていたが、自分が盗み聞きされているのでは世話がない。

「ところで、おめえよ」と飯焚が、ふいに真顔になって僕にたずねた。「水島寒月っていう人《じん》を知っているかい?」

「ええ、まあ。寒月さんなら、先生の家によく遊びにいらっしゃいますからね」

「どんな人物でぇ?」

「大変学問のできる人だそうです。なんでも大学校では……」

「いやいや、俺はそんなことを聞いているんじゃねえんだ」飯焚は手をふっていった。

「そんなこた、いくら聞かされたってわからねえ。俺はただ、そいつのつらを知りてえんだよ」

「寒月さんの、つら、ですか?」

なにをたずねられているのかわからず、ぽかんとしていると、

「糸瓜《へちま》がとまどいしたような顔をしているのかい?」と飯焚がたずねた。

「糸瓜が? とまどい?」

――ますますわからない。

「いったいどんな顔なんです、それ?」

「だから、俺もそいつを知りてえんだ」飯焚は胸の前で腕を組んで首をひねった。

「お嬢さんがよくそういいなさるんだよ」車夫がにやにやと笑いながら教えてくれた。『よくってよ。知らないわ、糸瓜がとまどいしたような顔をして』ってな。ついきのうも電話口で大声でそんなことを話していなさったのさ」

「いっておくが、俺たちはなにも盗み聞きしているわけじゃねえぜ」飯焚がいった。「お嬢さんはあの電話ってやつが大好きらしくて、話をしたいんなら逢《あ》いに行きゃあいいのに、わざわざ大学に電話をかけて、寒月って人を呼びだしてもらって話をするんだから、気が知れねえ。普段はまあそうでもないんだが、あの電話ってやつで話すときはむやみと大きな声で話しなさるから、聞きたくなくても聞こえてくるんだ」

「それにしたって、これから結婚するかもしれない男にあんなことをいうものかね？」

「糸瓜がとまどいしたような顔だってよ」

「どんなつらだか、一度拝んでみたいものだな」

二人は、今度は寒月さんの話題で、またさんざん盛りあがっている。

金田家の飯焚とお抱え車夫のうわさ話はそれだけにとどまらず、しばらく二人の話に付きあった僕は、おかげで、金田夫人が顔を洗うたびに念を入れて鼻だけを拭《ふ》くことや、富子令嬢は安倍川餅《あべかわもち》がお好きでむやみと召しあがることや、それから、金田の旦那《だんな》が夫人に似合わず鼻の低い男であることや、単に鼻のみではなく顔全体が低いことや、顔が低いばかりでなく背も低いので、むやみに高い帽子と高い下駄を履くことや、その金田氏が鮪《まぐろ》の刺し身を食って自分で自分の禿《は》げ頭をぴちゃぴちゃたたくことや……まあ、そんなことをあれこれ知ることができたわけだ。

聞いている分にはいつまでも飽きなかったが、一応無事にビールも返すこともできたので、僕はそろそろ帰ることにして、まだ話しこむようすの二人に挨拶《あいさつ》した。

おう、と背中をむけたまま手をあげた車夫に、最後に思いついてたずねてみた。

「さっきは、すぐに僕が先生の家の者だとわかったみたいでしたが、以前どこかでお会いしましたっけ？」

「おうよ、きのう会ったばかりじゃねえか」と車夫は首だけふりかえっていった。

「おめえのほうは気づいてなかったみてえだが、なにしろきのう、おめえのところに山の芋を届けたのは、この俺だったんだからな」

4

広い大学校の中で、目指す部屋はすぐに見つかった。

「おやおや、誰かと思ったら……」

寒月さんは、とつぜん研究室を訪ねてきた僕を見て、ちょっと意外な顔をした。

「すまないが、この実験がじきに一段落するので、それまですこし待っていてもらえるかな」

いわれたとおり、研究室のすみに置かれた椅子にすわって待つあいだ、僕は実験を続ける寒月さんの姿をじっくりと観察することができた。

寒月さんは、意外なことに大変な美男子であった。寒月さんが先生の家に来るときはたいてい——迷亭氏が「売れ残りの旗本《はたもと》のようないでたち」と評する——ぺらぺらした古い羽織を着て、売品にあるまじき不思議な紫色のひもをひねくりながら、部屋のすみにすわってにやにやと笑っている。その印象があるので今まで気づかなかったが、こうして大学校の中で白いうわっぱりを羽織り、真剣な表情で実験を続ける寒月さんは、年のころは二十六、七歳。背のすらりとした、色の浅黒い一の字眉《まゆ》の、苦味ばしった好男子で、それでいてどこか粋《いき》な雰囲気が感じられる。

なるほどこれなら金田家の令嬢ならずとも、妙齢の女性が惚《ほ》れこむのも無理はない、と感心していると、

「きょうのところは……こんなものだろう」

寒月さんはそうつぶやいて、くるりと僕にむきなおった。

「さて、こんなところまでわざわざ足をお運びいただいたのは、いったいなんの御用なのかな？」

あらためてたずねられると、どこから話して良いのか迷った。

「実は……その……」

考えがまとまらず、とりあえず別なことをたずねた。

「机の上の、そのガラス玉はなんです？　先日話していらした〝団栗《どんぐり》のスタビリチー〟の

論文となにか関係があるのですか？」

「そうそういつまでも団栗ばかりにかかわりあってはいられないさ」寒月さんは僕に片目をつむり、机の上からガラス玉を取りあげていった。「これは、別の研究論文を書くためのものだよ。題して『蛙《かえる》の目玉《めだま》の電動作用《でんどうさよう》に対する紫外光線《しがいこうせん》の影響』」

「蛙の目玉の電動作用に対する……？」

「紫外光線の影響」と寒月さんは自分で論文の題を完結させ、ひょいと肩をすくめてみせた。「これがなかなかやっかいな問題でね」

「やっかい？　蛙の目玉が、ですか？」

「第一に、蛙の目玉のレンズの構造がそんな簡単なものじゃない。それでいろいろと実験もしなくちゃならないんだが、まずは丸いガラスの玉をこしらえるところからはじめたんだ。ところが、これがまず難しい」

「ガラスの玉なんか、ガラス屋に行けばわけないでしょう？」

「どうして、どうして。元来《がんらい》円とか直線とかいうのは幾何学的なもので、あの定義に合ったような理想的な円や直線は、そもそもこの現実世界に存在しないのだからね。そのくらいは、中学生の君でも知っているだろう？」

「そりゃあまあ、そうでしょうが……」

「そこで僕は、まずは実験上さしつかえないくらいな玉をつくってみようと思って、せんだってから自分でガラスを磨きはじめたんだ。たいてい朝から磨《す》りはじめて、昼飯のときちょっと休んで、それから暗くなるまで磨っているのだけれど、これがまた楽じゃない」

「それで……できましたか？」

「できやしないさ」と寒月さんは一瞬ふきだしそうになり、すぐにまじめな顔に戻っていった。

「どうも難しいね。だんだん磨ってすこしこっち側の半径が長すぎるからと思ってそのほうを心持ち落とすと、今度はむこう側が長くなる。そいつを骨を折ってようやく磨りつぶしたと思うと全体の形がいびつになる。やっとの思いでこのいびつを取ると、また直径に狂いができる。はじめは林檎《りんご》ほどの大きさのものが、だんだん小さくなって苺《いちご》ほどになる。それでも根気よくやっていると、大豆《だいず》くらいになる。大豆ほどになっても、まだ完全な円ができない。このところずいぶん熱心にやってはいるんだが……この正月からガラス玉を大小五、六個は磨りつぶしてしまったよ」

　見れば寒月さんの顔には、いつのまにかいつもの見慣れたにやにや笑いが浮かんでいた。

　——今の話も、どこまでが本当で、どこからがうそだかわかったものではない。

　もっとも、このくらい変人でなければ、とても先生の家の常連客とはいえない。要するに寒月さんは、変人だけれども美男子で、美男子だけれども変人なのだ。おかげで、僕は腹を決めて用件を切りだすことができた。

「じつは、さっき先生にいいつけられて金田さんのお宅に行ってきたのです。それでむこうで……なんというか……成りゆき上、偶然、探偵みたいなことをするはめになって……

というのも、実は猫のせいなのですが……」

「猫?」

寒月さんは、ぽかんとしている。

「もちろん、先生の家の、あの猫です」

寒月さんは、いよいよぽかんとした顔になった。あるいは〝とまどいした糸瓜《へちま》のような〟とはこんな顔なのだろうか?

僕はその寒月さんの顔をまっすぐに見て、こうたずねた。

「昨夜、先生の家に泥棒にはいったのは、寒月さん、あなただったのですね?」


にやにやと笑うだけで返事をしない寒月さんにむかって、僕は自分の推理の根拠となった事実を話した。

昨夜、先生の家に奇妙な泥棒がはいったこと。盗まれたものは、煙草一袋、古毛布《ふるげっと》一枚、安足袋《たび》一足、それに木箱入りの山の芋だけだったこと。山の芋は、多々良さんが久留米から先生に送ったものだったこと。その多々良さんが、わずか一ヵ月ばかりで九州の炭鉱から本社勤務に呼び戻されたこと。きのう、金田のご令嬢が寒月さんと電話で話をしていたらしいこと。先生の家にあった山の芋が、実は久留米から直接届けられたのではなく、いったん金田邸に運びこまれたものが、あとで金田のお抱え車夫によって届けられたものであったこと……。

「もちろん、それぞれはいずれもささいな、ある意味では馬鹿げたことばかりです。けれど、一見無関係に思えるこれらの事実が、もしすべて一本の糸で結ばれていたとしたらどうでしょう？　しかも、かかわった人たちが、自分ではそれと知らず駒《こま》のように使われていたのだとしたら？」

「君、なんだか探偵小説に出てくる人物に口調が似てきたようだぜ」と寒月さんは冷やかすような口調で口をはさみ、「しかし、せっかくだ。『自分ではそれと知らず、駒のように使われていた』という点を、もうすこしくわしく説明してもらえないかな」

「寒月さんは、先生の家の下女の御三どんをご存じですよね？」僕はいった。「彼女にはひどい歯ぎしりの癖があるのですが、そのことを指摘されても、御三どんはいつもこれを否定します。『わたしは生まれてこの方今日《かた》にいたるまで、歯ぎしりなど一度もした覚えは御座いません』と強情をはって、けっして直しましょうとも、お気の毒で御座いますともいわず、ただそんな覚えは御座いませんと主張するのです。なるほど寝ているあいだのことだから、本人に覚えはないにちがいないのでしょうが、しかしこのことからもわかるとおり、本人に覚えがなくても事実が存在する場合があります。同じことが、今回の一連の騒ぎの裏にもあったのではないでしょうか？」

なるほどねえ、と寒月さんは、感心したような、そうでもないような顔でうなずいている。

「例えば金田家のお抱え車夫は、僕の質問にこたえて、きのう山の芋を先生の家に届けたことを平気で話しました」

僕はともかく先を続けることにした。

「彼には、自分がなにか悪いことをしたという覚えは全然ないのです。他方、多々良さんもまた、久留米から山の芋を送ったり、きょうはきょうで先生の家にビールを届けに来たりすることで、自分がなにか悪事に加担しているという自覚はすこしもないにちがいありません」

「つまり君は、彼らを操《あやつ》っている悪者がどこかにいるというのだね？」寒月さんが要点を指摘した。

「いったいそれは誰なんだい？」

「金田夫妻ですよ、もちろん」僕は肩をすくめてこたえた。

「彼らだけが、多々良さんに命じて、久留米からわざわざ山の芋を送らせることができたのです。たぶん、幾箱かまとめて送らせ、そのうち一箱をこっちから先生の家に届けるとでもいったのでしょう。多々良さんは金田夫妻のいうとおりにしました。そしてそのことこそが、多々良さんがわずか一カ月ばかりで東京の本社勤めに戻ってこられた理由だったのです。以前先生の家で書生をしていた多々良さんなら、自由に先生の家に出入りできますからね。きょう、多々良さんが金田邸からビールを届けてきたのも、山の芋に仕掛けられた成果を彼に見届けさせ——それをあとで報告させようとしたのでしょう」

「君はそれだけのことを〝あの山の芋が久留米から直接先生の家に届けられたのではなく、

いったん金田の家に入って、しかる後に先生の家に運びこまれた〟と金田のお抱え車夫から聞き、事情をあれこれ考え合わせて、推理したわけだ。なるほど、なるほど」と寒月さんは、相変わらず他人事《ひとごと》のようにつぶやいた。そして、

「君の好きな探偵小説風にいえば〝残るは動機の問題〟ということになるのかな？　君の考えじゃ、金田夫妻はいったいなんだってそんな面倒なことをしたんだろう」

「おそらく金田夫人は、先生の家を訪れたさいに虚仮《こけ》にされたこと——鼻を笑われたこと——がどうしても許せなかったのでしょう。金田氏も、妻が馬鹿にされたことや、もしかすると、同じ町内に住みながら自分のことを知りもしない先生のことが勘弁《かんべん》ならなかったのかもしれません」

僕はそういってから、逆に寒月さんにたずねた。

「寒月さんは、金田夫妻が先生の家に届けさせた山の芋になにか仕掛けをしたことを、きのうあの家のご令嬢と電話で話をしていて気がついたのですね？　けれど、そのことを直接注意すると、あの先生のことです、どんな大騒ぎになるか知れたものではない。そこで昨夜のうちに、こっそりと先生の家に忍びこんで、山の芋を盗み出した……。金田夫妻は、あの山の芋にどんないたずらを仕掛けていたんです？」

寒月さんは、ちょっと迷っているようすであったが、結局教えてくれた。

「あの木箱は、蓋《ふた》を開けるとダイナマイトが爆発する仕掛けだったんだ」

「ダイナマイトですか！」

まさかそこまでとは考えていなかったので、僕は正直おどろいた。

「爆発といっても、ごくささいなものだよ」寒月さんは急いで補足説明を加えた。「あれならまあ、周囲の山の芋がぐしゃぐしゃになって、箱から飛び出すくらいのものだろう。たぶん、どろどろの山の芋だらけになった先生の顔を見て笑おう……という趣向だったんじゃないかな？」

そういわれて僕は、先日も炭鉱で落盤事故が起きたことをあらためて思い出した。ダイナマイトはおそらく、金田氏が関係しているという炭鉱から調達したのだろう。それにしても、山の芋にダイナマイトとは……。

大人の対応どころか、とんでもない子供の対応だ。ある意味、先生以上である。

あきれて首をふっている僕に、寒月さんはぼそぼそとした口調で説明を続けた。

「そう、あとはだいたい君が想像したとおりだ。僕はきのう富子さんと電話で話をしていて、金田夫妻のいたずらのことを聞いたんだ。しかし、あのダイナマイトというやつは、素人《しろうと》が弄《いじ》るにはいささか危険な代物でね。不測の事態が起きないともかぎらないので、僕が回収しておくことにしたんだ。金田氏も、普段は悪い人ではないんだが――先生の言動に腹が立ったからとはいえ、ダイナマイトを持ち出すのはいくらなんでもやりすぎだ。国をあげて戦争なんかしているせいで、きっとみんなだんだん気が変になってきているんだね……」

寒月さんは、どうやら貸本屋のおやじと同じ意見らしい。

「古毛布は、木箱を包んで持つために先生のところから一緒にちょうだいしたんだ——木箱が、思いのほか大きかったものでね。煙草と足袋は……先生に迷惑がかからない範囲で、本物の泥棒がはいったらしく見せかけようと思ったんだが、こうして君に見破られたくらいだ。あまり上手《うま》くはいかなかったようだね。なにしろ僕も、泥棒なんてはじめての経験だったから……」

「それで、このあとどうするつもりなんです？」

僕は途中で口をはさんだ。

「どうするもこうするもないさ」寒月さんは首をふった。「今回の一件については、僕から機会を見て金田夫妻にきつくいっておくつもりだから、君もまあ、このことはどうか公にしないでくれたまえ」

寒月さんはそういうと、ふいと視線をそらし、手の中でガラスの玉を転がしている。

僕ははたとあることに思い当たった。

「それじゃ……寒月さんがわざわざ泥棒なんかしたのは……あの金田のお嬢さんのためだったんですね？」

寒月さんはガラス玉に目を落としたまま、くすりと笑った。

「でも、まさか！」僕は思わず声をあげた。「だって、先生や迷亭さんは、あの件についちゃ大反対を……」

「恋は思いの外《ほか》というからね」寒月さんは、心なしか顔を赤くしていった。「最近、日本の政府は、愛国心、愛国心とやかましいが、人だって国だって、愛情を押しつけてどうにかなるものじゃないだろう。逆に、反対されればされるほどむきになることだってある。先生や迷亭さんが反対していることは知っているさ。このあいだも『あの鼻子《はなこ》の娘なら恋をしたって鼻恋《はなこい》くらいなものだ』だの『あんな釣り合わない女性はだめだ。提灯《ちょうちん》と釣鐘《つりがね》だ。僕が不承知だ』だの『金田氏は紙幣に目鼻をつけただけの活動紙幣にすぎん。その娘なら活動切手くらいなものだ』だのとさんざんいわれたばかりだからね。しかし、富子さんは……彼女はなんというか……あれはあれで、なかなかかわいいところもあるのだよ」

予想外の発言に、僕はなんだかすっかり混乱してしまった。

「つまり寒月さんは……論文を書いて、博士になって、本当に、えー、あの……」

——三角主義の張本人金田氏の一人娘、安倍川餅《あべかわもち》の富子嬢、鶉《うずら》の三とは、まさかいえない。

「あの女《ひと》と、本当に結婚するつもりなんですか？」

恋人のことを、とまどいした糸瓜《へちま》のようだなんていう女と？

寒月さんはガラスの玉を片方の目に当てたまま、僕をふりかえった。ガラスのむこうに、拡大された大きな目玉が見える。

「どうなることやら……さあ、僕にもわからんさ」

ガラスの奥の大きな目が、ぱちりと瞬《まばた》きをした。

其の四
矯《きょう》風《ふう》演《えん》芸《げい》会《かい》

1

「きょーふー、えんげーかい?」

まだ下駄も脱《ぬ》がないうちに、家の中から先生の頓狂《とんきょう》な声が聞こえてきた。

「するとなにかい? その会に参加する連中は、みんな京都弁をしゃべっているのかい?『おこしやす』とか『なんでありんすえ』とか、なんとか?」

「きょーふーはきょーふーでも、その京風ではありません。〝風を矯《た》める〟と書いて、きょーふー。そもそも『ありんす』は京都弁ではありません」

まじめな調子でこたえるその声に、聞き覚えがあった。

最近、寒月さんの紹介で先生の家に新しく出入りするようになったお客さんで、名前はたしか越智《おち》東風《とうふう》氏といったはずだ。ところがその東風氏は、

「ちなみに私の名前も、とーふー、ではなく、こち、と読んでいただけるとありがたいのですが」と妙なことをいっている。

「おち、こち?」

「ええ、それで遠近《おちこち》の成語になりますからね。かねてから自分の姓名が韻《いん》を踏んでいるの

が自慢なのです。ところが世間じゃ、なかなかそう読んでもらえません。困ったものです」

と東風氏が不思議な愚痴をこぼしているあたりで、僕は座敷に顔を出した。

「ただ今戻りました」

それだけの短いせりふを、僕は例によって（例によってとは、しばしばを自乗したほどの度合を示す語である）やっぱりいい終えることができなかった。

「やっ、君！　いいところに帰ってきた。あれはなんといったかな？」

先生が僕の顔を見るなり、早口にそうたずねたのだ。

僕はちょっとめんくらった。

なにもわけのわからないことを急にたずねられたから、めんくらったのではない。そのくらいでいちいちおどろいていたのでは、先生の家に居候《いそうろう》などとうていできたものではない。そうではなく、僕がおどろいた真の原因は、先生の声に応じていっせいに僕にふりむけられたお客の面子《めんつ》であった。

けっして広くはない——というか、むしろ狭い——先生の家の座敷に、お客が三人。

普段めったにお客が訪れない先生の家にしては、これだけでまずめずらしい。

しかも、その顔ぶれが凄《すご》かった。

いちばん手前にいるのが、自称〝美学者〟の迷亭《めいてい》氏。およそ気兼ねや遠慮といった言葉を生まれるときに母親のおなかに置き忘れてきたとしか思えない人だ。一方、奥でにやにやと笑っているのは、最近『首縊《くびくく》りの力学』なる論文を発表して一躍勇名を馳《は》せた（？）理学者、水島寒月《みずしまかんげつ》さん。その二人にはさまれて、木綿の紋付きの羽織に小倉《こくら》の袴《はかま》、きれいに分けた頭を光らせて、しごくまじめな顔ですわっているのが、先ほどの〝おちこち〟の越智東風さんである。

見れば、部屋のすみには猫までが来て丸くなっている。

人畜《じんちく》いりまじって大変な混みぐあいだ。

猫はともかく、先生の家に出入りする変人はこれでことごとく網羅《もうら》しつくした——とまではいわないまでも、ほぼ出そろった勘定になる。

もし先生の家に居候しなかったなら、生涯かかる変人たち……もとい、このような個性的な方たちが、この広い世間に生息していようとは、僕には想像もできなかったにちがいない。

（やれやれ。この面子が一堂に会した日には、どうせただじゃすむまい。はたして、きょうはどんなことになるのやら……）

と内心ため息をついていると、先生の質問は案の定、脱俗超凡、文字どおり並の物ではなかった。

「仙人だよ、君。仙人！」

先生は甲高い声でせっかちにたずねた。

「このあいだ君に読んでやった『列仙伝《れっせんでん》』。あれに出てくる七十一人の仙人の中に、一人おかしな奴がいただろう。あの仙人、名前はなんといったかな？　さっきから名前が思い出せなくて困っているんだ。ほら、君もずいぶんと気に入っていたじゃないか。鼻糞《はなくそ》を丸めて丸薬《がんやく》を作っている……」

「……李鼻涕《りびてい》、のことですか？」僕は恐る恐るたずねた。

「そう、そんな名前！」

先生は座布団の上にすわったまま、その場に一寸《いっすん》ばかり飛びあがった。

「そのなんとかといぅ仙人がおかしな奴でね」と先生は客人たちにむき直ると、「なにしろそいつときたら、自分の手の垢《あか》や鼻糞を丸めて丸薬をつくっちゃ、それを人にやるのが道楽だというとんでもない仙人なんだ。しかも、その薬の効果は抜群で〝万病がたちどころに癒《い》えた〟というんだから、あははは、実に興味深いじゃないか」

そういって、一人でさもおかしそうに笑っている。

三人のお客の中ではただ一人、東風さんだけがちょっと困ったような顔で僕をふりかえった。東風さんは、先生の家に出入りするようになってまだ日が浅い。その分、なにがおかしいのかわからなかったのだろう。

もっとも僕だって、ふりかえられても、困る。

そもそも先生は、わざわざ僕に仙人の名前を確認しておきながら、今の話の中で一度もその名前を使ってはいない。いったいなんのために僕に名前をたしかめたのか、さっぱり見当もつかないし、それをいえば――先生が僕に『列仙伝』を読んでくれたのは本当だが

——李鼻涕をずいぶんと気に入っていたのは、僕ではなく、先生のほうなのだ。あのときは、先生があんまりしつこく何度も同じ箇所を家中の者に読んで聞かせるものだから、しまいには、奥さんをはじめ、僕、三人のお子さん、下女の御三どん、それに猫までが、先生が『列仙伝』を片手に近づいてくるのを見ると、そそくさと姿を隠したくらいである。結局、先生が留守のあいだにみんなで相談して、本を物置に隠して、ようやく騒ぎがおさまったという次第であった。

「あの本は……はて、どこに置いたんだったかな?」と先生がつぶやくのを耳にして、僕は話題を転じるべく、あわててお客さんたちにたずねた。

「きょうはまた、みなさんおそろいとはめずらしいですね。お三人でさそいあわせて、ご一緒に来られたのですか?」

「まさか!」

「とんでもない」

「冗談でしょう」

とこれにはたちまち三人三様に首をふった。

……どうやら、惑星が一列に並ぶほどの確率で、たまたま来合《きあ》わせただけらしい。

「それじゃみなさん、それぞれ先生になにか御用事でも?」

僕が重ねてたずねたところ、迷亭氏と寒月さんが「先生」と「用事」という言葉のあいだにいったいどんな関連があるのかまるで見当もつかない、といったような顔で首をかしげるなか、これまたただ一人、東風氏だけが急にはっとした顔になった。東風氏は目の前の冷めたお茶をぐっと飲みほすと、まだ『列仙伝』の行方について思案をめぐらせている先生にむかって、

「それでいかがでしょう？　今もお話ししましたとおり、先だってから私ども同志が寄りまして、会を組織して、毎月一回会合して、この方面の研究をしておるのですが、先生にもぜひこの会にご参加を願いたく……」

といいかけたところで、先生が口を開いた。

「落語はどうだね？」

そういうと、先生は自分の鼻の穴に指をつっこんだ。

鼻から出した指先をながめて顔をしかめているのは、思ったほど鼻糞が取れなかったからであろう。

「落語をやるんなら……そうだな……まあ、考えないでもない」

先生は指先についた鼻糞を丸めてみて、少々がっかりした顔である。

途中から首をつっこんだ形の僕には、恐るべき〝鼻糞丸薬〟――僕がうっかり咳《せき》のひとつでもしようものなら、たちまち先生特製の丸薬を処方されることは火を見るより明らかだ――以外は、なんの話だかさっぱりわからなかった。

なるほど、先生の〝落語好き〟は今にはじまったものではなく、子供のころからずいぶんと神楽坂《かぐらざか》あたりの寄席《よせ》に通っていたそうだ。寄席にかぎらず、先生は世間で評判になっ

ている物はとりあえずなんでも観たい人で、先月も歌舞伎に行って、昨今巷《ちまた》で評判という『国性爺合戦《こくせんやかっせん》』を観てきたばかりであった（以来、誰彼かまわずつかまえては『国性爺合戦』の筋を聞かせるのみならず、後架に行くたびに「武勇にはやる和藤内《わとうない》……」とうなっているので、とうとう近所から苦情がきた）。

家ではいつも胃が痛いだの、どこが悪いだのいっては、苦虫をかみつぶしたような顔をしている先生が、いったいどんな顔をして歌舞伎を観たり寄席で落語を聞いて笑っているのかちょっと見てみたい気もするが――

話が見えないのは、なにも僕だけではなかったらしい。

「へっ。落語、ですか？」

東風氏は虚をつかれたように目を瞬《しばた》いている。

「しかし先生、落語というのは、そりゃあまたいったいなんの話で……」

東風氏がひざを乗りだすようにそういいかけた瞬間、三方から同時に声があがった。

「しっ、声が大きい！」

先生、迷亭氏、寒月さんの三人は、同じように人さし指を唇に当て、きょろきょろと目であたりをうかがうようすである。

猫は――ちょっと薄目を開けて、また眠ってしまった。

「いつ盗み聞きされているか、知れたものじゃない」先生が小声でいった。

「油断も隙もあるものか」と迷亭氏。

「まったく、この世に高利貸しと探偵ほど下劣な商売はありませんからね」と寒月さんまでが調子をあわせて小声でいう。

「この家を探偵……ですか？」東風さんは眉《まゆ》をひそめて左右を見まわした。

「なんだ、君。さては探偵を知らんのか？」先生はあきれたように鼻を鳴らした。そうして、

「不用意の際に人の懐中《かいちゅう》を抜くのがスリで、不用意の際に人の胸中《きょうちゅう》を釣るのが探偵だ」と先生がいったのに続いて、

「知らぬまに雨戸をはずして人の所有品を盗むのが泥棒で、知らぬまに口をすべらして人の心を読むのが探偵だ」と迷亭氏。さらには寒月さんまでが、

「ダンビラを畳の上へ刺して無理に人の金銭を着服するのが強盗で、おどし文句をいやに並べて人の意志を強いるのが探偵です」という。

「つまりだ」と一巡して、ふたたび先生の番である。

「探偵という奴はスリ、泥棒、強盗の一族で、とうてい人の風上に置けるものではないのだ。どうだい、わかったかい？」

「はあ……」

といったきり、東風さんはぽかんとした顔をしている。

（まあ、そうだろう）

そばで見ている僕は、おかしくてしかたがなかった。

先生、迷亭氏、寒月さんの行動は――なにも〝変な人たちが変なことをしている〟というわけではなく――といって、かならずしもそうではないともいい切れないのだが――一応ある事情によるものであった。

話は半月ほど前にさかのぼる。

そもそものきっかけは、向こう横町に大きな西洋屋敷をかまえている実業家、金田氏の奥さんが、先生の家を訪れたことであった。来訪目的は、金田家のお嬢さんと寒月さんとのあいだに縁談話がもちあがっているので、ついては寒月さんの人となりを聞かせて欲しいというのだ。なるほど、聞けばわからない話ではない。ところが、この会談はみごとに決裂した。原因のひとつは、金田の奥さんの鼻が人並みはずれて大きかったせいであるが(先生と、そのときもたまたま居合わせた迷亭氏が、二人がかりで遠慮会釈なく笑いのめした)、同時に、会談の席上、金田の奥さんが裏の車屋のおかみさんに金をわたして、この家の会話を盗み聞きさせている事実が判明したためである。

金田の奥さんによれば「寒月さんのことをよく知るために、便宜上やむを得ず」ということらしいが、それにしたって盗み聞きをされていたとわかれば、誰だってそれ以上は話をする気になれない。案の定、先生と迷亭氏はすっかりへそをまげてしまい、以来金田家とは一種の〝戦争状態〟になっている。そのせいで先日も――僕が勝手に〝山の芋盗難事件〟と呼んでいる――へんてこな騒ぎが起きたばかりだが、当面の問題は、車屋のおかみさんが相変わらずこの家の会話の〝盗み聞き〟を続けているかどうか、判然としないことであった。

車屋のおかみさんを問いつめたところで、どうせ本当のことをいうはずもない。しかたがないので、最近の先生の家での会話は〝いつでも盗み聞きされている〟ことが前提になっていた（もっとも、迷亭氏などはこの状況を楽しんでいる節《ふし》がある）。

「ところで、落語だがね」

先生は東風氏に顔をよせ、いかにもわざとらしく声を潜めていった。

「先日も、ちょっと面白い噺《はなし》を聞いてきたところでね。君、知っているかなア、〝こんにゃく問答〟というのだがね。……なに、聞いてみたい？　そうか君、聞きたいのか。それじゃしかたがないなア。きょうはひとつ、特別に私が話してやるとするか……」

と先生はまたしても一人で早口にまくし立て――あっけに取られている周囲の人たちの反応をよそに――喜々として語りはじめたのは、ざっと以下のような筋立ての落語であった。

江戸を食いつめた八五郎は、こんにゃく屋の六兵衛の世話で偽坊主になりすまして、田舎の空寺《あきでら》にもぐりこんだ。

偽坊主の八五郎が毎日寺で酒ばかり飲んでいると、ある日、永平寺できびしい修行をつんだ雲水《うんすい》が寺を訪れ、禅問答を申しこむ。もちろん偽坊主の八五郎に禅問答などができるはずもない。困っていると、六兵衛が来て、問答を代わりに引き受けてくれた。

二人のあいだに問答がはじまる。

最初、雲水がなにをたずねても、大和尚《だいおしょう》に化けた六兵衛は平気な顔でだまったままだった。

これを無言の行と解した雲水は、胸の前で手で小さい丸を示した。六兵衛は両手で大きな輪を示す。

次に雲水が十本の指をつき出すと、六兵衛は五本の指を出してこたえた。

雲水はうむとうなる。額にはあぶら汗が浮かんでいる。

雲水が意を決した顔付きで三本の指を出すと、六兵衛はただちに右の人さし指を目の下に当ててみせた。

これを見たとたん、雲水はその場ではっと一礼するや、衣《ころも》のすそをひるがえして寺から逃げだしていった。

八五郎が、逃げる雲水をつかまえて事情を聞くと、

「まことに恐れ入った。大和尚の心境、とうてい拙僧のおよぶところではない」

と青い顔でいう。八五郎が問答について重ねてたずねると、雲水は次のように説明してくれた。

「拙僧がまず指で輪をつくって〝天地のあいだや如何《いかん》?〟とおたずね申したところ、大和尚はすぐに〝大海のごとし〟とおこたえになられた。そこで拙僧がこんどは〝十方世《じっぽう》界や如何?〟とたずねると、〝五戒《ごかい》で保つ〟と。さらに〝三尊の弥陀《みだ》は何処《いずこ》に在《おわ》す?〟

と問うと、ただちに〝目の下にあり〟とおこたえになられたのだ」

八五郎が寺に帰ってくると、六兵衛は、

「ほら見ろ、あの野郎、俺に正体がばれたと悟って逃げだしたんだ。なあに、俺には最初から偽雲水だとわかってたよ。第一、本当にえらい坊さんなら、あんな襤褸《ぼろ》など着ているものか」

といって、からからと笑っている。八五郎が問答についてたずねると、

「あの野郎め、どこで聞いてきたのか俺の商売を知ってやがって〝お前のところのこんにゃくはこんなに小さいだろう〟と手で小さな丸をつくって馬鹿にするから、俺は〝こんなに大きいぞ〟と両手で見せてやったんだ。すると〝十でいくらだ〟と聞いてきやがる。〝五百文《ごひゃくもん》だ〟と教えてやったら、あの野郎〝三百文にまけろ〟というんで、俺は〝あかんべえ〟」

…………。

所謂《いわゆる》〝見立て落ち噺〟である。*

先生は先日寄席で聴いてきたこの〝こんにゃく問答〟がいたくお気に入りのごようすで、家に帰ってからも、家の誰彼をつかまえては「天地のあいだや如何?」「大海のごとし」「十でいくらだ?」「五百文」「三百文にまけろというんで、俺はあかんべえ」と、何度もくりかえしてやっている。

こんにゃく問答には、その他にもいろいろと面白い符丁《ふちょう》が出てくる。例えば寺ではお酒を般若湯《はんにゃとう》、卵のことは御所車――そのココロは〝中にキミが入っている〟――といったぐあいで、僕も寄席で聞いたときは大いに笑ったものだが、先生が話すのを聞いても、はっきりいってすこしも面白くはない。

その面白くもない話を何度もくりかえし聞かされるのは、正直うんざりである。ところが、僕たちがすこしでもつまらなそうな顔をしようものなら、先生はたちまち癇癪《かんしゃく》を起こす。顔をまっ赤にしてどなりちらし、そのあとしばらくは書斎に閉じこもってしまい、むくれて誰とも口を利こうとしないのだから、まったく子供と一緒である。

最近この家では、ひそかに先生に新しいあだ名がたてまつられた。曰《いわ》く、

――こんにゃく閻魔《えんま》様

顔をまっ赤にして、ぶるぶるとふるえているようすは、蓋《けだ》しぴったりである。

2

落語の筋をひととおり語り終えると、先生はちょっと口を閉ざし、得意げにお客の反応をうかがった。

お客さんの反応はそれぞれ――

東風さんは、ぽかんとした顔でしきりに目を瞬《しばた》いている。

寒月さんは色の変わった羽織のひもをひねくりながら下をむいてにやにや笑っている。迷亭氏にいたっては、ひざの上にひろげた帳面になにやら落書きをしていて、どうやら途中からろくに話を聞いていなかったらしい。

「終わったかい？」

迷亭氏が帳面を袂《たもと》にしまいながら、先生にたずねた。

先生は——さすがに癇癪は起こさなかったものの——ぷっとほおをふくらませ、唇を尖《とが》らせて、東風さんにむきなおった。

「それで、なんだっけ？」

「は？　なに、と申しますと……」

「だから、その会とやらの名前だよ」先生はふくれっ面《つら》のままたずねた。「とーふー、えんげーかい？　それとも、おちこち、と読んだほうが良いんだっけ？」

「それは私の名前でして……会は、きょーふー、えんげいかいです」東風さんはあきらめたように小さく首をふっていった。

「そうそう。『なんどすえ』『なんでありんすえ』のきょーふーだったな」先生はしつこくまちがえている。

「それで、先月の第一回ではなにをやったんだい？」と寒月さんが、わきから東風さんにたずねた。「たしかさっきは、なにかの朗読をやったといいかけていたようだけど……」

「先月の第一回会合では、えー……」と東風さんは視線を宙に泳がせ、なにごとか思案す

るようすだったが、やがて妙に力んだぐあいに、

「このあいだは、近松《ちかまつ》の心中物《しんじゅうもの》をやりました」といった。

「近松というと、あの浄瑠璃《じょうるり》の近松かい？」

反対側から、迷亭氏が身を乗りだすようにしてたずねた。もっとも、わざわざたずねなくても近松に二人はいない。そのくらいは、きょうび中学生にだってわかりそうなものだ。

「その浄瑠璃の、近松です」東風さんはまじめにこたえた。

「そいつはまた大変な幕をやったものだね」

「なに、そんな大変なこともないんです」

「朗読というのは、一人で朗読するのかね？」先生が、なにを思ったのか、急に興味をひかれたようすでたずねた。「それとも、何人かで役割をきめてやるのかい？」

「この前は、何人かで役をきめて、掛け合いをやってみました」東風氏は、きれいに分けた頭を先生にふりむけて、やっぱりまじめな調子でこたえている。

「主意としては、なるべく作中の人物に同情をもってその性格を発揮するのを第一とし、それに手まねや身振りをそえます。せりふはなるべくその時代の人を写し出すのが主で、例えば、お嬢さんでも丁稚《でっち》でも、その人物が出てきたようにやるんです」

「それじゃ、まあ芝居みたいなものだね」と迷亭氏。

「ええ、衣装と書割《かきわり》がないくらいなものです」

「失礼だが、それで上手《う ま》くいったかね？」

「そうですね。まあ、第一回としては成功したほうだと思います」

「近松の心中物はいいが、具体的にはどの場面をやったんだい？」

「このあいだは……」と東風さんは質問者である先生に顔をむけた。みんなの質問に一人でこたえるのだから、なかなかいそがしい。

「船頭が、お客を乗せて吉原へ行くところをやりました」

「吉原、というとあの遊廓のある吉原かい？」

「君、吉原といやあ、東京にひとつしかないやね」と迷亭氏が横からまぜかえす。

そいつは、と先生はなぜか胸の前で腕を組み、うーんとうなりはじめた。

「どうした君、なにを悩んでいるんだ？　東風君は、なにも君に吉原に行けといったわけじゃないいんだぜ」

「だが、ケーゲツは行けといった」

「ケーゲツ？　誰だ？」

「知らんのか。大町桂月《おおまちけいげつ》といえば当今一流の批評家だよ」と先生は迷亭氏にむかって眉《まゆ》をひそめ、「そいつが『ジャムばかり食わずに酒も飲み、猫ばかりを相手にせず、女も相手にして、趣味をひろくしろ』といっているんだ」

「桂月だか梅月《ばいげつ》だか知らんが、そんなことをいう奴が第一流の批評家なものか」迷亭氏は小馬鹿にしたようにいう。「そんな奴には好きなようにいわせておくんだね」

「しかし、せっかくいっているんだ……」

「おや、君。さては、吉原に行く気でいるのかい？」迷亭氏は金縁眼鏡を光らせて、からかい調子でたずねた。「行くのはいいが、道は知っているんだろうね？」

「道なんかは知らん。知らんが、車に乗っていけばわけないだろう」

「ははは。相変わらずの君の東京通《つう》には恐れ入る」

「いくらでも恐れ入るがいいさ」

「それじゃ本当に行くのだね？」

「行くとも。断じて行く」

「いつ行くつもりだい？」

「あした行く！」と先生、たたきつけるようにいったのは壮《さか》んなものだが、こうなれば売り言葉に買い言葉。今自分がなんの話をしているのか、覚えているかどうかあやしいものだ。

「あしたか」と迷亭氏は自分で焚《た》きつけておきながら、ちょっと持てあまし気味のようすだ。「学校はどうするんだ？」

「学校？」と先生は一瞬絶句したものの、すぐに「休むさ。学校なんか」と鼻息荒くいい切った。

「えらい勢いだね。休んでもいいのかい？」

「いいとも。学校は月給だから、少々休んでも給料を差し引かれる気づかいはない。だいじょうぶだ」と、先生、変なところで胸を張る。このあたり、ずるいこともずるいが、正直なことも正直だ。

「まあ、面白かろう。後学のために一度見て来たまえ」

「うん、行くとも……しかし……」と先生、急に勢いが落ちた。

「しかし、どうした？」

「行ってもいいが、金がない」

「それじゃだめだな」

迷亭氏はころ合いと見て、あっさりとこの話題を打ち切った。

僕の目から見ても、先生には――女性を相手にお酒を飲むよりは――猫を相手にジャムをなめているほうが似合っている気がする。

先生と迷亭氏は、まるでなにごともなかったように、もとに戻って、ふたたび東風さんにたずねた。

「それで、吉原のあとはどこに行ったんだね？」

「そんなにあちこちは行けません。吉原に行って、それで終わりです」

「なるほど」先生はちょっと残念そうな顔をした。

「登場の人物としては、お客と、船頭と、花魁《おいらん》と……あとは、まあ、仲居と遣手《やりて》と見番《けんばん》といったところでして……」

「仲居というのは、娼家《しょうか》の下婢《かひ》にあたるものかな？」先生がたずねた。

「まだよく研究はしてみませんが、なんでも仲居は茶屋の下働きで、遣手というのは……

え―、女部屋の助役のようなものではないかと思います」

東風さんは相変わらずまじめな顔でこたえたが、さっき〝その人物が出てくるように声色を使う〟といっていたわりには、遣手や仲居の性格をじゅうぶんには把握していないらしい。

「それで見番というのは、そもそも人間なのかい？　それとも一定の場所を指すのかね？」

「見番はなんでも男の人間だと思います」

「なにをつかさどっている者なんだい？」

「さあ、そこまではまだ調べが届いておりません。そのうち調べてみましょう」

東風さんは相変わらず平気なものだ。これで掛け合いをやった日には、さぞかし頓珍漢《とんちんかん》なものが出てくるにちがいない。

「それで、朗読家には、君のほかにはどんな人が加わったのかな？」

「いろいろとおりましたが、先生方がご存じのところで行きますと、例えば法学士のK君……」

「へえ、彼も参加しているとは知らなかった」

「この前は、彼に花魁役をやってもらいました」

「ははあ、彼が花魁役……主役だな」

先生はうらやましそうにいったが、〝法学士のKさん〟は筋骨たくましい、坊主頭の、ひげ面の人物である。あの人が花魁役で、女の甘ったるいせりふを使うようすは……正直いって、あまり想像したくなかった。

「その花魁が癪《しゃく》を起こすところがありまして……」東風さんの話にはまだ続きがある。

「朗読でも、癪を起こさなくちゃいけないのか？」先生が心配そうにたずねた。

「ええ、とにかく表情がだいじですから」

「それで、うまく癪は起こったのかい？」

「それが、その……第一回だけに、癪はちと無理でした」

ふうん、と先生は腕組みをしてうなっていたが、またひょいと口を開いて東風さんにたずねた。

「ところで、君はなんの役割をやったんだい？」

「私ですか？　私は、えー、船頭」

「へー、君が船頭をね」と先生はそういって、指先で鼻の頭をちょいとかいた。東風さんで船頭がつとまるものなら自分も見番くらいはやれる、とでもいいだしそうな目つきである。案の定、

「君に船頭は無理だったかい？」とさっそくお世辞のないところをいう。

「それが実は……その船頭でせっかくの催しが竜頭蛇尾に終わってしまいました」

東風さんは急に沈痛な口調になった。

「あとで知ったのですが、会場の近所に女学生が四、五人下宿しておりまして。それが、

どこでどう聞いたものか、その日朗読会があるということを探知して、会場の窓下へ来て傍聴していたと見えます。K君の花魁もすんで、さて次は私の番です。私が船頭の声色を使って、ようやく調子づいて、これならだいじょうぶと思って得意にやっていると……つまり、身振りがあまりにすぎたのでしょう。それまでなんとか堪《こら》えていた女学生たちが、一度にわっと笑いだしたものですから、おどろいたこともおどろいたし、きまりが悪いことも悪いし、それで腰を折られてから、どうしてもあとが続けられないので、とうとうそれぎりで散会になってしまいました」

と東風さんはまじめな顔で竜頭蛇尾の顚末《てんまつ》をうちあけた。〝第一回としては成功だ〟と称する朗読会がこれでは、失敗とはいったいどんなものだろう？

部屋のすみで丸まっている猫までが、まるで笑っているかのように、ごろごろとのどを鳴らしている。

「それはご愁傷様」と迷亭氏がまじめな顔で弔辞を述べた。

「これはごていねいに」東風さんは迷亭氏にむきなおって頭をさげた。そうして、

「第二回からはもっと奮発して、盛大にやるつもりです。きょうこちらに参りましたのもまったくそのためでして。つまり、ここはひとつ先生方にもご入会のうえ、ご尽力をあおぎたいと思うのですが、いかがでしょうか？」と、もとに戻ってたずねた。

「無理だ」

先生はすぐに、きっぱりと首をふった。

「癇癪《かんしゃく》ならいくらでも起こしてみせるが、やっぱり癪は無理」

「いいえ、癪も癇癪も起こしていただかなくてよろしいのです。ここに賛助員の名簿が……」

東風さんはそういいながら紫色の風呂敷《ふろしき》からだいじそうに小菊版の帳面を取りだし、「これへどうかご署名のうえ、ご捺印《なついん》を願いたいので」と帳面を開いたまま、先生のひざの前につきつけた。

「なんだ、癪は起こさなくていいのか……」先生は帳面にちらりと目をやったきり、少々残念そうな顔であごをひねっている。

「ちょっと拝見」と寒月さんが横からのぞきこんだ。

先生は帳面をひょいと取りあげて、顔をしかめた。

「寒月君は、まあ、やめておくんだね」

「先生。そりゃまたなぜです？」

「だって君、君は博士にならなくちゃならないんだろう？」先生は当然といった顔つきでいう。「この方面の話は、博士になってからでも遅くはないさ」

「そりゃあ遅くはないかもしれませんが、早くもないでしょう」寒月さんは意味不明の言葉をかえす。そこへ迷亭氏が、

「寒月君の論文の問題はなんといったっけな？」

「私の論文ですか？」寒月さんは、質問者をふりかえり、

「題は『蛙の目玉の電動作用に対する紫外光線の影響』というのです」

「そりゃ奇《き》だ。さすがは寒月先生だね。蛙の目玉はふるっている。それなら首縊《くびくく》りの力学や団栗《どんぐり》のスタビリチーにもひけはとらないな」

迷亭氏は満足げにうなずき、ふたたび先生にむきなおって、

「どうだい君、論文脱稿前にその問題だけでも金田に報知してやるというのは？」と提案した。

「蛙の目玉が、そんなに骨の折れる研究なのかね？」先生は迷亭氏を無視して、寒月さんにたずねた。

「なかなか複雑な問題ですね。第一、蛙の目玉のレンズの構造がそんな簡単なものではありません。それでいろいろと実験もしなくちゃなりませんが、まずは丸いレンズをこしらえようと思いまして……」

と寒月さんは、先日僕が大学の実験室を訪れたときにしてくれたのと同じ説明を、先生と迷亭氏相手にくりかえした。

「それじゃなにか？　君はこのところ、毎日ガラスの玉ばかり磨《す》っているのか？」

寒月さんの話を聞いた先生は、なかばあきれ、なかば感心したようすでたずねた。

「どこでそんなに磨っているんだい？」

「やっぱり学校の実験室ですね。朝磨りはじめて、昼飯のときちょっと休んで、それから暗くなるまで磨るんですが、なかなか楽じゃありません」

「それじゃ君が近ごろ忙しい忙しいといって、毎日——日曜でも学校に行っていたのは、その玉を磨るためだったのか？」

「ええ。まったく目下のところは朝から晩まで玉ばかり磨っています」

「〝玉つくりの博士〟といったあんばいだね」迷亭氏は感心したようにつぶやいた。

先生は、やっぱり迷亭氏を無視したまま、寒月さんにたずねた。

「それで、その玉はいつごろできあがるつもりかね？」

「このようすじゃ十年はかかりそうです」

「十年じゃ……もうすこし早く磨りあげたらよかろう」

「十年でも早いほうです。ことによると二十年くらいかかるかもしれません」

「そいつは大変だ。容易に博士になれないじゃないか」

「ええ、一日も早くなりたいのは山々なのですが、とにかく玉を磨りあげなくっちゃ肝心の実験ができませんから……」

寒月さんは、さすがに先生の家の常連客らしい浮世離れしたところを見せつけて「そんなことより、先生はどうなさるのです？」と、こんどは逆襲に転じた。

「私？　私は玉なぞ金輪際磨るつもりはない」先生はちょっと反り身になってこたえた。

「玉なんぞ」と寒月さんは笑って首をふり、「矯風演芸会ですよ。先生は賛助会員になられるおつもりなのですか？」

「ははあ、きょーふーえんげーかいね。そうさな……」

先生は相変わらず煮え切らない返事をする。

寒月さんは、しばらくほうっておかれたぐあいの東風さんをふりかえり、ひざを乗りだしていった。

「それじゃ東風君、ひとつ僕の創作をやらないか？」

3

「そりゃ、君の創作なら面白いものだろうが……」

東風さんは、寒月さんのふいの申し出にとまどったらしく、目を瞬《しばたた》いている。

「いったい、なんの創作なんだい？」

「脚本さ」

と寒月さんは意外なほど自信たっぷりなようすで断言し、これには東風さん――それにたいていのことにはおどろかない迷亭氏や先生までが毒気《どっき》を抜かれたようすで、三人は申し合わせたように寒月さんの顔をのぞきこんだ。

「脚本とは、そりゃまたたいしたものだ」と東風さんがようやく口を開いた。「喜劇かい？　それとも、悲劇かい？」

「喜劇でも悲劇でもないさ。近ごろは旧劇とか新劇とかだいぶやかましいから、僕もひとつ新機軸を出して俳劇《はいげき》というのをつくってみたんだ」

「俳劇？　とは、聞いたことがないな」

「そりゃ当然さ。僕がつくった言葉だもの」寒月さんはけろりとした顔でいう。「俳句趣味の劇というのをつめて、俳劇の二字にしたんだ」

いつになく饒舌《じょうぜつ》な寒月さんのようすに、先生も迷亭氏もめずらしく煙《けむ》に巻かれたように控えている。

「それで、その劇の新機軸というのはいったいどんなものだい？」とたずねたのは、やっぱり東風さんであった。

「うん。俳劇というのは、そもそも根が俳句趣味だからね。あまり長たらしいのは良くないので、とりあえずは一幕物にしておいた」

「なるほど」

「道具立てから話そうか。これは、ごく簡単なのがいい。舞台のまん中に大きな柳を一本植えつけてね。その柳の幹から一本の枝を右のほうへヌッと出させて、その枝へ烏《からす》を一羽とまらせる」

「烏がじっとしていればいいが……」と先生が独り言のようにつぶやいた。

「なに、そんなことならわけはありません。烏の足を糸で枝へ縛りつけておくんです。で、その下へ行水盥《ぎょうずいだらい》を出しましてね。美人が横むきになって手拭《てぬぐ》いを使っているんです」

「そいつはすこしデカダンだね」と迷亭氏がいくらか調子を取り戻して口をはさんだ。

「第一誰がその女になるんだい？　金田の娘でも引っ張ってくるかい？」

「まさか金田の娘というわけにはいかないでしょうが……」寒月さんはちょっと顔を赤くしていった。「これも、なに、美術学校のモデルを雇ってくればわけありません」

「そりゃあ、警察がやかましくいいそうだぜ」

「だって興行さえしなければかまわんじゃありませんか。そんなことをとやかくいうた日にゃ、学校で裸体画の写生なんざできっこありませんよ」

「あれは絵画の稽古《けいこ》のためだから、ただ見ているのとはすこしちがうさ」

「先生方がそんなことをいった日には、日本もまだだめです。絵画だって、演劇だって、おんなじ芸術ですよ」寒月さんは肩をすくめて悲憤慷慨《ひふんこうがい》してみせる。

「議論はさておき、それからどうするのだい？」

おどろいたことに東風さんは議論を先に進めようとする。ことによると、本気で俳劇をやるつもりなのかもしれない。

「うん。そこへ、花道から男が一人、ステッキを持って出てくる」寒月さんは、東風さんにむきなおって続けた。「この男は、そうだな、まず俳人高浜虚子《たかはまきょし》といったぐあいだね。それから……」

「キョシ？　ははあ、出たな。ウグイスのキヨシめ！」

とつぜん、先生が奇声を発して、その場に飛びあがった。

先生が高浜さんを〝キョシ〟と呼ぶのはともかく、〝ウグイス〟とはおそらく、高浜さんが主宰している俳句雑誌『ホトトギス』のことだろう。先生はときおり、高浜さんにせっつかれて『ホトトギス』に文章をのせているのだが、そのたびにかならず、締め切りがどうした、手直しがどうだとさんざんもめている。そのせいで最近では高浜さんの名前を耳にすると、先生は条件反射のように奇声を発して、その場に飛びあがる。ときどきは目が裏返って白目になる。はじめて見る人はたいてい肝をつぶすが、そこは寒月さん、いつものことなので、なにも見ない、なにも聞こえないといったぐあいに、先生のことはきっぱり無視して先を続けた。

「男は白い灯心入りの帽子をかぶって、*透綾《すきや》の羽織に、薩摩絣《さつまがすり》の尻《しり》っぱしょりの半靴*、というこしらえだ。着つけは陸軍の御用達《ごようたし》のようだけれども、そこは俳人だから、なるべくゆうゆうとして腹の中では句案に余念のない体《てい》で歩かなくちゃいけない。それで花道を行き切って、いよいよ本舞台へかかったとき、ふと句案の目をあげて前を見ると、大きな柳があって、柳の下で白い女が湯を浴びている。はっと思って上を見ると、長い柳の枝に烏が一羽とまって女の行水を見おろしている。そこで虚子先生、大いに感動したという思い入れが五十秒ばかりあって、

——行水の女に惚《ほ》れる烏かな。

と大きな声で一句朗吟するのを合図に、拍子木を入れて幕を引く……。

どうだろう、こういう趣向は。気に入りませんかね？　東風君だって、船頭になるよりは、虚子さんになるほうがよっぽど良いと思うがね？」

東風さんはしばらくのあいだ、眉《まゆ》を寄せ、なにごとか思案するようすであったが、

「なんだかあっけないようだね。もうすこし人情を加味した事件がほしいようだ」

とまじめな顔でこたえた。


エヘン、エヘン。

と妙な音がしたので顔をふりむけると、先生がさっきその場に飛びあがったなり――自分ではなんで立っているのかわからないようすで――もったいぶった咳《せき》ばらいをしていた。エヘン、と先生はもう一度咳ばらいをして、自分にじゅうぶん注目が集まっているのを確認すると、

「それじゃ、次は僕が諸君のご批評を願おうか」といいだした。

今度は東風さん、迷亭氏、寒月さんの三氏が顔を見合わせる番だ。

「君、まさかとは思うが……」迷亭氏が、他の二人を代表して恐る恐るたずねた。「例の謡《うたい》とやらを聞かされるんじゃないだろうね？」

「なに、謡？」先生ははたと額をうった。「そうか、謡か。謡という手もあるが……」

みなまで聞き終えずに、お客さんたちは早くも腰を浮かしかけたが、

「きょうは、別のものだ」

と先生がいうのを耳にして、どっと腰をおろした。

「謡でないなら、まあ聞かないでもない」迷亭氏はほっとしたようにいう。

「なんだ、失礼な奴だな」先生はぷっとほおをふくらませたが、ほかのことはともかく、

こればかりは僕も迷亭氏の意見に賛成であった。

先日も、近所の人が玄関に来て、

「表を通りがかったら中から妙なうなり声が聞こえましたが、どなたかおぐあいが悪いのですか？」

とたずねられたばかりだ。対応に出た僕としては、まさか、

「あれは先生が一人で謡をさらっているのです」

ともいえず、こたえるのにひどく困惑した。

そのほかにも、先生が家で謡の稽古をするたびに、町内の牛乳屋から「最近牛乳の腐りが早い」と文句をいわれ、あるいは「婆さんのぐあいが悪くなった」「赤ん坊がひきつけを起こした」など、さまざまな苦情が引きも切らず持ちこまれている。

謡ではないと判明したことで、お客さんたちはひとまず安心したらしい。一同の尻が座布団の上に落ちついたのを見届けて、先生はすたすたと歩いて書斎の中に姿を消した。

先生と入れ替わりに、部屋のすみから猫がのそのそと歩いてきて、空いた座布団に丸くなる。

先生はじきに一枚の半紙を持って書斎から戻ってきたが、座布団の上に猫が丸くなっているのを見ると、猫の首筋をつかみ、エイとばかりに縁側にほうり投げた。別に猫が憎たらしいというわけでもないらしく、呼吸《いき》をするほどの自然の動作である。

先生はなにごともなかったかのように座布団に腰をおろし「さて」と妙に裏返った、い

ささか芝居がかったようすで口を開いた。

「先ほどは東風君の船頭、今また寒月君の俳劇と拝見したところで、今度は私の番と相成《あいな》ったわけである。東風君、これはけっして得意な物ではないが、ほんの座興なのでお聞き願いたい」

「ぜひうかがいましょう」東風さんはまじめな顔でひざをなおした。

「寒月君も、ついでに聞きたまえ」

「ついでなくても聞きますよ」寒月さんはにやにやと笑いながらいう。

「長いものじゃないだろうね？」と一人無視されたぐあいの迷亭氏が気楽なようすでたずねた。

「なに、僅々《きんきん》……二の、四の、六十余字だ」と先生は、いよいよ手製の名文を読みはじめる。

「大和魂《やまとだましい》！と叫んで日本人が肺病病みのような咳をした」

「こりゃ、寒月君の俳劇以上だな」迷亭氏が独り言のようにつぶやいた。

「大和魂！　と新聞屋がいう」先生はかまわず続ける。

「大和魂！　と掏摸《すり》がいう。大和魂が一躍して海をわたった。英国で大和魂の演説をする。ハワイに行って大和魂の芝居をする」

「そこは全部改行ですか？」寒月さんがたずねる。

「むろん全部改行だ」と先生は半紙からちょっと視線をはずしてこたえた。

もっとも、これはわざわざたずねなくても、

――およそ文章たるもの、改行さえすれば、賛（三）か、詩（四）か、語（五）か、録（六）になる。

というのが、先生の座右の銘である。

「東郷大将が大和魂を持っている。改行。魚屋の銀さんも大和魂を持っている。改行。政治家、詐欺師、山師、人殺しも大和魂を持っている。改行」

「先生、そこへ寒月も持っているとつけ加えてください」

「寒月も持っている。改行」

「大和魂とはどんなものかと聞いたら、大和魂さとこたえて行き過ぎた。改行」先生はちょっと考えて「五、六間《けん》行ってからエヘンという声が聞こえた。改行」とつけ加えた。

「その一句は上出来だ」と迷亭氏。

「三角《さんかく》なものが大和魂か、四角《しかく》なものが大和魂か。大和魂は名前の示すごとく魂である。魂であるから常にふらふらしている」

「先生、だいぶ面白う御座いますが、ちと大和魂が多すぎはしませんか」と東風さん。

「賛成」といったのは、むろん迷亭氏である。

先生はしかし、もはや自作に酔っている。周囲の批判などおかまいなく、一心不乱に自作の朗読をする。

「誰も口にせぬ者はないが、誰も見たものはない。誰も聞いたことはあるが、誰も逢《あ》った

ことがない。ああ、大和魂！　大和魂は、それ天狗《てんぐ》の類《たぐい》であるか！」

と先生、ここにおいて＊一結杳然《いっけつようぜん》と口を閉じ、おもむろに聴衆に顔をむけた。

お客さんたちは、まだあとがあるものと思って待っている。

先生は、いくら待ってもうんともすんともいわない。

しばらくして寒月さんが「それぎりですか？」と聞くと、先生は軽く「うん」とこたえた。大和魂の名文（？）に比べてうんとは少々気楽すぎる気もするが、それをいっても、先生は〝すんというよりはましだ〟とこたえるにきまっている。

東風さんは相変わらずまじめな顔のまま、きれいに分けた頭をかしげている。

残る迷亭氏は――

めずらしくこの名文に対しては、いつものようにあまり駄弁をふるわなかった。その代わり「君の文章をまとめて誰かに捧《ささ》げてはどうだ？」とたずねた。

先生は、こともなげに「なんなら君に捧げてやろうか」という。

迷亭氏は「まっぴらだ」とこたえたきり、そっぽをむいてしまった。

先生の名文朗読のおかげで、せっかくの集まりの談話の火が妙なぐあいに湿ってしまった。それから話題は日露講和条約をめぐる日比谷での交番焼き打ち事件や、伊藤侯《いとうこう》が初代韓国統監に就任したことなどについて転々としたものの、どれもたいして盛りあがらず、一座はなんとはなしに白けた感じであった。

東風さんは座布団の上でしばらく尻をもじもじさせていたが、やがて思い切ったように腰をあげた。

「それじゃ先生、私はそろそろこれで……」

「ああ、またいつでも来たまえ」

と先生は東風さんにちょっと挨拶《あいさつ》をして、すぐに迷亭氏との気のない会話に戻っていった。

僕は門のところまで東風さんを見送りに出た。左右を見まわし、誰も盗み聞きをしていないことを確認してから、小声で東風さんにたずねた。

「きょうは先生に本当はなんの話をされていたのです？」

4

東風さんは目を細めて、一瞬僕の顔をまともにのぞきこんだ。が、すぐににこりと笑うと、

「ちょっとそこまで散歩に出ようか」

と、のんびりした口調でいった。

僕は東風さんのあとに続いて門を出た。

散歩というからには、ゆっくりと歩きながら話でもするのかと思っていたら、なかなかどうして、東風さんは僕のことなどまるで知らぬげに、一人でひじょうな速足でどんどん

歩いていく。道行く人のあいだをきわどく擦り抜けるように追いこしてゆくかと思えば、唐突に大通りから直角にまがって細い路地にはいりこみ、行き止まりの塀につきあたって、また同じ道をひきかえしてくるといったあんばいで、なにしろ大変にいそがしい。後ろを歩く僕は、東風さんの姿を見失わないようについて行くのがやっとで、とても話をするどころではなかった。

そうして四、五町《ちょう》*も歩いたろうか、不意に見晴らしの良い川縁《かわべり》の土手道に出た。東風さんは急に足をとめ、くるりと背後をふりかえると、あたりを見まわして、それから歩く速度が普通になった。僕にはなんだかわけがわからなかったが、ひとまずほっと息をつき、額の汗を拭《ぬぐ》って、ようやく東風さんと肩を並べることができた。

「……どこで気づいたんだい？」

東風さんが前をむいて歩きながらたずねた。見まわしたところ周囲にはほかに誰もいなかったから、質問の相手としては僕しかいない。

――どうやら、先生の家の玄関での会話の続きらしい。

僕はすこし考えて口を開いた。

「近松の話が変だったので、あれこれ考えているうちに、まあ、なんとなく……」

「そうか。やっぱりあれが変だったか。そうだよな……」

東風さんはまじめな顔でつぶやくと、きれいに分けた頭に手をやって、

「なにしろ、僕が話そうとしたとたん、みんなに寄ってたかって『この家の会話は盗み聞

きされている』と注意を受けて、そのすぐあとが先生の〝こんにゃく問答〟だからね。あの場でとっさに思いついたわりには、上手《うま》く話したつもりだったのだけれど……」といいわけするようにいった。

「先生の話が……こんにゃく問答？」僕はちょっと首をひねった。

「それで、君はあの問答をどう解いたんだい？　まずは君の解釈を聞かせてくれないか」

といって、東風さんは僕の返事を待つようすだ。

僕はしかたなく、自分で思いついた解釈を話すことにした。

「東風さんのあのへんてこな近松の話を聞いているうちに、僕はふと、そういえば最近、別の機会にも近松門左衛門《ちかまつもんざえもん》の名前を聞いたことを思いだしたのです。今、歌舞伎にかかっていて、巷《ちまた》でたいそうな評判になっている『国性爺合戦《こくせんやかっせん》』。あれもたしか、近松の代表作のひとつだったはずです。

ところで――これは、歌舞伎を観に行った先生から耳にたこができるほど聞かされて知っているのですが――『国性爺合戦』の筋書きは、かい摘《つ》まんでいえば、明国人鄭芝竜《ていしりゅう》と日本人のあいだに生まれた和藤内《わとうない》――後の鄭成功《ていせいこう》――が、異民族に滅ぼされた明朝の回復に尽力した、というものです。

日本に亡命した明国人。

異民族に滅ぼされた明朝の回復に尽力。

そう並べて考えたとき、僕の頭には、これも最近目にしたばかりの、ある新聞記事の見

出しがごく自然に浮かんできました。その見出しとは、

――革命家・孫文《そんぶん》氏が日本を来訪中。

というもので、記事の中では、

〝異民族によって建てられた現在の清王朝を倒し、漢民族による新しい国づくりを目指している〟と孫文氏を紹介し、しかもその記事の横には、意図的なのか偶然なのかはわかりませんが、昨今巷で話題の『国性爺合戦』の記事が並べてのっていたのでした。……想像ですが、先ほど東風さんが近松の名前をとっさに思いつかれたのだとしたら、同じ新聞記事をお読みになったんじゃないでしょうか？」

「どうだろう？　まあいいさ。それから、それから」と東風さんは、僕の言葉を肯定も否定もしない。

僕はとりあえず先を続けることにした。

「もし話の内容が孫文氏にかかわることだとすれば、盗み聞きをされていると指摘されたとたん、東風さんがなぜ急にへんてこな話し方――こんにゃく問答――をはじめたのか、その理由の説明がつきます。なぜなら同じ新聞には〝孫文氏の活動に清国が不快感を表明して、日本での孫文氏の活動を禁止するよう外務省に要請があった〟という記事がのっていましたし、それを受けて、日本の警視庁が革命目的で大っぴらに会合を開くことを禁止する旨《むね》の通達を出したこと。さらには〝最近、孫文氏の革命運動に賛同する清国からの留学生、および彼らを支援する日本人の団体が、探偵――すなわち日清両国の秘密警察の取

り締まりを逃れるために別の名目で会合を開いている〟といったことが書いてあったのです」

「別の名目、というと？」

「例えば演芸会の名目で、革命運動の演説会を開くといったぐあいですね」

僕は肩をすくめていった。

「そのひとつが〝矯風演芸会〟という名前だったとしても不思議ではありません」

「なるほどねェ」と東風さんはまるで他人事《ひとごと》のように僕の話を聞いていたが、不意にこらえきれなくなったようすでぷっと吹きだした。

「あはははは、君はたいした名探偵だよ。先生の家で書生をしているのが惜しいくらいだ」

東風さんは僕の背中をたたいて、いつまでもくすくすと笑っている。

となれば——

あとは聞くまでもなかった。

あのとき、盗み聞きの可能性を指摘された東風さんは、その後の会話を——先生の指示にしたがって——こんにゃく問答で進めることにしたのだ。

あの落語の中では、お酒が般若湯、卵が御所車、といった符丁で呼ばれている。同じように、さっき僕の目の前で交わされた奇妙な会話もまた、みんな一種の符丁をもって語られていたのだ。

例えば、法学士のKさん——あの筋骨たくましい、坊主頭の、ひげ面の人物は、なにも本当に朗読会で甘ったるい声を出して花魁《おいらん》役をやったわけではなかった。彼は、その日の朗読会の文字どおりの主役――壇上で孫文氏の文章を代読する役だったのだ。あのとき東風さんは、

「第一回だけに、癪《しゃく》はちと無理でした」

といったが、あれは、

「彼には孫文氏の文意をじゅうぶんに解釈（理解）することはできなかった」

という意味だったのだろうし、仲居、遣手、見番、といった役の実態を東風さんが「よく知らない」のは、そもそもそんな役など存在しなかったからなのだ。

また、東風さんは、

「私の船頭で、せっかくの催しが竜頭蛇尾に終わってしまいました」

としょげたようすで話し、その理由を、

「私が得意にやっていると……女学生が一度にわっと笑いだしたものだから……」

と語っていたが、あの「船頭」は「扇動《せんどう》」――アジテーション――の、また「女学生」は「探偵」を意味する符丁だったのだ。探偵たちは〝朗読会があることをどこかで探知して〟会場の窓下へ来て傍聴していた。演芸会名目で開かれた会合は、孫文氏の文書を朗読するだけならともかく、東風さんが聴衆を扇動する言葉を口にしはじめたので、秘密警察が会場に踏みこんできて、会を解散させたといったところがことの真相だったのではないだろうか？

しかし、それはそれとして――

「ところで、君」と東風さんは僕をふりかえって、おどけた表情でたずねた。「名探偵の君としては、寒月君のあの俳劇をどう解《と》いたんだね？」

「あれは……」

僕が口ごもるのを見て、東風さんはちょっとおどろいたように目を丸くした。

「おや、君にはあの謎かけが解けなかったのかい？　それじゃ、今度は僕が謎を解く番だな。僕の解釈が合っているかどうか、あとで君の意見を聞かせてくれたまえ」

東風さんは、僕の返事を待たず、勝手に次のように話しはじめた。

「寒月君の俳劇の登場人物は〝陸軍の御用達のようなこしらえの俳人〟と〝柳の下の女〟それに〝烏〟の三人だった。僕はあれを、それぞれ〝俳人〟が日本の政府で、〝柳の下の女〟が孫文先生、〝烏〟は清国の官憲を指すと解《と》いた。なぜといって、あの俳劇のクライマックスは、俳人が柳の木をふりかえって、

――行水の女に惚《ほ》れる烏かな。

と俳句を読む場面だが、あれはまさに今の孫文先生をめぐる状況を的確にいいあらわしているのだ。

柳の下で行水をつかっている魅力的な女性――つまり、孫文先生を、柳の枝から不吉な烏に象徴される清国の官憲たちがじっとつけ狙っている。それに気づいた日本の政府は、

現在〝次に自分がどうすべきか〟を迷っている、というわけだ。

清国の官憲たちは日本の政府に孫文先生の引きわたしを要求している。いや、それどころか、孫文先生の命を狙う清国の刺客が孫文先生の周囲を徘徊《はいかい》さえしているんだ。日本の政府の中には、むろん僕たちと同様、孫文先生に援助の手を差し出すべきだと考える者もいる。だが、その一方で、悲しむべきことに、孫文先生を清政府に売るほうが日本の利益になると考えている者たちも存在しているのだよ。

寒月君があの一幕の俳劇でえがいてみせたものは、まさに孫文先生をめぐる今日《こんにち》の状況そのものなのだ。そこへきて、先生のあの文章朗読だ」

と東風さんはいささか興奮したようすで先を続けた。

「君は気がついたかい？　先生があの短い文章の中に、孫文先生をあらわす言葉をいくつも入れていたことを。例えば、ほら、

——大和魂が一躍海をわたった。英国で大和魂の演説をする。ハワイに行って大和魂の芝居をする。

という、あの文章だ。

なるほど孫文先生は、若いころからしばしば英国やハワイに滞在して、かの地で多くの支援者を得てきた。うん、先生があの文章で孫文先生のことを語ったのは、まったく慥《たし》かなことだよ」

「けれど、先生は……」

「そうなんだ！」と東風さんは僕の言葉をみなまで聞かず、天をあおいでため息をついた。「先生は同時に、あの文章で僕たちの運動を批判されている。なにしろ、

──政治家、詐欺師、山師、人殺しも大和魂を持っている。

──大和魂は……つねにふらふらしている。

きわめつけは、

──大和魂は、それ天狗《てんぐ》の類《たぐい》であるか。

だからね。

それもたぶん、僕が差し出した賛助会員の名簿をご覧になったせいだろう。実際のところ、賛助会員の中には──衷心《ちゅうしん》から孫文先生の活動を支援するというよりは──〝清国を倒すことが、結句日本のためになる〟という目先の目的から孫文先生の活動を支援している人たちもいるのだ。そして彼らの中には……そう、残念なことに、たしかに〝政治家〟〝詐欺師〟〝山師〟、あるいは〝人殺し〟と呼ばれてもしかたがない人たちも交じっている。もっとも僕たちも、現時点では、それはそれである程度はしかたがないと割り切って考えようとしていたのだけれど……。

先生はあの短文で、そんなちっぽけな立場を離れないかぎりは、僕たちの活動はとうていだめだと喝《かつ》をくれたんだ。いや、実際、頭をどやしつけられた気分だよ。あの大和魂の短文こそは、先生の〝あかんべえ〟だったのさ」

そういった東風さんは、意外に晴れ晴れした顔をしていた。

僕にはなんだか、東風さんの解釈はむしろ、〝こんにゃく屋の偽和尚の身振りをまちがって読み解いた永平寺の雲水〟のような気がしてならなかった。

僕が思うに——

寒月さんの俳劇や、ましてや先生の大和魂の文章朗読は、別段符丁で話していたわけでも何でもなく、たぶんあのままのものだ。二人とも、ただ、いつもどおりの、かみ合わない馬鹿話をしていただけなのだと思う。

常連客になってまだ日の浅い東風さんの目には〝奇妙な暗号劇〟と見えたかもしれないが、先生の家においてあれくらいはよくあることなのだ。

だとすれば、とんだこんにゃく問答だが、東風さんがそれで良いのなら、それ以上は僕がとやかくいうべきではないのだろう。

別れ際、僕はあとひとつだけ気になっていたことを思い出して、東風さんにたずねてみた。

「なぜ仙人なのです？」

「仙人？ なんの話だい？」東風さんは眉《まゆ》をひそめた。

「僕が外から戻ってきたとき、みなさんで仙人の話をされていたようでしたが、なぜあんな話をされていたのかな、とちょっと気になって……」

「ああ、鼻糞《はなくそ》丸薬の、あの仙人」

東風さんははたと手を打ち、くすくすと笑いだした。

「そういえばそうだったね。……そうか、君にはあれがわからなかったのか……。もしあれがわかれば、僕たちがなんの話をしているのか、すぐにわかったはずなのだがねえ」

「どういう意味です？」

「逸仙《いっせん》だよ」

「えー、それは……どんな仙人なんです？」

「仙人じゃないさ。孫文先生がよく使っている雅号《が　ごう》なんだ」

＊

先生の家に戻ると――革命も刺客も人殺しもまるでうそのように――天下は太平なものであった。

ほかのお客さんたちはとっくに帰ったらしく、先生は先生で銭湯にでも行ってきたのか、湯あがりの顔をてらてら光らせながら、晩餐《ばんさん》を食べていた。

先生の正面には奥さんがすわって、いつものように無言で給仕をしている。ちゃぶ台のわきには、これまたいつものように猫が丸くなっていた。

あれだけひどいあつかいを受けても先生の近くに控えているのは、なにも先生になついているというわけではなく、隙があったらちゃぶ台の上の肴《さかな》をなにかちょうだいしようと狙っているのだ。

——いっておくが、猫の話である。

それまで無言、無心のようすでちゃぶ台上の晩餐に取り組んでいた先生が、ふと顔をあげ、奥さんにむかって口を開いた。

「おい、その猫の頭をちょっとぶってみろ」

「ぶてば、どうするんです？」

「どうでもいいから、ちょっとぶってみろ」

こうですか、と奥さんは猫の頭を軽くたたいた。

「鳴かんじゃないか」

「ええ」

「もういっぺんやってみろ」

「何度やったって同じことじゃありませんか」といいながら、奥さんはまた猫の頭をぽかりとたたいた。猫は、やっぱりじっとしている。すると先生は、少々焦《じ》れ気味で、

「おい、ちょっと鳴くようにぶってみろ」といった。

奥さんは、面倒な顔つきで、「鳴かしてなんになさるんです？」と問いながら、またぴしゃりとたたいた。

猫は——目的がわかったことを幸いに——すこし間を置いて「にゃあ」と鳴いた。

先生は、奥さんにむかって、

「今鳴いたにゃあという声は間投詞か副詞か知っているか？」とたずねた。

奥さんは、またはじまったと思ったらしく、なんともこたえない。すると、先生は、

「おい！」と大きな声をあげた。

「はい」奥さんはびっくりしたように目を瞬《しばた》いた。

「そのはいは間投詞か副詞かどっちだ」

「どっちですか、そんな馬鹿げたことはどうでもいいじゃありませんか」

「いいものか。これが現に国語家の頭脳を支配している大問題だ」

「あらまあ、猫の鳴き声がですか。だって、猫の鳴き声は日本語じゃないじゃありませんか」

「それだからさ。それが難しい問題なんだよ。比較研究というんだ」

「そうですか」と奥さんは適当に相手をして「それで、どっちだかわかったんですか」

「重要な問題だから、そう急にはわからんさ」

先生はそっけなくそういうと、奥さんの鼻先に盃《さかずき》をぐいとつき出した。

「酒を、もう一杯飲もう」

「今夜はなかなかあがるのね。もうだいぶ赤くなっていらっしゃいますよ」

「飲むとも。ケーゲツが飲めといったんだ」と先生、またしても桂月である。どうやら吉原に行くのはあきらめて、その分、家でお酒をよぶんに飲むことにしたらしい。

「おい、仙人が俗界に住むと、どうして空を飛べなくなるか知っているか」と先生はまた、赤い顔で奥さんにたずねた。

「知らないわ——お酒はもういいでしょう。これで御飯になさいな」奥さんは、もはやまともに取り合わない。

「あれは浮世の匂いが毛穴から染みこんで、垢《あか》で身体が重くなるから飛べなくなるんだ」

「まあ、いろいろなことをよく知っていらっしゃること」

「たいがいのことは知っているさ」と先生はお酒がはいった盃を見つめ、赤い顔で、あとの言葉をつぶやくようにいった。

「知らないのは、自分が馬鹿なことくらいだ。もっとも、それだって薄々は気づいているさ……」

先生はそういうと、まるで毒でも飲むかのように、盃の中のお酒を一息にほした。

——さっきの問答で、本当は誰が雲水で、誰がこんにゃく屋だったのか？

僕にはなんだか急にわからなくなってきた。

其の五

落雲館大戦争《らくうんかんだいせんそう》

1

——古今東西、人間の歴史とはすなわち戦争の歴史である。

とは、知り合いの貸本屋のおやじがいった言葉である。

「西洋古典の『イリアス』『ガリア戦記』、*漢籍《かんせき》じゃ『三国志』、日本だって『保元《ほうげん》』『平《へい》治《じ》』に『平家物語』……。古くからある物語は、みんな戦争を書いたものだ。要するに人間って奴あ、昔っから戦争ばかりしてきたのさ」

貸本屋のおやじは皮肉な形に唇をゆがめて、そう自説を表明した。

なるほどいわれてみれば、僕が子供のころ、日本はお隣の清国と戦争をしていたし、それが終わったと思ったら、今度は露西亜《ロシア》との戦争だ。

戦争ばかりといっても、実感としてはまア、まちがいではない。

が、貸本屋のおやじの話にはまだ続きがあった。

「『イリアス』しかり、『三国志』しかり、『保元』『平治』『平家物語』にしたってそうだ、戦争を書いた物語はどれもこれも文句なしに面白いさ。しかし、だったらこりゃあ、いったいどういうことだい？」

貸本屋のおやじはそこで、人気《ひとけ》のない店内をぐるりと見まわして肩をすくめた。

「実際に戦争がおっぱじまるや、どいつもこいつも、たちまちみんな本なんか読まなくなるんだからな。……ことに、お前さんが好きな探偵小説なんてのはさっぱりだよ。……やれやれ、世の中どうなっているのかねえ」

――なんのことはない。

商売不振をぼやいているだけなのだ。

しかしその露西亜との戦争も、この九月には講和条約が結ばれた。戦勝を祝う東京市民による提灯《ちょうちん》行列が盛大におこなわれる一方、講和の内容に不満を持つ人たちが暴れて、交番や新聞社が焼き打ちされる事件も起きた。また最近では、戦地から帰ってくる兵隊、および戦死した兵隊の遺族のための凱旋《がいせん》祝賀会が各地で開催されていて、先生のところにも＊義捐金《ぎえんきん》を求める書状がときどき舞いこんでいる（もっとも僕が知るかぎり、先生は一度も出したことがない。先生は、軍隊を歓迎するくらいなら、自分が歓迎されたい人なのだ）。

いずれにしても、戦争はもう終わったではないか？

その点を僕が指摘しても、貸本屋のおやじの不機嫌な顔はいっこうに晴れそうになかった。それどころか、眼鏡の奥の目をぎろりと光らせて、

「ふん。どうせまた、すぐに、どこかと戦争をおっぱじめるにきまってるさ」

と物騒なことをいいだす始末だ。そして――

貸本屋のおやじの予言は、僕に関するかぎり、妙な形で実現することになった。

先生が、とつぜん、戦争をはじめたのだ。

敵は〝落雲館《らくうんかん》〟と称する私立の中学校、八百人の中学生であった。

…………。

僕は今〝とつぜん〟といった。

だが、国家間の戦争がそうであるように、あとからふりかえれば戦争の先ぶれとなった小事件が存在する。

まずは、それを語るとしよう。

そもそも落雲館は、先生の家の裏手、五、六間《けん》ばかりの空き地をへだてて存在する、いわば〝お隣さん〟である。この中学に八百余人の中学生が通っている。月謝は毎月二円だそうだ。きっとみんな親に出してもらっているのだろう。学費はおろか、自分の食いぶちまで自分で稼がなくてはならなくなった僕としては、なんともうらやましいかぎりである。

いや、そんなことはともかく――

彼らは以前から、先生の家の裏にある空き地にはいりこみ、弁当を食ったり、話をしたり、寝転んだり、いろいろなことをやっては、弁当の死骸《しがい》――すなわち竹の皮や古新聞、古草履、古下駄、その他「ふる」と名のつく物をいろいろと捨てていった。この時点では、先生は存外平気にかまえていて、彼らの傍若無人なふるまいを大目に見ていた――というか、たぶん気づいていなかった。

しかしその後、落雲館の中学生たちがだんだんと領土をひろげ、ついに座敷の正面にまではいりこむようになったので、先生は落雲館に苦情を申しこみ、両者の話し合いの結果、双方の領土の境界に四つ目垣が設けられることになった。

これが戦争の先ぶれとなった小事件。

さて、垣根ができたことで騒ぎは一段落したはずだったが、ある日僕が暗くなってから帰ってくると、顔をまっ赤にした先生が、まばらなひげを逆立て、怒髪《どはつ》ならぬ、怒ひげ天をつく勢いで、あたりをぴょんぴょんと跳びはねていた。

「や、君。やっと帰ってきたな。どこに行っていた！　戦争だよ、戦争！　宣戦布告だ！　君もすぐに準備をしたまえ！」

……いっていることが、よくわからない。

癇癪《かんしゃく》を起こした先生がなにをいっているのかわからないのは、いつものことだ。しかも先生はしょっちゅう癇癪を起こしていたから、ここまでは別段めずらしいことではない。

ところが、見まわすと、この時間は――多少のことには動ぜずに――縁側で寝ているはずの猫の姿が見当たらなかった。

猫が避難しているからには、どうも普段の癇癪とはようすがちがうらしい。

そう判断した僕は、ばたばたとあたりを走りまわる先生をつかまえ、なだめて、なんとか聞きだした事情とは、およそ以下のとおりであった。

「て、て、敵軍は、ついに恐るべきダ、ダムダム弾を発明し、こ、これを使用しはじめたんだ」

　と先生は興奮のあまり口もよくまわらぬようすでいった。

「さ、さっき私が書斎で昼寝を……えへん、えへん、書見をしていたときのことだ。とつぜん、家の裏手からワアーという鬨《とき》の声《こえ》があがった。わ、私はおどろいて跳び起き……いや、飛びあがった。急いで後架にはいり、小窓からそっと裏をながめて、思わずわが目を疑った。なんということだろう！　敵軍が自陣一列に陣立てを組み、いっせいに威嚇性の大音声をあげながら、こちらにむけて今まさにダムダム弾を発射しているではないか！　こ、これはもう、きみ、誰がなんといおうとも、戦争だよ、戦争！　うーむ。それにしても、宣戦布告もなしにいきなり総攻撃を仕掛けてくるとはなんと卑怯《ひきよう》な連中だろう。すこしは乃木将軍の爪の垢《あか》でも煎《せん》じて飲むがいい。ここは旅順か奉天《ほうてん》か。……さ、さ、なにをしている。ぼんやりしている場合じゃないぜ。君もさっさと戦闘準備をしたまえ」

　先生はそれだけいうと、すぐにもまた駆けだしそうな勢いだ。

「ちょっと待ってください」僕は先生の袂《たもと》を危うくとらえてたずねた。「すると先生が今〝敵〟といっているのは、裏の落雲館の生徒たちのことなのですか？　先生は、これから中学生たちを相手に〝戦争〟をはじめるのだと？」

「そうだ。そのとおーり」

　先生はきっぱりとうなずいた。

　僕は内心やれやれとため息をつき、かゆくもない頭をかいた。

ひげを生やした大の大人が中学生をつかまえて大まじめに〝敵〟と呼ぶのは、いささか大人気《おとなげ》ないのではないか？

「まして、彼らと〝戦争する〟というのは、いくらなんでもどうかと思いますが……」と僕は、どうせだめだろうと思いながらも、一応いうだけいってみた。

「すると君は、ひげを生やした者は中学生になにをされてもだまっていなきゃならんというのか？」

案の定、先生はぷっとほおをふくらませていった。

「それなら猫などは一匹たりとも文句をいえんことになるぞ。それでもいいのか？」

いいのか、といわれても困る。第一僕は、猫が文句をいっているところなど、見たことがない。

黙っていると、先生は勝ち誇ったように早口に続けた。

「中学生だろうがなんだろうが、むこうが先に恐るべきダムダム弾を用いて先制攻撃を仕掛けてきたんだ。……たしかダムダム弾は、国際条約で使用を禁止されていたんじゃなかったかな？　いわば国際条約違反だ。錦《にしき》の御旗《みはた》はこっちのものだ。大義名分われにあり。戦争でケリをつけても、どこからも文句は出んさ」

「しかし……そもそも、そのダムダム弾というのはいったいなんのことです？」

「なに？　君はダムダム弾を知らんのか」先生はすっかり馬鹿にしたようにいった。

先生はちょっと考えるようすであったが、なにを思ったのか、机の上に半紙をひろげて、いそいそとしたようすで図面を引きはじめた。

「ここがわがほうの陣地……これが国境の四つ目垣だ。それで……これが敵方の領土で……まあ、こんなものだろう」

と先生は自作の地図をながめて満足げにうなずいている。妙にうれしそうだ。

どうやら先生、〝戦争ごっこ〟はきらいではないらしい。

「報告によれば、ダムダム弾の発射場所は、敵陣深く……およそここのあたりだ」

先生はすっかり調子づいたようすで、僕に図面を指し示した。〝報告〟というのはたぶん、先生が後架の小窓からのぞいた結果を自分に報告したのだろう。

地図を見れば、先生のいう〝敵陣深く〟とは、落雲館の校舎側、運動場をへだてた地点であった。

「敵方砲隊は、この形勝の地を占めて陣地を敷いている」

先生は、どこで覚えてきたのか、すっかり軍隊口調で、得々とまくしたてた。

「敵方砲隊は全部で三名。わがほうの陣地に面して、すりこぎの大きなやつを持って立つ将官が一名。これと五、六間《けん》の間隔をとって別の将官一名が相対し、さらにもう一名が、すりこぎを持った者の背後に——これは当方の陣地にむいて控えている。

残る敵兵他大多数は四つ目垣の外側に縦列をつくって展開している模様である。

なお、報告によれば、ダムダム弾発射の手順は以下のとおりである。

まず一直線に並んだ砲手一名——これは当方陣地に背をむけた将官であるが——がダム

ダム弾を右手に取り、すりこぎの所有者にむかってほうり投げる。ダムダム弾が砲手の手を離れて風を切って飛んでいくと、むこう側に立った将官が例のすりこぎをやっとふりあげ、これをたたきかえす。たまにたたきそこなった弾丸が後ろに流れ、控えの将官の手に収まることもあるが、たいていはポカンと大きな音をたてて跳ねかえる。その勢いは猛烈なものである。

かくて発射されたダムダム弾は、敵方陣地のはるか上空を飛びこし、中立地帯である空き地をこえ、さらには領土境界線の四つ目垣を突き抜けて、わがほう陣地に轟音《ごうおん》とともに着弾する……。

ダムダム弾がなんで製造されているのかは、残念ながら今のところ判明していない。なんでもかたい丸い石の団子のような物を、ごていねいにも、革でくるんで縫いあわせたものだ。……と以上の点においても、敵国の国際条約違反は明らかであるが、連中はそのうえ、卑怯にも衆を頼み、雲霞《うんか》のごとき雑兵どもをもって、わがほうの被害を拡大せんと試みている。つまり、ダムダム弾がすりこぎに当たるや否や、すりこぎ所有者を中心に扇型に展開する雑兵どもがいっせいに、わー、ぱちぱちぱちと、わめく、手をうつ、やれ！やれ！と叫ぶ。当たったろう、と叫ぶ。これでもきかねえかとどなる。恐れ入らないかという。降参かという。わんわん、わんわん、吠《ほ》える……。やかましいことこの上ない。敵が、当方陣地に起居するかぎり、おいそれと昼寝も……えへん、えへん、書見もできない。敵が、わがほうの戦力消耗を狙っているのは明らかである。かくなるうえは、ただちに反撃あるのみだ。さあ君、なにをぐずぐずしている。急いで戦闘準備をしたまえ。君が切り込み隊長だ！」

「はい？」僕は思わず声をあげた。

「なんだって僕が、切り込み隊長なんです？」

「だって君、この家の書生だろう？」と先生は、僕がなぜそんな当たり前のことをたずねるのかと、むしろおどろいたような顔をしている。

いつものことながら、あきれるしかない。

先生は書生をいったいなんだと思っているのだろう？

このままだと何をさせられるかわかったものではないので、先生の話を聞いていて思いついたことをたずねてみた。

「もしかして落雲館の生徒たちは、ベースボールの練習をしていたんじゃないのですか？」

「ベース、ボール？」先生は目を丸くしてたずねた。「なんだ、それは食えるのか？」

「ベースボールを、ご存じないのですか？」

これには、さすがにおどろいた。

明治の世になって米国《アメリカ》から輸入されたベースボールは、今では世間一般、ことに学生や生徒たちのあいだで大変な流行で、大学間はもとより、各地の高等学校や中学校でも対抗試合が頻繁におこなわれるようになったくらいだ。たしか先日も、早稲田大学が本場米国に遠征試合をおこなって——コテンパンに負けたそうだが——そのことがまた巷《ちまた》で大いに話題になっていた。

そのベースボールをご存じないとは——しかも「食えるのか？」とは——さすがは先生である。僕はあきれるのを通りこして感心しながら、先生にベースボールのあらましを説明した。

「先生がおっしゃる〝ダムダム弾〟とは、おそらくベースボールで用いるボヽーヽルヽのことで、〝すりこぎ〟はバヽッヽトヽ、〝雲霞のごとき雑兵ども〟は応援団のことではないでしょうか？　つまり、彼らはなにも先生に戦争を仕掛けているのではなく、ベースボールの練習、もしくは試合をしていただけなのだと思いますよ」

先生は、めずらしく黙って聞いている——と思ったが、説明が終わると同時に、ぽんとひとつ手をうち、飛びあがって叫んだ。

「そうか、あれは米国のものだったのか！」

それから先生は眉《まゆ》をひそめて「ふむ。そういえば、たしか米国は、かの非人道的兵器、ダムダム弾の使用を禁止する国際条約に批准していなかったのだったな……。となると、国際条約違反を申し立てることはできないのか？　ふむ、こいつは困ったぞ」などと、ぶつぶつとわけのわからぬことをつぶやいている。

——人の話を全然聞いていない。

「ですから、先生、ベースボールというのは兵器のことではなく……」

と僕がいいかけた瞬間、先生はまたなにか思いついたように顔をあげた。

「敵を知り、己を知らば、百戦危うからず！」

と見得を切る勢いで大袈裟《おおげさ》に嘆じた先生は、僕をふりかえり、にやりと笑っていった。

「それじゃ君、とりあえずは敵国の状況を視察してきてくれたまえ」

2

おかげで、翌日は一日家にいて、先生の相手をさせられることになった。

とんだとばっちりである。

といっても、まさか朝から一日中、先生のお相手ばかりしているわけにもいかない。

聞けば、〝敵方の砲撃〟がおこなわれるのはきまって午後のことらしい。

「それじゃあ砲撃がはじまるまで、僕は家の掃除でもしていましょう」といって席を立ち、しばらくして書斎をのぞいてみると、案の定、先生は机につっぷして、すでにお昼寝の最中であった。

感心なことに、つっぷした顔の下には横文字の本がひろげて置いてあったが、先生が眠る前に三行以上文字を読んだかどうかはあやしいものだ。

見ると、書斎前の縁側で猫が昼寝をしていた。

――なんだか良く似ているようだな。

と思ってながめていると、先生が机につっぷしたまま、薄くにやにやと笑いながら「西川の牛肉……」とかなんとか寝言をいった。寝言に合わせるように、猫がぺちゃぺちゃと舌なめずりをしている。

二匹して——もとい、一人と一匹で、同じ御馳走《ごちそう》を食べる夢でも見ているのかしらん？

とりあえずはそっとして置いて、僕はその場を離れ、下駄をひっかけて庭に出た。

新しくできた四つ目垣のところに立つと、先生の大袈裟な描写などまるでうそのように、あたりは静かなものであった。落雲館の運動場をへだてて、校舎の一室で講義をしている声さえ聞こえるほどだ。

「……*公徳《こうとく》というものは大切なことで、外国に行ってみると、仏蘭西《フランス》でも独逸《ドイツ》でも英吉利《イギリス》でも、どこに行ってもこの公徳のおこなわれていない国はない。また、どんな下等な者でもこの公徳を重んぜぬ者はない……」

聞こえているのは、どうやら倫理の講義らしい。僕はふと、

(そうか。なにも二円の学費をはらわなくても、ここで聞いていれば、ただで授業を受けられるじゃないか……)

と、そんなことを考えて耳をすましたものの、

「……公徳というとなにか新しく外国から輸入してきたように考える諸君もあるかもしれんが……わが国でも昔から『*夫子《ふうし》の道一《いつ》を以て之を貫く、忠恕《ちゅうじょ》のみ』といって……もっとも、私も人間であるからときには大きな声を出して歌などうたってみたくなることもある

が……自分が唐詩選でも声高に吟じたら気分が晴れ晴れしてよかろうと思うときですら……諸君もなるべく公徳を守って……けっしてやってはならんのである……」

声は、風のぐあいで聞こえたり、また聞こえなくなったりしていて、残念なことに〝講義を受ける〟ところまではとうていいかないようだ。

やがて時間がきたとみえて、講話がぱたりとやんだ。他の教室の課業もみんな一度に終わった。するとたちまち、今まで室内に密封されていた落雲館八百余名の生徒たちが鬨《とき》の声《こえ》をあげていっせいに飛びだしてきた。

その勢いは、あたかも一尺ほどもある大きな蜂の巣をたたき落としたときにそっくりであった。ぶんぶん、わんわんいいながら、校舎の戸口から、窓から、開き戸から、いやしくも穴の開いているところなら、なんの容赦もなく我勝ちに飛びだしてくる。

僕がいささかあっけに取られてながめていると、彼らはおどろいたことに、先生が図面に書いたとおりの〝陣立て〟を取りはじめた。つまり——

「ダムダム弾の発射場所は敵陣深く……敵方砲隊は、この形勝の地を占めて陣地を敷いている」

は、〝本塁《ホームベース》は、落雲館の校舎側、運動場をへだてた地点に設置された〟の意味であり、

「わがほうの陣地に面して、すりこぎの大きなやつを持って立つ将官が一名」

は、〝打者《バッター》がバットを持って打席に立った〟ところで、

「これと五、六間の間隔をとって別の将官一名が相対」

は、〝投手《ピッチャー》〟のことだった。また、

「すりこぎを持った者の背後に——これは当方の陣地にむいて控えている」

は、〝捕手《キャッチャー》〟にちがいなく、

「残る敵兵については、数名が当方陣地に背をむけて控え」

は、〝野手（数名）〟、

「他大多数は四つ目垣の外側に縦列をつくって展開している」

は、たぶん〝応援団〟のことだ。

なるほどこうして見れば、先生のいうとおりである。僕は一応感心した。

続いて——これまた先生が説明したとおりに——「ダムダム弾が発射」されはじめた。

「一直線に並んだ砲手一名がダムダム弾を右手に取り、すりこぎの所有者にむかってほうり投げる」（投手が打者にボールを投げる）

「ダムダム弾が砲手の手を離れて風を切って飛んでいくと……たまにたたきそこなった弾丸が後ろに流れ、控えの将官の手におさまる」（投手が投げたボールを、打者はたまに空ぶりする）。

「むこう側に立った将官が例のすりこぎをやっとふりあげ、これをたたきかえす」（打者がバットをふりまわしてボールを打ちかえす）。

「発射されたダムダム弾は、敵方陣地のはるか上空を飛びこし……わがほう陣地に轟音《ごうおん》とともに着弾する」（野手の頭をこえ、あるいは野手のあいだを抜けて飛んできた打球のいくつかは、先生の家の竹垣に勢いよくぶちあたる）。

それだけではない。

野次がまた、大変なものであった。

「オーイ、バッター気をつけろ！　打つな、打つな！」

「そうら、ワンボール。お次ぎはツーボールだ」

「ピッチャーは親切だから、高いボールを投げてくれるよ。……オウオウ、ますます高い。次は梯子《はしご》をかけて打たなくちゃならねえぞ！」

「なに、ワンストライクだ？　アンパイア、あがっちゃいけねえぞ。誰か、アンパイアに＊杏仁水《きょうにんすい》と＊清心丹《せいしんたん》を一升ばかり飲ませてやれ！」

「ホウ、ホウ、また高いボールだよ」

「ネクストバッター、ショートの股《また》のあいだを狙って打て！」

「ホームラン、ホームラン！」

「ホームランを、かっとばせ！」

おどろいた。

予想以上の、大変な盛況ぶりである。

なるほどこれなら、先生が「家でおちおち書見（昼寝？）もできやしない」と文句をいうのもうなずける。しかし――

（この前までは、たしかこれほどの騒ぎじゃなかったはずだが……）

と僕は首をかしげ、目の前の騒ぎに目を凝らして、すぐにその理由に気がついた。

ベースボールをしている落雲館の生徒たちはみんな、なんと本物のバットやボール、グラブにミットまで使っているのだ。信じがたいことに、足にスパイクを履いている者さえある。

これは、まったくもっておどろくべきことであった！

本物のバットやボール、グラブやミットといったものは、いまだそのほとんどが本場米国《アメリカ》からの輸入品であり、いうまでもなく非常に高価な品物であった。一高《いっこう》や慶應《けいおう》、早稲田《わせだ》の野球部員ならともかく、そのあたりの中学生風情が持っている代物ではない。

落雲館の生徒たちは、なるほど以前から運動場でベースボールの練習や試合をしてはいたが、その場合は手づくりの布製のボールを、丸太をけずった手製のバット――最初のころは本物のすりこぎ――で打ちかえしていたのだ。守るほうも、素手もしくは軍手か五徳《ごとく》*つかみ。足もとも裸足《はだし》か、せいぜいが地下足袋《じかたび》姿であった。

まさか落雲館の中学生が自分たちで高価なベースボール用品を買いそろえたとは思えないから、どこかの金持ちの親が用具一式を寄付したのだろう。それで生徒たちのあいだでにわかにベースボールが盛んになった……。そんなところが真相らしい。考えようによっては、なんともうらやましいかぎりであるが――

わー、という耳を聾《ろう》さんばかりの歓声がわきあがり、運動場にいた生徒たちがいっせいに足を踏み鳴らしたので、まるで地鳴りのような音があたりに轟《とどろ》きわたった。

僕は思わず顔をしかめた。

いくらなんでもやかましすぎる。

これでは、先生の昼寝はともかく、近所で病人や赤ん坊のいる家は迷惑だろう。砲撃がはじまったと思っているのは、なにも先生だけではないかもしれない。

先生の言い草ではないが、米国《アメリカ》は突飛なことばかり考えだす国柄だから、砲隊とまちがえてもしかるべき近所迷惑の遊戯を日本人に教えるべく、ただそれだけの親切であったのかもしれない、と勘ぐりたくもなろうというものだ。

わー、とふたたび耳を聾さんばかりの歓声。

とそのとき、とつぜん、背後に「けーっ！」と人のものとも思えぬ甲高い声がわきあがった。びくりと肩をすくめてふりかえると、顔をまっ赤に紅潮させた先生が、縁側で寝ている猫の横っ腹を蹴《け》っとばして、裸足のまま、縁側から庭に飛びおりてきた。先生はまばらなひげを逆立て、右目と左目が別々の方角をむいた凄《すさ》まじい形相で、片手にはステッキまでふりあげている。

先生は庭先に仁王立ちになり、きょろきょろと左右に首をふった。そして、怯《おび》えている僕の姿に目をとめると、

「どっちに行った！」と叫んだ。

「どっち、というと、なにが……です？」僕は恐る恐るたずねた。

「馬鹿、ぬすっとうにきまっているだろう！」先生はぎろりと目をむいていった。

「おのれ、あとすこしで口に入るという矢先に鼻先でかっさらっていくとは！　君、奴はどっちに行ったんだ。さっさと教えたまえ！」

……どうやら先生、食べようとしていた御馳走《ごちそう》を誰かに盗まれる夢を見たらしい。

さて、どうこたえたものだろう？

そこへ三度《みたび》、わー、と耳を聾さんばかりの歓声。続いて、地鳴りの音。

目をあげると、落雲館の運動場をこえて飛んできた特大のホームランが、ちょうど先生を目がけて、山なりに落ちてくるところであった。

「危ない！　先生、逃げてください！」

との僕の助言に耳をかたむけず、先生は果敢にも天から落ちてくるボールをたたき落とすべく、くわっと目を見開き、右手のステッキをふりあげた。

ステッキは——

むなしく空を切り、ボールは先生の頭にぽかりと当たった。

ボールの勢いは大して強くなかったはずだが、先生はその場にひっくりかえると、きゅうっといって目をまわしてしまった。

僕は倒れた先生のそばに転がるボールを拾いあげ、やれやれとため息をついた。

誰がどう見ても、負け戦であった。

3

濡《ぬ》れ手拭《てぬぐ》いを手に書斎に戻ってきた僕は、部屋の中を一目のぞいて仰天した。

先生が、逆さまになっていた……といってもわかるまい。

正確には、先生が、毛ずねも丸だしに、柱に寄りかかるように逆立ちをしていたのだ。

さっき――

庭で目をまわしてしまった先生を、まさかそのままにしておくわけにもいかないので、僕は先生をかつぐようにして縁側からあがり(猫の姿は見えなかった)、書斎に運びこんだ。が、先生は相変わらずウンウンとうなりながら、時折、

「鴨鍋《かもなべ》が食いたい……蕪《かぶ》の香の物と塩煎餅《しおせんべい》を一緒に食べると鴨の味がする……」

などと、なんだかよくわからないことを口走っている。

僕は、とりあえずは頭を冷やせばもとに戻るだろうと考え、濡れ手拭いを取りに行ったところが、このありさまである。

(さてはボールが頭に当たって本当におかしくなってしまったのだろうか?)

とあっけに取られてながめていると、逆立ちをした先生の体がバランスをくずし、足をバタバタさせる悪あがきもむなしく、ドタリと派手な音をたてて床の上に倒れてきた。

「……だいじょうぶですか?」

僕は敷居の上に立ったまま、恐る恐る声をかけた。

「だいじょうぶなものか」

先生はむくりと起きあがり、腰のあたりをさすりながら、不機嫌な声でこたえた。そうして、「君、そんなところでなにをしている。さっさとこっちに来て、足をささえたまえ」という。

正気なのか？　そうでないのか？　相変わらずちょっと判断がつかない。

僕はいつでも逃げだせるよう、および腰で近づき、ふたたび柱の前に手をついた先生の尻《しり》のあたりにむかってたずねてみた。

「それで……えー……先生はなにをなさっているのです？」

「見て、わからんかね。逆立ちだよ、逆立ち」

先生はそういって足を蹴あげ、中空で足をジタバタさせている。僕はあわてて先生の足をつかんで、ご希望どおりに、柱にもたせかけてやった。

「逆立ちはわかりましたが」と僕は先生の足をささえたまま、足下の先生の顔にむかってたずねた。

「なんだってこんなことをはじめたのです？」

「インスピレーション、を得るためだ」と逆さまになった先生はいくぶん顔を赤くしてこたえた。「いいかね。敵の砲撃は、今日、わがほうに甚大な被害をもたらしている。先の露西亜との戦争において、わが日本軍は旅順海上から間接射撃をおこなうことで功を奏したという話だ。連中はきっとそのひそみに倣《なら》ったのだ。このままでは負け戦は必定。ここはひとつ、不利な戦局を打開するための、偉大なインスピレーションが必要だ」

「それもわかりましたが」と僕はすこし考えて首をひねった。「インスピレーションと逆立ちに、いったいどんな関係があるのです？」

「そこだよ、君！」と先生は逆さまになったまま、僕を見おろしていった。「例えば汽船に石炭が欠くべからざるように、詩人にインスピレーションは欠くべからざるものだ。ところで、観音の像が一尺八寸の朽ち木であるごとく、鴨南蛮《かもなんばん》の材料が烏であるごとく、下宿屋の牛鍋《ぎゅうなべ》が馬肉であるごとく、詩人のインスピレーションもその実はまさに逆上のことなのだ。詩人に偉大な詩を書かせるインスピレーションの正体が逆上であるならば、逆にいえば、逆上しさえすればたちどころに偉大な詩が書けるということになる。偉大な詩を書くことができるくらいなら、今日《こんにち》のわれわれの不利な戦局を打開することなど、いともたやすくできるにちがいない。つまり……つまり……」

言葉が急に不明瞭《ふめいりょう》になったので、不思議に思って見おろすと、いつのまにか先生の顔がゆで蛸《だこ》のごとくまっ赤になっていた。

「君……君、すまんが、ちょっと手を離せ……離してくれ……」

僕が押さえていた手を離すと、先生はたちまち足をおろし、まっ赤に充血した顔で柱を背にぺたりとすわりこんでしまった。そうして目を白黒させて、苦しそうに息をしている。

「インスピレーションとは、逆上のことだ」

先生は、しばらくしてようやく口がきけるようになると、先ほどのせりふをもう一度くりかえした。

「学生時代の友人に、これを得るために毎日渋柿を十二個ずつ食った奴がいる。渋柿を食えば便秘をする。便秘をすればかならず逆上が起きる、という理論だ。別のときはまた、かん徳利を持って鉄砲風呂《ぶろ》へ飛びこんだ。これは〝湯の中で酒を飲んだら逆上するにきまっている〟という理屈だ。これでもだめなら葡萄酒《ぶどうしゅ》で風呂をわかしてはいればいっぺんで効能がある、と信じきっていたようだが、残念ながら、金がないのでついに実行することができなかった。彼のことはさておき、私は最近、インスピレーションを得るためには、もっと安上がりで、もっと簡便な方法が存在することに気がついた。

逆上とは、文字どおり、血が逆上って頭に集まることだ。一方、万物《ばんぶつ》は上から下に落ちる。血液もまたしかり。とすれば、頭を下にすれば、血が頭に集まることになる。つまり、逆立ちしさえすれば、インスピレーションが自然にわいてくるという仕組みだ」

先生はさも得意げにそう説明を終えると、

「さあ、君。もう一度だ。次こそインスピレーションだ」

と着物のすそをまくり、毛ずね丸だしの、尻っぱしょり姿で柱の前に手をついた。

ところへ、庭先から声が聞こえてきた。

「ここか」

「もっと左のほうじゃないか」

などといいながら、笹の葉を棒でたたきまわる音がする。

先生は一瞬きょとんとしたあと、とつぜんくわっと目を見開くと、「けーっ！」と怪鳥《けちょう》のような奇声を発して、猛烈な勢いで庭に飛びだしていった。

たちまち庭のほうから「うわー」とも「きゃー」ともつかぬ悲鳴があがり、人がバタバタと走りまわる気配。続いて「とったぞー！」と先生のうれしそうな声が聞こえてきた。

押っ取り刀で縁側に出ていくと、先生は僕をふりかえってにたりと笑い、

「どうだい君、見事に敵兵一名を捕獲だ。これもインスピレーションの賜物《たまもの》だな」

と自慢げにいった。

先生が捕獲した敵兵一名は、見れば、小柄な、生白い顔をした中学生であった。幼い顔つきは、まだ子供といっても良いくらいだ。たぶん一年生なのだろう。上級生に球拾いを命じられ、垣根をこえて隣家の庭にダムダム弾――ベースボールの球――の回収に来たところ、運悪く先生の襲撃（？）を受け、一人逃げ遅れたものらしい。

中学生は泣きべそをかきながら、さっきからしきりに「許してください。もうしません」と謝っている。普通に考えれば、ひげを生やした大の大人なら、このあたりでひとつ小言をくれて相手を離してやって良さそうなものだが、そこは先生、〝非常識の敵将〟、〝逆上の天才〟である。せっかくつかまえた〝敵兵〟を――相手が子供だからなどというつまらぬ理由で――放免してやるはずがなかった（そもそも普通に考えれば、大の大人が

裸足《はだし》のまま庭に飛びだしてはいかないだろう）。

下級生が〝捕虜〟になったこと、さらに先生が〝捕虜〟を解放しそうにないことは、落雲館の上級生たちにもすぐに伝えられたようだ。彼らはベースボールの練習を中断し、運動場を横切って、われもわれもと四つ目垣を乗りこえ、木戸口から庭中に押しよせてきた。

その数、およそ一ダース。ずらりと先生の前に並んだのは、いずれも一騎当千の猛者《もさ》たちであった。誰も彼もみんなまっ黒に日焼けして、胸の前でくみあわせた腕の筋肉はたくましく発達している。中学で学問をしているというよりは、漁師か船頭、はたまた山賊でも営んでいそうな奴らだ。できればかかわり合いになるのは、避けたい連中である。僕は彼らの目を避け、こっそりと家の中にひきかえして、あとの成りゆきは物陰から見守ることにした。

一方、博士とか大学教授とかいう肩書には面白いほど恐縮する先生であるが、相手が中学生となると、山賊だろうが漁師だろうが、まるで平気であった。

「貴様らはぬすっとうか！」

先生は目の前に並んだ山賊たちを一喝した。

「いえ、泥棒ではありません。落雲館の生徒です」上級生の一人が代表してこたえた。

「うそをつけ。落雲館の生徒が無断で人の庭宅に侵入《はい》るものか。黙って他人の家にはいるのは、ぬすっとうにきまっている！」

「しかしこのとおり、ちゃんと学校の徽章《きしょう》のついている帽子をかぶっています」

「どうせにせものだろう」

「にせものではありません」

「本物の落雲館の生徒なら、なぜむやみに他人の家に侵入した」

「ボールが飛びこんだものですから」

「なぜ、って……つい飛びこました」

「つい飛びこむとは、けしからん奴だ」

「以後は注意しますから、今度だけは許してください」

「どこの何者かわからん奴が垣をこえて邸内に闖入《ちんにゅう》するのを、そうたやすく許されると思うか」

「それでも落雲館の生徒にちがいないんですから」

「落雲館の生徒なら何年生だ」

「三年生です」

「きっとそうか」

「ええ」

先生は背後をふりかえり、僕の姿が見当たらないのでちょっと不審げなようすであった。が、すぐに玄関のほうに顔をむけて「おい、こら」といった。

のぞき見ると、下女の御三どんがちょうど買い物から帰ってきたところであった。

先生に呼ばれた御三どんは庭に顔を出し、庭先に中学生が大勢集まっている状況にはじめて気づいて「へえ」と間《ま》の抜けた声をあげた。

「落雲館に行って、誰か連れてこい」

「誰を連れてまいりますんで？」

「誰でもいいから連れてこい」

御三どんはまた「へえ」とこたえたが、自分がなにを命じられたのかわからないようすで――無理もないが――その場でもじもじしている。

「誰でもかまわんから呼んでこいというのに、わからんか。校長でも幹事でも教頭でも……」

「あの校長さんを……」御三どんは恐れ多いといったように目を丸くした。

「校長でも、幹事でも教頭でもなんでも、適当にみつくろってこい」

「もし誰もおりませんでしたら、小使《こうかい》でもよろしいで御座いますか」

「馬鹿。小使などになにがわかるものか。さっさと行って連れてこい……いいか、小使はだめだぞ」

「へえ」と御三どんはこたえ、首をかしげながら出ていったが、じきに頭の禿《は》げた、ひげの薄い人物をひっぱってきた。

小使――にしては、服装がきちんとしている。

「本校の生徒がなにやらご迷惑をお掛けしたようで……」と切りだした声を聞いて、僕はおやと思った。なんだか聞き覚えがあるぞと考えて、すぐに思い出した。さっき落雲館で倫理の講義をしていた教師である。

「ここに並んでいるのは、本当に御校の生徒でしょうか？」と少々皮肉に語尾を切ったのは、先生にしては上出来であった。

案の定、倫理の教師は庭先に並んでいる山賊たちをひととおり見まわして、

「さよう、みんな学校の生徒でありますな……」とこたえるのがせいいっぱいだ。

「御校では、他人の家に無断で侵入することを奨励されているのですか？」先生は容赦なく第二撃を加える。

「そんなことはありません。そんなことはありませんが……普段から終始訓戒を加えておるのですが……どうも困ったもので……おい、君らはなぜ垣など乗りこすのか？」

山賊たちは、おとなしく庭のすみにかたまって、羊の群れが雪にあったように控えている。

倫理の教師は、先生と山賊たちのあいだで交互に瞳を移しながら、

「よく注意は致しますが、何分多人数のことで……おい、君たち。もしボールが飛びこんだら表からまわって、お断りしてから取らなければいかんじゃないか。……何分、広い学校のことですから、どうにも世話ばかり焼けてしかたがないです……今後はきっと表門からまわってお断りを致したうえで取らせますから……君らも、これからはよく注意せんといかんぜ……ここはどうかひとつご勘弁のほどを……」としどろもどろにまくしたてる。

さっき僕が垣根のところに立って聞いていた講義は、なにも〝風のぐあいで聞こえたり聞こえなくなったり〟していたわけではなかったようだ。

これが〝敵の大将〟とは、なんだか頼りないくらいである。

さて、先生は次にいかなる反撃に出るのだろう、と期待して見ていると、

「いや、そうことがわかればよろしいです。ボールはいくらお投げになってもさしつかえはないです。表から来てちょっと断ってくだされればかまいません。……では、この生徒はあなたにお引きわたし申しますから、お連れ帰りを願います。いや、わざわざお呼び立て申して恐縮です」

と先生は急に、聞いているほうが思わず前につんのめって鼻先をぶつけるような、竜頭蛇尾の挨拶《あいさつ》をする。

いったいどうしたのか、と物陰から顔を出してようすをうかがうと、先生の顔からはあの神聖なる赤味が消えて、いつもの生気のない、のっぺりとした土気色に戻ってしまっていた。

——どうやら、逆上の効果が切れたらしい。

山賊たちは、倫理の教師に引率されて意気揚々と引きあげていった。

4

「おかしいじゃないか！」

先生は書斎にすわり、腕組みをしたまま、憮然《ぶぜん》とした顔つきでいった。

翌日も表は——

相変わらずやかましい。

というか、いっそうやかましくなった。

講和条約（？）が締結された結果、これまでのベースボールの練習、および野次による騒音にかてて加えて、ボールが先生の家の敷地内に飛びこむたびに、落雲館の生徒が玄関の戸をあけ、

「ちょっとボールがはいりましたから、取らしてください！」

と大声で断りを入れるようになったのだ。

「ボールが飛びこみましたから、取ってもいいですか！」

いいもわるいも、のべつまくなし。

ちなみに、今日はこれでもう十六回目である。

「おかしいじゃないか！」

先生は唇を尖《とが》らせて、もう一度いった。

「こっちが戦争に勝ったはずなのに、なんだって前より状況が悪くなるんだ?」

と、そこへまた、玄関の戸ががらりと開いて、

「ボールを取らしてください!」

先生は「うーむ」とうなったきり、仏頂面でほおをぷっとふくらませた。

先生の家に居候《いそうろう》させてもらっている僕にとっても、これは好ましい事態ではなかった。家にいてやかましいのはともかく、どうせそのうち、先生が、

「君、書生だろう。なんとかしたまえ!」

とどなりはじめるにきまっている。なんとかしたいのは山々だったが、先生のほうから「黙って他人の家にはいるのはぬすっとうだ!」といいだした手前、「もう挨拶に来なくていい」というわけにもいかない……。どうにも八方塞《はっぽうふさ》がりである。

先生がむくれっ面をひょいとふりむけて、僕を見た。

(そら来た……)

と思って首をすくめたが、先生がいいだしたのはめずらしく別なことであった。

「しかし君、考えてみれば変じゃないか」

「変、ですよね」と僕はとりあえず相槌《あいづち》を打った。もっとも、先生がいったいどの変のことをいっているかは、相変わらず見当もつかない。

「中学の隣に居を構えている者は日本国中でほかにいくらもいるはずだ。それなのに、私だけが年中癇癪《かんしゃく》を起こしているのはどういうわけだろう?」と先生は首をひねっている。

「こいつは変だぞ……さては、変なのはむこうじゃなくて、こっちなのか？　私が変なのか？」

ご自分でとうとうそのことに気づいてくれたのはありがたい。賢か愚か、そのあたりは別問題として、殊勝の志、奇特の心得である。これで今後はすこしは楽になるかもしれないぞ、などと僕が埒《らち》もないことを考えたのもつかのま、

「病気か？　そうか、私は病気なんだ！　ははは、なんで今までそのことに気づかなかったのだろう？　そうとわかれば話ははやい」と先生はきらりと目を輝かせて座布団の上に躍りあがり、

「君、なにをしている？　医者だ、医者！　すぐに行って、甘木《あまき》先生を呼んできたまえ！」

と、なんだかいっそうややこしくなりそうなことをいいだした。

甘木先生は、普段は先生の胃病のかかりつけのお医者である。もっとも、最近は猫も診るらしい。今ではどっちが本職なのかわからないくらいだ。案外あとのほうなのかもしれない。

求めに応じて往診に訪れた甘木先生は、先生の前に腰をおろすと、例のごとくにこにこと落ち着きはらって、

「どうです？」

とたずねた（うわさによると、甘木先生は他所《よそ》では同じように猫にもたずねているのだそうだ）。

「だめですな」先生がそっけなくこたえた。

「え、なに、そんなことがあるものですか」

「いったい医者の処方する薬は効くものでしょうか？」先生はいきなり正直なところを、いささかぶしつけにたずねた。

「薬は……まあ、効かんことはないです」甘木先生は苦笑していった。

「私の胃病なんか、いくら薬を飲んでもすこしも変わりません」

「けっして、そんなことはありません」

「すこしは良くなりますか？」

「そう急には良くなりませんが、だんだん効いてきます。今でも元よりだいぶ良くなっています」

「へえ、良くなりましたか。これでねえ」と先生、しばらく首をかしげていたが、顔をあげて、

「癇癪に効く薬はありませんか？」と妙なことをたずねた。

「癇癪の、薬、ですか？」

甘木先生もこれにはさすがに面くらったようすである。

「そうですな……まあ、ないこともないが……実際、胃の病気には癇癪がいちばん良くあ

りません。このごろも、やっぱり痼癪が起きますか？」

「起きるどころか、寝ていても、夢にまで痼癪を起こします」

「ははあ。それなら薬を飲むより、運動でもすこしなさったほうが良いでしょう」

「運動すると、なお痼癪が起こります」

「困りましたな」

「ええ、困りました。……そうか。やっぱり医者の薬はだめなのか」と先生は、さして困ったようすもなく平気な調子でいうと、別なことをたずねた。

「それじゃ、催眠術をかけるのは難しいものでしょうか？」

「催眠術？」

「ええ、催眠術です。この前〝催眠術で痼癪が起きないようになった〟という記事を新聞で読みましたが、あれは本当のことでしょうか？」

甘木先生は一瞬あきれたように目を瞬《しばたた》かせた。が、すぐにエヘンとひとつ咳《せき》ばらいをして、

「なに、それならわけはありません。実は私もよく治療に使っているくらいです」

「先生も催眠術をやるんですか？」

「ええ。猫を眠らせるときなんぞに、よく催眠術をつかいます」

「人はどうです？」

「人も、まあ同じようなものでしょう。なんならやってみましょうか。催眠術は科学です

から、猫でも人でも、誰でも同じにかからなければならん理屈です。あなたさえ良ければ、今、この場でかけてみましょう」

「そいつは面白い。実は以前からかかってみたいと思っていたんです。なるほど、〃催眠術は科学だから誰でも同じにかからなければならん〃とは、理屈だ。科学なら面白かろう。面白いにはちがいないが……ふむ、かかりきりで目が覚めないと、ちと困るな」と先生はぶつぶつとつぶやき、素早く左右を見まわした。そうして、部屋のすみに控えていた僕に目をとめて、ぴたりと指をさした。

「そうだ、君！　まずは君がかかってみたまえ！」

「僕が、催眠術に、ですか？」僕はいささかあっけに取られてたずねた。「しかし僕は癇癪なんか起こしませんが……？」

「だって君、書生だろう」先生は不思議そうにいう。となれば、あとはなにをいっても通じるわけがない。

かくて僕は甘木先生に催眠術をかけられる次第となった。

甘木先生は、むかい合ってすわった僕に、まず目を閉じるようにいった。

それから、閉じた僕の両目の上まぶたを、上から下へ、指の腹で何度もなでた。そうしてなでながら、

「こうやってまぶたをなでていると、だんだん目が重くなるでしょう」とたずねた。

「重く……なりますね」僕はしかたなくこたえた。

甘木先生はなおもまぶたを同じようになでおろし、なでおろし、ときどき「ほうら。だんだん、だんだん、重くなる」という。今度は聞かれたわけではないので黙っていると、甘木先生は同じことを三、四分もくりかえしたあげく、最後に、

「さあ、これでもう目が開きません」と宣言した。

「もう開かないのですか？」僕がたずねると、甘木先生は、

「ええ、開きません。開けられるものなら開いてみなさい。とうてい開かないから」という。


僕は――

普段どおり目を開けた。なんの苦労もない。

「かからなかった……みたいですね」僕は少々残念に思っていった。

「そのようだね」と甘木先生はにこにこと笑っていたが、ふと横をむき、

「いや、案外上手《うま》くいったのかもしれないよ」といった。

見れば、先生が座布団の上にすわったまま、口をぽかんと開けて昼寝をしていた。

……いや、甘木先生の催眠術にかかったのだろうか？　念の入ったことには、先生のひざの上では、猫までが腹を上にして眠りこけている。

甘木先生が眠っている先生の前にひざを進め、顔の前でパチンとひとつ指を鳴らすと、先生ははっとしたように目を開けた。ついでに猫も目を開けた。

先生はぱちぱちと目を瞬いて「やあ、上手くかかりませんな」といった。

猫が先生に同意するように「にゃあ、にゃあ」と鳴いた。

甘木先生は、僕に目配せをして「まあ、こんなものでしょう」といった。

「それじゃあ、なにか癇癪に効く薬を処方しておきましょう。あとで誰か取りによこしてください」

といって帰り、これは当然僕が取りに行くことになったわけだが――

不思議なことが起きた。

翌日から、表の騒ぎがぴたりとやんだのだ。

5

「どうだい君、実にたいしたものじゃないか！」

書斎にすわった先生は、お客に来た迷亭氏を相手に、懐手のまま、にやにやと笑いながら〝大戦争〟の顚末《てんまつ》をしゃべっている。

「だから私は、かねがねいっているんだ。〝病気のときは医者が処方する薬にかぎる〟と。催眠術なんて、てんで話にならんよ。しょせんは、科学の名前を騙《かた》る似非《えせ》科学さ。あんなものに頼る奴の気が知れんね」

と先生は、きのうとは打って変わって、手のひらを返したように医者の薬をほめる。催眠術をけなす。それだけならともかく、きのう「やっぱり薬はだめだ」だの「以前から(催眠術に)かかってみたいと思っていた」などといったのは、先生ではなく、まるで僕だったような口ぶりである。

迷亭氏が――いつものとおり――会話の中に冗談や洒落《しゃれ》を七《しち》、八分《はちぶ》もつき交ぜながら、いい加減に話を聞き流していると、先生は意外なほどむきになって、

「そもそも癇癪《かんしゃく》なんぞを起こすのはね」と、実際今にも癇癪を起こしそうな猛烈な勢いで続けた。

「癇癪なんぞを起こすのは、たいてい自分の側になにか問題があるんだ。それも精神ではなく、肉体のほうにだ。例えば、悪夢を見るのは精神の働きじゃない。寝る前に食った晩飯が消化不良だから、悪夢を見てうなされるんだ。悪夢を見たくないなら、寝る前に胃腸薬を飲んでおくばかりさ」

「ずいぶんとまた入れこんだものだね」迷亭氏は金縁眼鏡をぴかりと光らせていった。

「君の話じゃ、世の中の不平不満なんてものは、たいてい胃腸の薬で解決できるみたいに聞こえるぜ」

「できるとも!」と先生はまるでそれが自分の手柄であるかのように胸を張り、「いや、なにも胃腸薬だけの話をしているんじゃないぜ。考えてもみたまえ、世の中の不平不満というやつは、自分の思うとおりに世間がいかないから起こるのだろう? つまり、世間に勝とうとして負けるから起きるんだ。それなら、はじめから世間に勝とうなんて思わなけ

ればいい。世間を変えなくたって、自分が変わりさえすれば、不平不満も起きっこないわけだ」

　迷亭氏は首をかしげ、先生の顔をのぞきこむようにしてたずねた。

「君、最近どこかに頭をぶつけなかったかい？」

「なに？　いや、どこにもぶつけやしないさ。……もっとも、こっちがぶつけなくても、一度ボールのほうが勝手にぶつかってきたがね」

「ははあ、なるほど。それでか」

「なにが、それでなんだ？」

「急に禅坊主のようなことをいいだしたからさ。君に説教を聞かされるくらいなら、芸者に金をはらってラッパ節でも習っていたほうがよっぽどましだ。悪いことはいわないから、もう一度頭にボールをぶっつけてもらうんだね。そもそも、いったいどこでやっているんだい、君がさっきからしきりに話題にしている、そのベースボールとやらは？　近所でベースボールをやっていないのなら、代わりに僕がボールをぶっつけてやろうか？」

「き、君に、ボールがぶっつけられるものか！」先生はとうとう癇癪を起こしたとみえる。顔をまっ赤にして叫んだ。

「いいか君。第一に、今、君がベースボールに悩まされていないのなら、それは僕が薬を飲んだおかげなのだ。第二に、ベースボールは君が考えているような、なまやさしい代物じゃない。なにしろ、あのベースボールなるものはだな……」

と、その後はしばらく、二人のあいだで頓珍漢《とんちんかん》なベースボール問答が続きそうな気配だったので、僕はそっと席をはずして先生の家を抜けだした。

――なぜ急に落雲館でベースボールがおこなわれなくなったのか？

先生がふたたび妙な騒ぎを引き起こす前に、ちゃんとした理由を知っておくことが必要だった。


家の裏手にまわり、四つ目垣越しに落雲館の運動場を一望した。

運動場のすみに何人かの生徒が所在なげにたむろしている。どうやらきのう、先生の家の庭に押し寄せた〝山賊ども〟らしい。

僕は意を決して、やっとばかりに垣根を乗りこえた。運動場を横切って彼らに近づき、なるたけ平気な態度をよそおって挨拶《あいさつ》した。

「こんにちは」

返事は、なかった。

連中は相変わらず無言のまま、まっ黒に日焼けした顔に、うさんくさげな表情を浮かべて、僕をじろじろと眺めまわしている。ところが、

「きょうはベースボールの練習はやらないのかい？」

と僕が切り出した瞬間、彼らの態度ががらりと変わった。

「ああ……ベースボール……僕らの、ベースボール……」

と山賊どもはいっせいにがくりとうなだれ、深いため息をついた。

なおも返事を待っていると、中の一人が顔をあげ、ゆるゆると首をふりながら、つぶやくような力のない声で僕にこたえた。

「きょうは、ベースボールは、やらない。学校が僕らに、ベースボールを、禁止したんだ」

「えー、それはなんというか……実に残念なことだね」

僕は一応、それらしい顔つきでお悔やみを述べたあとで、

「しかし、なんだって学校は君たちにベースボールを禁止したんだい？」とたずねた。

「なぜって……」

「そりゃあ……」

と山賊どもは一様に、きまり悪げに視線をそらした。

「先日おこなわれた試験の結果が出たんだけど……」

「成績がちょっと……」

「でも、まさか落第というわけじゃないだろう？」

僕が冗談めかしてたずねたその質問に、何人かの山賊どもが頭を抱えてしまった。

あっけに取られていると、やっぱりさっきと同じ人物が、日焼けした顔に複雑な表情を浮かべて説明してくれた。

「このところ、僕たちはみんなすっかりベースボールに夢中になっていたんで……それで、

まあ……なんというか……早い話が、ここにいる全員が、試験に落第しちまったというわけさ」

これには僕も、もはや無言で首をふるしかなかった。

彼らの話によれば、以前落雲館では、ベースボールはそれほど盛んではなかったのだぞうだ。ところが最近、米国製のベースボール用具一式が落雲館に寄贈されたことで、事態は一変した。

なにしろそれまでは、布を丸めたお手製のボールを、丸太をけずったお手製のバットか、もしくはすりこぎを使って打ちかえしていたのだ。米国製の本物の用具を使っておこなうベースボールは、まるで別物であった。しかも、大学生のチームでも持っていないような新品の用具を自分たちが自由に使えるのだ。これで夢中にならないほうがどうかしている。落雲館の生徒たちは、ほとんど全員が、毎日放課後になると運動場に集まり、文字どおりまっ暗になるまで、ベースボールに熱中した……。

つまりそれが、先生の家に対する〝ダムダム弾砲撃〟であり、また先生の書見（昼寝？）をさまたげ続けた〝野次合戦《やじがっせん》〟の正体だったのだ。

しかし本物の用具を使って行うベースボールは、彼らにとってはあまりにも面白すぎた――ということになるのだろう。上級生たちは試験勉強もほっぽり出してベースボールにすっかり夢中になり、その結果、見事に試験に落第してしまったのだ。

彼らのために一言弁明すれば、このような事態はなにも落雲館にかぎった話ではなかった。最近の新聞を開けば〝ベースボールに熱中するあまり、試験に落第したり、あるいは身体を壊したりする学生や生徒がある〟と伝える記事が連日のようにのっていたし、それに対する読者からの苦言の投書も寄せられている。また一部では、学校対抗のベースボールの試合結果をめぐって、あとで両校の生徒が乱闘騒ぎを起こしたり、審判が殴られたりする事件も起きているという。

数日前にはついに、ある新聞の一面に『野球害悪論《やきゅうがいあくろん》』なる社説が掲載されて話題になったばかりだ。

この風潮を受けて、全国の中学や、高等学校の中には、ベースボールの対外試合を制限したり、もしくはベースボール自体を禁止するところも出てきているらしい。

社会的な騒ぎになるということは、裏を返せば、こんにちベースボールがどれほど学生や生徒たちのあいだで人気があるかを示す証拠でもある。

目の前で落ちこんでいる山賊どもには気の毒だったが、落雲館でベースボールが禁止になったことは、僕にとっては正直ありがたい知らせであった。少なくともこれで、しばらくのあいだは、先生が「戦争だ!」などといって騒ぎだすこともないだろう。

僕は、しょげ返っている周囲の者たちには気づかれないよう、そっと胸をなでおろした。

そして、ふと思いついたようなふりをして、本当に聞きたかったことを最後にたずねた。

「ところで、落雲館に米国製のベースボール用具を寄贈してくれた奇特な人は、いったい、どこの誰だったんだい?」

6

山賊たちの返事は、僕が予想したとおりであった。

つまり、彼らは一瞬顔を見合わせたあと、すぐにこうこたえたのだ。

「君も知っているんじゃないかな？　ほら、向こう横町の角地に、大きな二階建ての西洋館があるだろう。あのお屋敷に住んでいる実業家で、名前はたしか……」

「……金田《かねだ》？」

「そう、その金田さん！」山賊の一人が手を打っていった。「なにしろ親切な人でね。用具を寄贈してくれただけじゃなくて、米国式の野次の飛ばし方まで教えてくれたんだ。それで僕たちは、教えてもらったとおり、ベースボールの練習に加えて、野次の練習もやっていたんだがね。ともかく、できるだけ大声を出さなくちゃならないっていうんで、はじめのうちは声がかれて、野次るのもなかなか大変だったよ……」

聞くべきことは、それで全部だった。

僕は礼をいい、運動場を逆に横切って、先生の家の敷地に戻ってきた。

金田氏は落雲館の生徒の父兄でも、学校関係者でもない。その金田氏が、なぜ親切にも、ベースボールの用具一式を寄贈してくれたのか、山賊たちは不思議に思っているようだったが、僕には金田氏が親切心から――あるいは、善意をもって――落雲館にベースボールの用具一式を寄贈したとは、とても思えなかった。第一それだけなら、なにもわざわざ「できるだけ大声を出して野次らなくちゃならない」なんて指示はしないはずだ。

金田氏と先生とは、先日来、ちょっとした戦争状態（？）にある。そのせいで、これまでもいろいろとへんてこな事件が起きているのだが、どうやら今回の一件もその流れらしい。

金田氏は、先生の家の裏手にある落雲館にベースボール用具を寄贈し、しかも妙な野次の飛ばし方まで指導することで、連日の大騒ぎを引き起こした。目的は――

先生をからかうためだ。

つまり落雲館の生徒たちは、自分たちでも知らないあいだに、金田氏と先生との代理戦争をやらされていたことになる。

そのうえ彼らは、ベースボールに夢中になりすぎて、落第までしてしまったのだ。はなはだ気の毒な話である。

金田氏は、先生をからかうために落雲館の生徒たちがベースボールに夢中になるよう仕向けた。しかし、その結果ベースボールは禁止になってしまったのだ。先生の側からいえば、金田氏がお金も手間もかけて仕掛けてきた戦争に、ほとんどなにもしないまま勝利した……といえなくもない。

これまた、はなはだ皮肉な話である。

それで先生はいよいよ得意かといえば、そうでもなく、第一、落雲館とのあいだで騒ぎがあったこと自体とっくに忘れているようであった。

僕が家に戻ると、書斎はひっそりと静まり返っていた。

迷亭氏はさっき「このあと、ちょっと用事がある」といっていたので（それなら最初から来なければ良さそうなものだが）、ころ合いを見て帰ったのだろう。ところが、肝心の先生の姿までが見えないのは不思議だった。

家の中を見てまわると、先生は、よく陽のあたる縁側に座布団を引っぱりだして、お昼寝のまっ最中であった。先生の隣には猫が来て、やっぱり昼寝をしている。腹を上にして縁側に転がっている様は、一人と一匹、ほとんど同じようなかっこうだ。

——最近はうるさくて、ろくに昼寝（書見？）もできなかったそうだから、久しぶりにゆっくり寝させておいてあげよう。

そう思って、僕は忍び足で立ち去りかけた。

「ぬすっとう！」

背後で、先生の寝ぼけた声が聞こえた。

ふりかえると、寝返りをうった先生が猫と一緒に縁側から転がり落ちるところであった。

其の六

春風影裏《しゅんぷうえいり》に猫が家出する

1

庭の掃除をしていると、懐手をした先生がやってきて、妙な顔で僕にたずねた。

「君、猫をどこにやったんだ？」

「どの猫です？」僕は掃除の手をとめ、顔をあげた。

「どの猫という奴があるか。猫といえば一匹しかいない。いつもうちにいる……例の……ほら……あの猫だよ」と先生はじれったそうにいう。

僕はやれやれと思い、先生には気づかれない程度に軽く肩をすくめた。

その猫が先生の家で飼われて、はや二年越しになる。ところが、不思議なことに、猫にはいまだに名前がないのだ。先生はじめ、家の誰一人として猫に名前をつけてやらない。

もっとも先生によれば「飼っているんじゃない、勝手にいるだけだ」ということらしいが、それにしたって名前がないとなにかと不便である。いいかげん名前くらいつけてやってほしい、と僕はかねがね思っているのだが、先生はいっこう平気らしく、おかげで猫の話をする場合はいつも、冒頭のごとき、いささかじれったい事態になる。

「猫ですか……さあ、こっちには来ていませんが……おおかた近所に散歩にでかけているんでしょう」

適当にこたえて掃除の続きに戻ろうとしたが、先生は簡単には僕を離してくれなかった。

「近所に？　散歩？　馬鹿な、そんなことがあるものか！」

先生は僕の腕をとって、強引に縁側の前まで引っぱっていった。

「いつもこの時間は、ここに、こうしてだな……」と先生は縁側の上に昼寝をしている猫の大きさと形を、手で示してみせた。そうして、ふたたび僕をふりかえって、

「さあ、白状したまえ。猫をどこにやったんだ？」

——まるで僕が猫を誘拐したような口ぶりである。

白状するもなにも、そもそも知らないものはこたえようがないのだが、その理屈が先生に通じるかどうかはあやしいものだった。困惑していると、

「なんだ、やっぱりいないのか？」

と家の中から声が聞こえてきた。

先生の肩越しに座敷をのぞくと、声の主は自称美学者の迷亭氏であった。その隣には、寒月さんの姿も見える。

迷亭氏と寒月さんは、交際の少ない先生の家にあってはめずらしい〝常連客〟である。ことに迷亭氏は、ほとんど三日とあげずに顔を出している。眼中人なし。傍若無人。他人の家に来ても案内を乞《こ》うほうがまれで、たいていは勝手口から飄然《ひょうぜん》と舞いこみ、気がつくといつのまにか自分で出した座布団の上にちょこんとすわっている。この前などは、家族

全員で外出していて家に戻ると、迷亭氏が猫を相手に一人で留守番をしていたくらいだ。というわけで、迷亭氏の来訪は例によってめずらしくもなかったが、寒月さんの顔を見るのは、じつに久しぶりであった。なんでも用があってしばらく郷里静岡に帰っていたそうだ。鰹節《かつおぶし》が三本、畳の上に裸のまま転がっていたが、どうやらそれが寒月さんの郷里のおみやげらしい。

先生は縁側から家にあがり、座敷に戻って、憮然《ぶぜん》とした顔ですわった。

「こいつは君、いよいよもって〝春風影裏《しゅんぷうえいり》に猫が家出する〟だぜ」迷亭氏が金縁眼鏡をぴかりと光らせて、からかうような口調でいった。

「ご心配ですね」と寒月さん。こちらはいたってまじめな調子だ。

「馬鹿いえ、誰が心配するものか。心配なぞは少しもしてはおらんが……」と先生は懐手のまま眉《まゆ》をひそめ、その顔をひょいと迷亭氏にむけた。

「なんだ、そのしゅんぷーえーりというのは？」

「おや、君は知らないのか？　なんでも〝春風影裏に電光をきる〟と、昔、どこかの禅宗坊主がいったそうだがね」

「知らんな」先生はにべもない。

「ぜんたい、どういう意味なんです？」と寒月さん。

「春風とかけて電光ととく、そのこころは？　さあ、なんだろう。そもそも禅宗坊主の寝言に意味なんて洒落《しゃれ》たものがあるのかね？　実際、僕が知っている禅宗の坊主などは、夜中に鼠に鼻の頭をかじられたといって大騒ぎをしていたくらいだ。そのときはしかたがないから、台所へ行って紙片へ米粒を貼ったのを持ってきて、『これは舶来の膏薬《こうやく》だ。近来独逸《ドイツ》の名医が発明したもので、インド人が毒蛇にかまれたときに用いると即効があるんだから、これさえ貼っておけばだいじょうぶだ』と適当なことをいってごまかしておいたがね。ハハハハ」

迷亭氏は自分でいいだした話題を脱線させて、さもおかしそうに笑っている。そうしてまた、

「待てよ、もしかすると〝電光影裏に春風をきる〟だったかもしれん。まア、どっちでもかまわんさ」と気楽なものだ。

「猫が家出した原因に、なにか心当たりはないのですか？」

寒月さんは迷亭氏とかかわり合いになるのはあきらめたと見えて、今度は先生にむかってたずねた。先生はちょっと考えて、

「ないといえばない。あるといえばある」

「ひやひや、こいつは春風影裏どころじゃない。たいした禅問答だ」と迷亭氏は独り言のようにつぶやいて、煙草を吸いつけた。

「で、結局どっちなんだい？」

「きのうのことだが……」と先生はしぶい顔で口を開いた。「机にむかっていたら、兵児《へこ》帯《おび》のたれたところにじゃれてきたので、頭をひとつはりとばしてやった」

「それくらいなら、いつものことじゃないか」迷亭氏は煙草のけむりを縦に吹いていった。「むこうだって慣れたもので、そのまま平気で、のこのことひざに上がってきていたはずだがな？　最近は頭をはったくらいじゃあ、にゃあとも鳴かなかった」

「うん。近ごろは、にゃあと鳴かせるのもだいぶん手間がかかった。おかげで、にゃあが間投詞なのか副詞なのか、いまだに解決しない。困ったものだ」

「間投詞？　副詞？」と寒月さんは眉をひそめてつぶやいた。「そりゃあまた、いったいなんの話です？」

「なんだか知らんが、おおかた重要な問題なんだろう。そう急には解決できんさ」と迷亭氏は無責任に相槌《あいづち》を打ち、「どっちにしても、それくらいじゃ家出しやしないさ。ほかになにか思い当たることはないのかい？」

「このあいだは、風呂場《ふろば》の鏡を猫の顔の前に押しつけた」先生は平気な顔でいった。

「そいつはまた……」

「どうなりました？」

「うん。えらく仰天したようすで、風呂場を飛び出していった。そのまま家のまわりを三べんほど駆けまわっていたようだ」

ふうん、と迷亭氏は煙草のけむりを輪に吹いて、

「いつのことだい？」とたずねた。

「あれはそう、……たしか一カ月ほど前の話だな」

「だったら、それが原因じゃないさ。猫は三年飼っても三日で恩を忘れるというくらいだ。一カ月もたってから家出するものか」

「そうかな？　それじゃ、のみの一件かもしれん」

「のみがいるんですか？」寒月さんは畳の上をきょろきょろと見まわした。

「このあいだ、猫なでられ声でひざにすり寄ってくるから……」

「ちょっと待て」と迷亭氏が口をはさんだ。「なんだい、その猫なでられ声た？　猫なで声のまちがいじゃないのか」

「猫なで声は、人間が猫に対して出す声だ。猫の側からすれば、猫なで声というのはおかしいだろう。だから猫なでられ声だ」先生はいばったようにこたえた。

「なるほど、こいつは理屈だ。降参降参。先を続けてくれ」

「とにかく、その猫なでられ声でひざにすり寄ってくるから、むこうのやりたいようにさせてやった——そのうえ、頭をなでてさえやったんだ。ところが、なんのことはない。のみに喰《く》われたところがかゆいから、人のひざにこすりつけていたんだ。おかげでこっちまでのみに喰われて、その晩はあちこちかゆくて大変だった」

「ははあ。だから最近は、猫がすり寄って来るたびに首筋をつかんで庭にほうり投げていたのか」と迷亭氏はやや納得したようにつぶやき、しかしすぐに、

「それにしても、たかがのみ千匹や二千匹で、よくもまあ、そんな不人情なことができたものだな。わずか目に入るか入らぬか、取るにも足りぬ虫のせいで、猫なでられ声で近づ

いてくる相手に愛想をつかすたあ、あんまりだ。手をひるがえせば雨、手をくつがえせば雲とは、昔の人はよくいったものだ」と、どうやら変なところで猫なでられ声の仇《かたき》をとったつもりらしい。

「ほかにもある」と先生は腕組みをしたままいった。

「こいつはえらいことになってきたぞ」迷亭氏がつぶやいた。

「先日、猫が座敷の畳で爪をといだというんで、うちのやつが非常に怒ってね。それからは猫が座敷にはいろうとするたびに、物差しで尻《しり》っぺたをぴしゃりとやっている」

「奥さんも、やるものですね」寒月さんが、目を丸くしていった。

「いい機会だ、寒月君も聞いておくんだね。かのピタゴラスがこんなことをいっている」

「ピタゴラスというと、古代ギリシアの哲人の、あのピタゴラスですか?」寒月さんは意外そうにたずねた。「そんな昔の人が、すでに先生の奥さんについてなにかいっているとは知りませんでした」

「なに、女性一般についていっているんだが、うちのやつもその中に入るわけだから、まちがいじゃないさ」

「なるほど。拝聴《いわ》いたします」寒月さんは神妙な顔でひざを直した。

「ピタゴラス曰く、天下に三つの恐るべきものあり。曰く火、曰く水、曰く女」

「おいおい君、そんなことをいうと細君があとで機嫌が悪いぜ」迷亭氏が小声で先生に注意した。

「なに、だいじょうぶだ」

「いないのかい？」

「子供を連れてさっき出かけた」

「どうりで静かだと思った。どこへ行ったのだい？」

「どこだかわからない。勝手に出歩くのだ」

「そうして勝手に帰ってくるのか」

「まあ、そうだ」と先生はまるで他人事《ひとごと》である。

迷亭氏は安心したようにちょっと肩を上下にゆすると、声色を変えて、

「ソクラテス曰く、婦女子を御《ぎょ》するは人間の最大難事なり」

といった。先生がこれに続けて、

「アリストテレス曰く、嫁をとるなら、大きな嫁より小さな嫁をとるべし。大きなろくでなしより、小さなろくでなしのほうが災《わざわ》い少なし」

「おやおや。アリストテレス先生もいわないことはないね」と迷亭氏はにやりと笑い、

「デモステネス曰く、人もし敵を苦しめんとせば、わが女を敵に与うるより策の得たるはあらず」

「マルクス・アウレリウス曰く、女子は制御しがたき点において嵐の海の船に似たり」

「プラウトゥス曰く、女子が*綺羅《きら》を飾る性癖は、その*天稟《てんぴん》の醜をおおう*陋策《ろうさく》にもとづくものなり」

「ヴァレリアス曰く、女子とはなんぞ。友愛の敵にあらずや。避くべからざる苦しみにあらずや。必然の害にあらずや。蜜《みつ》に似たる毒にあらずや」

と二人の掛け合いはまだまだ続くようすであったが、そのとき茶の間のほうから、「これ。御三や、御三」と奥さんが下女を呼ぶ声が聞こえてきた。

「や、こいつは大変だ。君、奥方はちゃんといるじゃないか」

「どうも、そうらしいね」と先生、相変わらず他人事だ。

「冗談じゃないぜ。君のところの夫婦喧嘩《げんか》に巻きこまれてたまるものか」と迷亭氏はめずらしくあわてたようすで、襖《ふすま》越しに、奥にむかって声をかけた。

「奥さん。今のはね、われわれの考えではないのですよ。二人で西洋古人の言葉を並べていただけですから、どうかご安心なさい」

「存じませんわ」

奥さんが、遠くでかんたんな返事をする。

「私も存じませんで、どうも失礼しました、アハハハハ」と迷亭氏はもはや自棄《やけ》くそのように笑った。寒月さんは下をむいて、くすくすと笑っている。

「シェイクスピア曰く、『おお、女の皮をかぶった虎の心よ!』だ」と先生はさらに一言、これはさすがに小声でだめを押して、ふたたびもとの話題に戻っていった。

「うちのやつだけじゃない。子供たちも……」

「物差しで猫の尻っぺたをぴしゃりかい?」

「いや、物差しなんぞは使わせないが、その代わり、よってたかって追いまわしたり、つかまえて逆さにしたり、紙袋をかぶせたり、へっついの中に押しこんだりしている」

「世の中には、実に多種多様な災難があるものですね」と寒月さん。

「かてて加えて、下女の御三だ」

「ついに、一家総出だ」と迷亭氏。

「御三は、いくら猫が腹をすかせて猫なでられ声で鳴こうが、足もとにすりよろうが、きまった時間に、きまった残り物以外はけっしてやったためしがない。夜中でも、猫が用があるらしく鳴いていても、けっして戸を開けない。このあいだなぞは、めずらしく出してやったなと思っていたら、今度は中に入ってこられなくて、外でにゃあにゃあと鳴いている。……まったく、かわいそうなことをするものだ」

「そこまで知っていたのなら、君がどうかしてやれば良いだろう」と迷亭氏が、またものとおり、けむりを吹いていった。

「私？　はて、私がなにかするのか？」先生はきょとんとした顔だ。

「まあ、いいさ。その後はどうなったんだ？」

「その後？　さあ、どうなったのかな？　犬が家のまわりでわんわんいうのが聞こえていたから……たぶん屋根の上にでもあがって一晩すごしていたんじゃないかな？」と先生は首をかしげてつぶやいたが、ひょいと顔をあげて、

「そうだ！　考えてみれば、君らも悪いんだぜ」と今度は客人にむかっていった。

「僕たちの、いったいなにが悪かったのでしょうか？」寒月さんが神妙な顔でたずねた。

「この前、君らは猫の毛を逆さまになでたろう。あれが悪かった」

「そりゃ、逆さに毛をなでるくらいのことはしたかもしれませんが……」

寒月さんは困惑したようすだ。一方、猫の毛はともかく、とかく物事を逆さになでたがる傾向のある迷亭氏は、そ知らぬ顔で煙草のけむりを輪に吹いている。

「それだけじゃないぞ！」先生はなんだかすっかり勢いづいたようすで続けた。「君らは前に猫の運動を見て笑ったろう。あれも悪かった」

「猫の運動？　笑った？」迷亭氏が眉《まゆ》をひそめてつぶやいた。

「垣めぐりだよ、垣めぐり！」先生は縁側の外の竹垣を指さした。

先生の家の庭は竹垣をもって四角に仕切られている。左右は双方四間《けん》ばかり、縁側と平行している一辺は八、九間はあるだろう。そういえば、僕もときどき、猫がこの竹垣の上を端から端まで落ちないよう気をつけながら、そろそろと歩いているのを見たことがある。

どうやら先生は、これを勝手に〝猫の運動〟、もしくは〝垣めぐり〟と称しているらしい。

「以前、君らが客に来たとき、猫が垣めぐりをしていたろう」

先生はじれったそうに客人たちにいった。

「そのときもやっぱりここから見ていたんだが、猫がちょうど半分ほど来たところで、隣の屋根から烏《からす》が三羽飛んできて、一間ばかりあいだを開けて竹垣にとまった。どうなるものかと見ていると、烏たちはいっこうに猫を恐れる気配がない。逆に猫のほうがそろそろと垣の上を歩いて、五、六寸まで近づいたと思ったら、三羽の烏は申しあわせたように、いきなり羽ばたきをした。不意をうたれた猫は、足をすべらせて、たちまち垣根から落っこちた。烏はもとの場所に止まって、阿呆《あほう》阿呆と鳴いている。……あのとき、君らは大笑いをしただろう。あれで面目《めんもく》がなくなって、家を出ていったのかもしれん」

「半年も前のことじゃないですか！」寒月さんがあきれたようにいった。

「第一、あのときいちばん大きな声で笑ったのは、君だぜ」と迷亭氏は、吸いかけの煙草をはさんだ指を先生にむけた。

「大声で笑った？　私が？　そうだったかな？」先生はちょいと首をかしげ、すぐに

「まあ、半年も前のことをいってもしかたがないさ」と自分で持ち出した話題を他に転じて続けた。

「それから……そうだ、悪いのは君らだけじゃないぞ。たまにうちに遊びにくる多々良なんざ、あの猫を見るたんびに『玉葱《たまねぎ》と一緒に煮て食うから、自分にくれ』とうるさくいっているんだ。猫ってやつは、あれで案外人語《じんご》を解するんじゃないのか？　うん。だとすれば、あれが原因だな」

と先生は、猫がいなくなった理由を他人のせいにできて、すっかり安心したようすであったが――

考えてみれば、縁側で寝ているところを逆上した先生に横っ腹を蹴《け》っ飛《と》ばされたり、座

布団の上から縁側にほうり出されたり、泥棒の番をさせられたり、先生の謡《うたい》を無理やり聞かされたり、催眠術にかけられたり、その他にもいろいろとひどい目にあっている。

こうしてみると、これまで猫が家出しなかったことのほうが不思議なくらいであった。

2

「そうだ!」と先生が不意にまたなにか思いついたらしく、頓狂《とんきょう》な声をあげた。

「寒月君、君の研究はどうなったんだね?」

「私の研究、と申しますと?」寒月さんは急に問われて、とまどったように目を瞬《しばたた》いた。

「例の、ほら、蛙の目玉だよ! 君が研究している、あの蛙の目玉とやらを使って、猫が今どこにいるのか、ちょっと見てはくれまいか?」

「残念ながら、あの研究は、その方面のものじゃありません」

「このさい、どの方面だってかまわんさ」先生は腕組みをしていった。

「主人に愛想をつかして家出したのか、哀《あわ》れ世をはかなんで華厳《けごん》の滝に飛びこんだのか……。寒月君、ここはひとつ、けちけちしないで、ちょっと見てやりたまえ」迷亭氏も無責任に口をそえる。

「私はなにも、けちけちしているわけではありません」寒月さんはあわてて手をふった。

「しかし私のあの研究は……なんと申しますか……」

「なんだ、さてはまだできてないのか？」先生はあごをつき出し、残念そうにいった。

「近ごろでも、やっぱり学校へ行ってガラスの玉ばかり磨いているんだろう？　そろそろでき上がってよさそうなものだがな」

「このあいだから国に帰省していたものですから、玉磨きは暫時中止の姿です」寒月さんは頭に手をやっていった。

「それに、玉ももうあきましたから、実はよそうかと思っているんです」

「だって君、玉を磨けないと博士にはなれんぜ」

「博士ですか。博士なら、もうならなくっても良いんです」

「それじゃ結婚が延びて、双方困るだろう」

「結婚って、誰の結婚です？」

「君のさ」

「私が誰と結婚するんです？」

「金田の令嬢とさ」

「へええ」

「へええって。君、約束したんじゃないのか？　このあいだも例の鼻子《はなこ》が……えへん、いや、つまり、金田の細君が、近所でなんでもそんなことを言い触らしていたそうだぜ」

「約束なんか、ありゃしません。そんなことを言い触らすなあ、むこうの勝手です」

「こいつはすこし乱暴だ。なあ迷亭、君もあの一件は知っているだろう？」

「あの一件たあ、鼻事件のことかい。あの事件なら君と僕が知っているばかりじゃない。公然の秘密として天下一般に知れわたっているさ。現に知り合いのある新聞記者は、花嫁花婿という表題で両君の写真を紙上にかかげる栄はいつだろう、いつだろうって、うるさく僕のところへ聞きに来ているくらいだ。それだけじゃない、例の〝おちこち〟の東風君などは、矯風演芸会で披露しようと、すでに『*鴛鴦歌《えんおうか》』なる一大長詩をつくって三ヵ月前から待ちかまえているんだ。このまえ会ったときも『寒月君が博士にならないばかりに、せっかくの傑作も宝の持ち腐れになりそうなんで、心配でたまらない。最近は夜もおちおち眠れません』ってぼやいていたぜ」

迷亭氏は相変わらず、まことかうそかよくわからないことを、とうとうと述べ立てた。

「それ見たまえ、君が博士になるかならないかで、四方八方へとんだ影響がおよんでくるよ。すこしはしっかりして玉を磨いてくれたまえ」

「いろいろとご心配をおかけしてすみませんが、もう博士にはならないでもいいのです」

「なぜ?」

「なぜって、私にはもうれっきとした女房があるんです」

この発言は、さしもの先生、迷亭氏の両変人をもってしても、なお予想の外であったらしい。二人とも荒肝をひしがれたぐあいで、しばらくは顔を見合わすばかりであった。

「いや、こりゃ、えらい!」と迷亭氏が先にわれにかえって声をあげた。

「いつのまに秘密結婚をやったのかね。油断のならない世の中だ。君、聞いたかい。ただいまお聞きおよびのとおり、寒月君にはすでに妻子があるんだとさ」

「子供はまだですよ。そう結婚してひと月もたたないうちに子供が生まれちゃ、ことでさあ」

「元来いつ、どこで、結婚したんだい？」

先生はいまだに狐につままれたような顔つきでたずねた。

「いつって、国に帰ったら、ちゃんとうちで待ってたのです。きょう先生の所へ持ってきたこの鰹節《かつおぶし》は結婚祝いに親類からもらったものです」

「たった三本祝うのは、けちだな」

「これは、たくさんある中で三本だけ持ってきたのです」

「金田のほうはどうする気だい？」

「どうする気もありません」

「そりゃすこし義理が悪かろう」

「義理など、すこしも悪くはありません」寒月さんはけろりとした顔でいったものの、

「ただ、東風君がすでに鴛鴦歌をつくってくれていたとは知りませんでした。彼には気の毒をしましたね」

「なに、そういうことなら、鴛鴦歌は次の矯風演芸会でまさに披露するばかりさ」と迷亭氏が少々急《せ》きこんだところを見ると、鴛鴦歌は法螺《ほら》だったようだ。

「それで、金田のほうへはもう断ったのかい？」

「いいえ、断るわけがありません。第一、私のほうでは一度もくれとも、もらいたいとも、先方へ申しこんだことはありませんから。黙っていればたくさんです――なあに、黙っていてもたくさんですよ。今ごろは探偵が十人も二十人もかかって、一部始終残らず先方へ知れています。せんだっても、私がこちらでお話ししました例の俳劇について、私がなにもいわないのに、むこうで全部ちゃんと知っていて、次に顔を出したときにさんざん嘲笑《わら》われましたからね」

そういった刹那《せつな》、寒月さんの眉《まゆ》のあいだで不快の色がちらとひらめくのを見て、僕はふと、

（もしかすると、寒月さんがほかの女性と結婚することにしたのは、案外そんなことが原因だったのかもしれない）

と思った。

先生や迷亭氏にいくら反対されようが、また面とむかって『とまどいした糸瓜《へちま》のようだ』といわれようが、婚約者の母親の鼻がいくら大きかろうが、はたまた婚約者の父親の金田氏が金にあかせて、先生にたちの悪いいたずらを仕掛けようが、それでも冷めることのなかった恋人への愛情が、あの荒唐無稽《こうとうむけい》な俳劇の思いつきを嘲笑《ちょうしょう》されたことで、すっかりだめになってしまったのだとしたら――

愛情とはわからないものである。

世の中には、僕なんかには想像もつかないことが、まだまだたくさんあるらしい。

大人の世界の神秘の一端をのぞき見た気がして、寒月さんの顔をそっとうかがえば、そこには長い迷いから覚めたような、晴れ晴れとした色が浮かんでいるのであった。

一方先生は、〝探偵〟という言葉を聞いたとたん、急に苦い顔になった。

「ふん、それなら金田には黙っているさ」と、ふくれっ面でいったものの、なお飽き足らなかったと見えて、続けてこんなことをいいだした。

「最近の警視庁の探偵の中には、事実にないことをでっちあげて、罪のない者を罪におとしいれる者があるという話だ。しかし、考えてもみたまえ、彼らが受け取っている給料は、税金から支払われているものだ。税金は東京市民が——ひいては日本国民が——支払ったものだ。つまり、警視庁の探偵などというものは、国民が自分たちの用事を弁じさせるために金を出して雇った者ということになる。いわば、市民の召使《めしつかい》だ。その召使いが自分の雇い主を罪にするというのは、ぜんたいどういうことなのだ？」

「銀行家が毎日他人の金をあつかいつけているうちに、その金が自分の金のように見えてくるのと同じ理屈さ」と迷亭氏がただちに説明をつけた。「探偵だけじゃない、役人たちだって同じことだ。彼らは市民から委託された権力をかさにきて毎日仕事をしているうちに、これは自分が所有している権力で、市民はこれについてなんらくちばしをいれる理由がないものだとかんちがいしはじめるんだな」

「他人から預かったものを、勝手に自分のものにしてしまうのか？」先生があきれたようにいった。「それじゃまるで、泥棒と同じじゃないか？」

「そういえば、まあそうだな」

「つまりわれわれは、わざわざ金を出して、スリ、泥棒、強盗の一族を雇っていることになる……」と先生は腕を組んで考えこみ、「だが、待てよ。泥棒をつかまえるはずの探偵が泥棒なのだとしたら、誰がその泥棒をつかまえるんだ？」

「そうさな。そのためには別に探偵を雇うほかあるまいね」

「しかし、その別の探偵もまた泥棒だったら？　誰がそいつをつかまえるんだ？」

「また別の探偵を雇うさ」

「その探偵がまたまた泥棒だとして、そいつをつかまえるのは？」

「またまた別の探偵だな」

「しかし、その探偵がまたまたまた泥棒だったら？」

「またまたまた別の探偵だよ」

「しかし、その探偵がまたまたまたまた……」

「きょうのところはまあ、そのくらいにしておくんだね」迷亭氏が笑いながらいった。

「どこまでいっても切りがないさ。泥棒は泥棒、探偵は探偵だよ。例えば、そうだな、以前に君の家から山の芋を盗んでいったのが泥棒で、現在その泥棒を探しているのが探偵だ。……と、一応はそういうことにしておくんだね」

この説明に、先生は納得がいかないようすで眉をひそめた。が、すぐにまたなにごとか

思い当たった顔で、

「なるほど、そういうわけだったのか！　山の芋を盗んでいった泥棒がいつまでたってもつかまらないわけだ。なにしろ泥棒が、泥棒仲間をつかまえるはずがないからな……」

先生は、寒月さんに顔をむけて、

「探偵だか泥棒だか知らんが、そんな奴らのいうことを聞くと癖になる。けっして負けるんじゃないぞ！」と妙に力んだぐあいに励ました。

寒月さんは——〝山の芋盗難事件〟が持ち出されたときはいささか困惑したふうであったが——裏事情を知る僕にちょっと目配せをして、

「なにだいじょうぶです。探偵や泥棒の千人や二千人、風上に隊伍《たいご》を整えて襲撃してきたって、怖くはありません。こう見えても玉磨りの名人、理学学士水島寒月でさあ」

と、おおげさに自分の胸をたたいてみせた。これには迷亭氏も大喜びで、

「ひやひや、見あげたものだ。さすが新婚学士様だけあって、元気旺盛《おうせい》なものだ」

とはやし立てる。

……気がつけば、猫ならぬ、猫の話題は、例によっていつのまにかどこか行方知れずになってしまったが、三人の話を聞いていた僕は、ふとある可能性に思い当たった。

令嬢との婚約を破棄した（？）寒月さん、あるいはそのことをそそのかした（？）先生に対するいやがらせとして、金田氏に雇われた探偵が猫を誘拐していったのではないだろうか？

3

——しかし猫を誘拐することが、はたして先生に対するいやがらせになるものだろうか？

僕がまずその点を検討していると、門口をあらあらしく開けて、頼むとも、ごめんともいわず、大きな足音がした。と思ったら、座敷の唐紙《からかみ》が乱暴に開いて、そのあいだから、きょう三人目のお客である多々良三平さんの顔があらわれた。

先生はなにかの折に一度、この多々良さんを評して、

「ああ見えても、あれはあれでなかなかの者だ」

と感心したようにいっていたのだが、「なかなかの者」というのはなかなか微妙な表現だ。なかなか賢いのか、なかなかえらいのか、なかなか義理がたいのか、それともなかなか厚かましいのか（多々良さんは先生の家に居候していたあいだ、例の有名な川柳——《居候、六杯目にはにゅっと出し》を身をもって実践していたという剛の者だ）、あるいはなかなか身体が丈夫なのか、なかなか田舎者なのか、なかなかいやな奴なのか、なかなか馬鹿なのか、なかなか足が臭いのか……先生の人物評だけになかなか見当がつかなかったが、ただし、こうしてときどき先生の家に出入りしているところを見ると、少なくともなかなかの変人であることだけは、まちがいない。

そのなかなかの多々良さんは、きょうはどうしたものか、いつもの書生風の服装ではなく、まっ白なシャツにおろしたてのフロックを着て、それだけでもすでにずいぶん相場を狂わせているうえに、右の手に重そうにさげた四本の瓶を縄ぐるみ、鰹節《かつおぶし》のそばに置くと同時に、挨拶《あいさつ》もせず、どっかと腰をおろして、かつまたひざをくずしたのは、なかなかどうして、目ざましい豪傑ぶりであった。

「先生、胃病は近ごろどうです？　こうやって家にばかりいなさるから、いかんたい」

「まだ悪いとも良いともいってやしない」先生は子供のようにぷっと両頬をふくらませた。

「アハハハ、いわんばってんが、顔色が良かなごたる。先生の顔色はまるで黄ですたい」と多々良さんは、これまたいつにない豪傑笑いをして、

「胃病にはなんというても、釣りが良いとです。品川から舟を一艘《そう》雇うて——私はこの前の日曜日に行きました」

「なにか釣れましたか？」と寒月さんが、仏頂面でそっぽをむいてしまった先生に代わってたずねた。

「なにも釣れません」

「釣れなくっても面白いのですか？」

「浩然《こうぜん》の気をやしなうですたい。どうです、あなた。釣りに行ったことはありますか？面白いですよ、釣りは。大きな海の上を小舟で乗りまわしてあるくのですからね」

「どうせなら、小さな海の上を大船で乗りまわしてあるきたいものですね」と寒月さんは

いささか意味不明の返答をする。

「それに、どうせ釣りに行くなら、鯨か人魚でも釣れるんじゃなくちゃつまらないです」

「そんなものが釣れますか、あなた」多々良さんはあきれたようにいった。

「これだから、文学者は常識がないですたい」

「僕は鯛《たい》でも、文学者でもありません」

「そうですか？　それじゃなんです？」と多々良さんは、そのときになってはじめて相手が初対面であったことに気づいたらしい。寒月さんがにやにやと笑うだけで黙っているので、多々良さんはちょっと肩をすくめ、

「私のようなビジネスマンになると、なんといっても常識がいちばん大事ですたい。先生、私は近来、よっぽど常識に富んできました。実業界にいると、はたがはただから、おのずとそうなってしまうとです」

「ふん、おのずと……どうなってしまうんだ？」先生はそっぽをむいたまま、横目でたずねた。

「煙草でもですね、朝日《あさひ》や敷島《しきしま》をふかしていては幅がきかんとです」

多々良さんはそういうと、吸い口に金箔《きんぱく》のついた高価なエジプト煙草を取り出して、すぱすぱと吸いだした。

「そんなぜいたくをする金があるのかい？」

先生はちょっとうらやましそうな顔になってたずねた。

「金なぞはなかばってんですが、なに、今にどうかなりますたい」

多々良さんは平気なものだ。

「第一、この煙草を吸っていると、世間の信用がだいぶんちがいます」

「こりゃいい。同じ〝すっている〟でも、玉を磨《す》っているよりだいぶ楽な信用だ。手数がかからない。軽便信用だね」

それまで黙ってようすをうかがっていた迷亭氏が手をうっていった。それから迷亭氏が寒月さんをふりかえって、

「寒月君。このさいだ、君もこっちに乗り換えちゃあどうだい？」

というと、多々良さんが急におどろいたように声をあげた。

「やあ、あなたが寒月さんでしたか！　博士にゃ、とうとうならんですか。あなたが博士にならんものだから、私がもらうことにしました」

「博士をですか？」

「いいえ、金田の令嬢をです」

この返答には、先生、迷亭氏、寒月さんの三人ともが、ぽかんと顔を見合わせた。

「お気の毒と思うですたい。しかし先方でぜひもらってくれ、もらってくれというから、しかたなくもらうことにきめました。しかし、寒月さんには義理が悪いと思うて心配しちょったとですばい」

「どうかご遠慮なく」

最初にわれにかえった寒月さんが、まじめくさった顔でいった。

「そうだな。もらいたければ、まあ、もらうが良いさ」

続いて先生が、まるで猫の子か亀の子でももらう話をしているようにいう。

最後に残った迷亭氏も、

「こいつはめでたい話だ！　万事解決。世の中、これだからどんな娘を持っても心配する親がないのだな」

そういって、あらためて多々良さんの頭の先から、あぐらをかいた足の先までじろじろとながめまわした。

「なるほど、こいつはなかなか立派なお婿《むこ》さんだ。さっそく東風君に進言して、鴛鴦歌《えんおうか》のひとつでもこしらえてもらわにゃなるまい」

「そりゃ、よか思いつきですばい！」多々良さんは無邪気に手をたたき、

「そのエンオーカちゅうのは、ベースボールの応援歌みたいなものでしょうか？」と、さっそく常識のあるところを見せつけて、一座の失笑をかっている……。

なにはともあれ、おめでたい話であった。

さっき僕は、

(先生のせいで令嬢の結婚がだめになったと思いこんだ金田氏が、探偵に猫を誘拐させたのではないか？)

と疑ったわけだが、こうして多々良さんと令嬢の結婚話がきまったのなら、いくら金田

氏でも、おめでたい話にけちをつけるようなまねをするとは思えない。

では、猫はいったいどこに消えたのか？

そこにはなにか別の事情があるはずだ。

僕は別の可能性を考えるべく首をひねった。一方先生は、猫のことなど、もうすっかり忘れているらしい。

周囲の事情にはおかまいなく、多々良さんはいたく上機嫌なようすで、

「せっかくですたい。みなさんを披露宴に呼んで、ごちそうするとです。シャンパンも飲ませるとです。シャンパンを飲んだことがありますか？　シャンパンはうまいです。みなさん出てくれますか、出てくれるでしょうね？」

「おれは、いやだ」と先生が——これはたぶん、反射的に——こたえた。

「なぜですか？　私の一生に一度の大礼《たいれい》ですばい。出てくんさらんか。先生はすこし不人情でごたるな」

「不人情じゃないが、おれは出ないよ」先生は頑固に首をふる。

「ははは、さては着物がなかとですか。羽織と袴《はかま》くらいどうでもしますたい。ちと人中《ひとなか》へも出るがよかたい、先生。有名な人に紹介してあげます」

「まっぴらごめんだ」

「シャンパンを飲めば胃病が治りますばい」

「治らんでも、さしつかえない」

こうなるともう、先生の*天邪鬼《あまのじやく》はとどまるところを知らない。

「そげん頑固張りなさるなら、やむをえませんな」多々良さんはあきらめたように首をすくめ、迷亭氏をふりかえった。

「あなたはどうです、来てくれますか?」

「僕かね? 招待? つまり、ただだね? それなら、ぜひ行かせてもらうよ。できるなら媒酌人《なこうど》たるの栄を得たいくらいなものだ。シャンパンの三々九度《さんさんくど》や春の宵。——なに、仲人はもうきまっている? 馬鹿に手まわしがいいね。それじゃ、残念だがしかたがない。まさにただの人として出席するとしよう」

迷亭氏はとらえどころのない軽口を、どこまでも並べ立てる。

「そりゃ、どうもですたい」多々良さんは、いささか辟易《へきえき》したように愛想笑いをして、今度は寒月さんに顔をむけた。

「あなたはどうです? あなたは、今までの関係もあるから、出てくれるでしょうね?」

「そりゃもう、たぶん、きっと出ますよ」寒月さんは、相変わらずにやにやと笑いながら、意味不明の返事をする。

「そうですか、寒月さんは出てくださるか。そのうえ、そちらのただの人も出てくんなさる。こりゃ愉快だ。先生、私は生まれてからこんな愉快な気持ちになったことはなかとです」

「おれは、不愉快だ」

「そりゃ、きっと胃病のせいですたい。先生、釣りに行きましょう。品川から舟を一艘雇うて――私はこの前の日曜日に行きました」

　と話が一巡してもとに戻ったところで、先生が畳の上の瓶に目をむけてたずねた。

「ところで多々良、なんだその瓶は？　きょうはまた、なにをさげてきたんだ？」

「これは、おみやげのビールでござります。前祝いに角の酒屋で買うてきました。みなさんでひとつ飲んでください」

「なにかと思えば、またビールか」

「また、ちゅうことはありますまい」

「それじゃ、またまただ」先生は唇を尖《とが》らせた。「この前のときも、たしかビールを持ってきたろう」

「そうばってんが……」

「それだけじゃない、きょうはめずらしく迷亭がみやげを持ってきたというんで、なにかと思えばこれがビールだ。しかたがないからさっき一口なめてみたんだが、やっぱり苦くて、とても飲めたものじゃない」

「良薬口に苦し、ですたい」

「馬鹿いえ、あんなものを飲んで、腹の中まで苦くなったらどうする」先生は顔をしかめていった。「今度から、持ってくるなら甘いビールにしろ」

「甘いビールはなかとですばい」

「じゃあ、ジャムだ」

この頓珍漢《とんちんかん》なやりとりを、僕は苦笑しながら聞いていたのだが、ふとなにかが引っかかった。

僕はなにかを忘れている？　それもなにか重要なことを……。

思い出した瞬間、僕は思わず「あっ！」と大きな声をあげた。

4

先生――それにお客さんたちの全員が、おどろいたような顔で僕をふりかえった。

僕は座敷の中にひざをすすめ、先生にむかって頭に浮かんだ光景を早口に説明した。

「たったいま思い出したのですが……僕はお勝手から庭に出たのです……そのとき僕と入れちがいに、しっぽの先で僕の足にちょっとさわるようにして、猫がお勝手に入ってきたのでした……」

「猫？」

先生はぽかんとしたように目を瞬《しばた》いた。

「急になんの話だ？　君、頭はだいじょうぶかね？」

「だから、ほら、猫ですよ！」

今度は僕がじれる番だった。こんな場合、名前がないのは不便きわまりない。

「いつもうちにいる……例の……あの猫！」

「ああ、猫か」と先生は自分の額を打っていった。

「そういえば、さっき猫を探していたんだったな」

「なんの話ですたい？」と多々良さんが左右に首をふってたずねた。

「このうちの猫がいなくなったのです」ぼくは簡単にこたえた。

「ははあ。ついに鍋《なべ》にして食いましたか？」

「食うものか」と先生。

「はて？　食いもせぬのに、なくなったとは妙ですな。なぜなくなりました？」

「春風影裏に家出したのですよ」と寒月さんが、代わってこたえてくれた。

「なんですか、それは。*唐詩選ですか？」

「なんだか、僕にもわからんです」

「しゅんぷーえーり、ちゅうのはどげん意味です？」

「春風影裏には……とくに意味はないそうです。なんでも、禅宗で使うただの言葉らしいですね」

「すると、そのただの言葉のせいで、猫が家出したっちゅうこってすか？」

「つまりそれが、禅問答なのです」

「ぜんもんどー？」

多々良さんは、ますますわけがわからないといった顔つきだ。

「要するにですね……」

と、話がどんどんややこしい方向にむかっているようなので、多々良さんへの説明は寒月さんにおまかせすることにして、僕はあらためて先生にむきなおった。

「すみません。さっき聞かれたときは、お勝手で猫を見かけたことを、すっかり忘れていました」

「お勝手なら、君に訊《き》く前にとっくにのぞいてみたさ」先生は唇を尖らせていった。

「お勝手にも、やっぱり猫はいなかったぜ」

「ええ、それはそうなのですが……」

――僕が見たものは、猫だけではなかった。

お勝手の台の上に置かれた朱塗りのお盆。そのお盆の上に、コップが三つ並んでいて、そのうち二つに茶色の液体が半分ほどたまっているのを僕はこの目で見ていた。もっともそのときは、なにげなく見すごしただけで、コップの中の液体がなんとも知らなかったわけであるが――

「先ほどの先生の話を聞いていて思ったのですが、あのコップの中身は先生が飲み残されたビールだったのではないでしょうか？　もしそうだとすると、あのとき僕と入れちがいにお勝手にはいっていった猫が、コップの中のビールを飲んだ可能性があります。となると……」

「待て、待て」と迷亭氏が、いくぶんあきれたように横から口をはさんだ。

「猫が、ビールなんてものを飲むかな？」

「ほかの家の猫は知りませんが、」と僕は言葉を切り、あとの言葉を小声でつけ加えた。

「なにしろ、猫は飼い主に似るといいますから……」

――ものぐさなくせに、食いしん坊なのだ。

いっておくが、猫の話である。

車屋の黒猫のように横町の魚屋まで遠征するのもおっくうだし、さりとて新道の二弦琴のお師匠さんのところで飼われていた三毛猫ほど甘やかされてもいない以上、食べる物にぜいたくはいえない――といったところがそもそもの理由なのだろうが、僕の観察によれば、うちの猫は最近どうも、先生（およびその家族）が食べ残したものなら、たいていなんでも食べてみる癖がついたようだ。

先生が晩餐《ばんさん》をするときはいつもちゃんと近くに控えていて、先生が食い残した鮭の頭や、豚肉の切れっ端、蒲鉾《かまぼこ》なんかをもらっては、その場でむしゃむしゃ食べている。

まだ小さな先生のお子さんたちの食事やおやつのときはちゃぶ台の下にいて、お子さんたちが食いこぼした御飯粒やパンのかけら、薩摩《さつま》芋《いも》、餅《もち》菓子《がし》の餡《あん》、その他ちゃぶ台から落ちたものならなんでもありがたくちょうだいしている。

お勝手では、一度下女の御三どんが食べかけの秋刀魚《さんま》を途中で失敬したことがあり、それ以来、猫と御三どんは〝犬猿の仲〟である。

また、一度留守のあいだに奥さんが大事に取っておいた菓子がなくなったといって大騒ぎになり、危うく猫のせいにされかけたが、これは結局御三どんの仕業だということが判明した（御三どんが試みた完全犯罪は、皮肉にも、彼女がいつもの癖で戸棚の引き戸をちゃんと閉めたことによって、真相があばかれることになったのだ。猫が戸棚を開けて中のお菓子を食べることはあるかもしれないが、そのあとで引き戸をちゃんと閉めておくことまではできない。御三どんは、その後も相変わらず、奥さんの留守にお菓子をちょうだいしては失敬し、失敬してはちょうだいしている）。

そのほかにも、僕は、猫が沢庵《たくあん》を二切れ食べるのを見たことがある。

砂糖やジャムは好んで食べるし、さらには——いささか子細があるにせよ——正月には先生が食べ残した雑煮の餅を食べて〝猫じゃ猫じゃ〟を踊ったことさえあるくらいだ。

その猫が、先生の飲み残したビールをコップの中に見つけた場合、

——ちょっと飲んでみようか。

と考えるのは、むしろ当然の成りゆきではないだろうか……。

との僕の推理に、お客さんたちはみんな半信半疑の顔であった。が、聞き終わって、迷亭氏が肩をすくめ、

「ともかく、行ってたしかめてみるさ」

といったのをきっかけに、ようやく全員が重い腰をあげた。

先頭に立って廊下を進む僕のあとに続いて、先生、迷亭氏、寒月さん、多々良さんが一

列になってぞろぞろと移動する様は、外から見れば一大奇観であったにちがいない。

しかし、そのとき僕は、それどころではなかった。なんだかいやな胸騒ぎがした。一刻も早く猫を探しださなければならない気がしたのだ。

僕はお勝手の入り口で足をとめ、うしろをふりかえっていった。

「大勢で現場を踏み荒らしてしまうと、残留痕跡《ざんりゆうこんせき》が消えてしまう可能性があります。僕が証拠を見つけるまで、みなさんはしばらくここでお待ちいただけますか？」

ほかの人たちがぽかんとした顔で目を瞬き、あるいは肩をすくめる中、僕がいつも貸本屋で探偵小説を借りて読んでいる熱心な〝探偵小説ファン〟だと知っている寒月さんだけは、にやにやと笑いながら、

「いいよ、探偵さん。それじゃ僕たちはここで待っているから、さっさと調査をすませてくれたまえ」といってくれた。

僕は慎重にお勝手に足を踏み入れ、調査を開始した。

まずは、お盆の上の三つのグラスを調べてみた。すると――

案の定、グラスが空になっていた。

僕が最後に見かけたとき、三つのグラスのうち二つには、それぞれ半分ほど茶色の液体、つまりビールが残っていた。そのビールが、すべてなくなっている。

次に調べたお盆は、まるで表面を布巾《ふきん》でぬぐったように水一滴ついていなかった。たしか、お盆の上にもいくらかビールがこぼれていたはずである。

僕は腰をかがめ、台の縁《へり》に顔を近づけて、表面を透かし見た。

薄く積もったほこりの上に、お盆を囲むようにして梅の花様の猫の足跡が確認できた。

これで少なくとも、猫が台にあがったことが判明した。さらには、お盆の上のグラスからビールを飲んだ——さらにいえば、お盆にこぼれたビールも猫がなめ取った可能性も高くなったわけだ。きょうばかりは、御三どんの手抜き掃除に感謝したい心地であった。

ほこりの上に残された足跡から——爪と肉球の形によって——猫がどっちにむかったかが判断できる。

台の上をお盆から離れていく猫の足跡は、まるで酔っ払いの千鳥足のようにに左右によたついていた。

僕は足跡をたどって、猫が台の上から床に飛びおりた箇所を確認した。そして、今度はその場所で腹ばいになり、片方の頬っぺたを床に押しつけて、板の間の表面を透かし見た。

ここでもやはり、ほこりの上に——御三どんの裸足《はだし》の足跡のほかに——猫の足跡が確認できた。

僕は上体を起こして、肩越しにお勝手の入り口をふりかえった。

「思ったとおり、ビールを飲んだ猫は、酔っ払って、ふらふらしながら……あそこから外に出ていったようです」

僕は薄く開いた裏口を指し示した。

「それで名探偵さん、ここから先はどうするんだい?」と、あくびをしながらいった迷亭氏は、僕の顔つきを見て、ふいになにか悟ったように目を丸くしてつぶやいた。

「おいおい、まさか……」

＊

「これだから探偵はいやなんだ！」先生が叫ぶ声が背後に聞こえた。

「やれやれ、まさかとは思ったがね」と迷亭氏が、すこし離れた場所でぼやいている。

「探偵が泥棒と同じかどうかは知らんが、少なくとも泥に関係した職業なのはたしからしいね」

顔を上げて見まわせば――

みんな泥まみれであった。

僕は、お勝手で猫の足跡を発見したあと、その場で全員に「庭に出て、手分けをして猫の足跡を探してくれるよう」依頼したのだ。

ここで、問題がひとつ。

お勝手口のすぐ外は砂利敷きになっていて、足跡がたどれない。

外に出た猫がその後どっちにむかったのかを知るためには、庭の地面に鼻先をこすりつけるようにして、かすかな痕跡を探してまわるしかなかった。

幸い（あるいは不幸にも？）昨夜は雨が降って地面がぬかるんでいるので、猫の足跡が見つかる可能性はなくはない。もっともそれだって、〝砂浜に落ちた一本の針を探すよりはまし〟といった程度である……。

僕のこの説明を聞いて、先生、それにお客さんたちがみんな、あれこれ文句をいいながらも、協力してくれたのは——例によって「君、書生だろう?」と、全部押しつけられるとばかり思っていたので——正直、意外であった。

今まで、あれほど猫をぞんざいに扱い、ほうり投げ、蹴《け》っとばし、毛を逆さになで、無視するかと思えば、「鍋《なべ》にして食う」といっていた人たちが、着物もしくはズボンのすそをまくりあげ、庭に四《よ》つん這《ば》いになって、手足を泥まみれにしながら、蚤取《のみと》り眼《まなこ》で猫の行方を探しているのだ。くわしい事情は僕にもわかりかねたが、垣根越しにのぞき見た近所の人たちが、目を丸くして、あるいは怯《おび》えたように、こそこそと立ち去ったのは、当然といえば当然であった。

僕が首をすくめ、ふたたび泥に顔を近づけた——そのとき、

「見つけた!」

と寒月さんが声をあげた。

さっそく、全員が寒月さんのもとに集まった。鼻の頭を泥で黒く汚した寒月さんが、得意げに指さす地面の一角を見れば、なるほど、昨夜の雨でゆるくなった地面の上に、さっき僕がお勝手で見つけたのと同じ梅の花様の足跡がついている。

「さあ、書生さん……じゃなかった、探偵さん。ここからは君の仕事だ」

寒月さんはそういって、僕に場所をゆずった。

かくて僕は、湿った泥の上にかすかについた猫の足跡を追いかけはじめたわけだが——

これはやってみると、なかなかやっかいな、とうてい一筋縄ではいかない作業であった。

猫は酔っ払っている（？）らしく、足跡は蹣跚《*まんさん》として一定しない。あっちに行ったかと思うとこっちによろめき、ふらふらとしているかと思えば、急にちょっと飛びあがったり、なにか臭いなと思ったら庭石に小便をひっかけている……。

始末に終えない。が、考えてみれば人間の酔っ払いもたいてい同じようなものだろう。

僕は地面に腹ばいになり、ときには泥に顔を押しつけ、さんざん苦労して（いっておくが顔を〝黒《くろ》うして〟の駄洒落《だじゃれ》ではない）一歩一歩猫の足跡をたどっていった。そうして、庭中を這《は》いずりまわる僕の後ろを、やはり泥で顔を黒くした四人の大人たちが無言のまま、ぞろぞろとついてまわっている……。

あらかた庭を一周したころ、とつぜん、僕は足跡を見失った。

次にあるはずの場所をいくら探しても、どこにも〝次の足跡〟が見つからないのだ。

（おかしいな？　いくら酔っ払って浮かれていたからといって、まさかそのまま空に歩み去ったはずもないだろうし……）

呆然《ぼうぜん》として左右を見まわしていた僕の目に、ふと不吉なものが飛びこんできた。

——水甕《みずがめ》であった。

5

その水甕は、誰からも忘れさられたように、庭木のかげにひっそりと置いてあった。

中途半端な場所にある、中途半端な大きさの水甕で、僕は以前庭の掃除をしているときに、この水甕で烏が行水をしているのを見たことがあるが、それ以外の目的に使えるとはとうてい思えない代物だ。先生はむろん、家の人の誰に聞いても、おそらく誰一人、そんな場所に水甕があることさえ知らないだろう。

だが、もしこの水甕に、酔っ払ってふらふらしていた猫がうっかり落ちこんだのだとしたら……？

不吉な可能性を言葉にして考えるより早く、僕は水甕にむかって突進した。

庭木のあいだに頭をつっこみ、水甕の中をのぞきこむと——

はたして、いた！

浮草のひとつに頭をもたせかけるようにして、猫が水に浮かんでいたのだ。

僕は急いで猫を水から引きあげ、帯にはさんであった手拭《てぬぐ》いをひろげて、その上に寝かせた。

どのくらいのあいだ水につかっていたのだろうか？　猫は、濡《ぬ》れ鼠ならぬ、文字どおりの濡れ猫であった。

目を閉じたまま、ぐったりとして、ぴくりとも動かない。

「見つかったのは見つかったが、いささか遅きに失したようだね」と迷亭氏。

「甕の縁から水面まで、約五寸《ごすん》あります」

寒月さんが水甕の中を計測していった。

「猫の足は三寸ばかりしかありませんから、少々足りない計算ですね」

「こんなことなら食っておくんでした。惜しいことをしましたばい」と多々良さん。

「ああ、天地を*粉韲《ふんせい》して不可思議の太平に入る。死んでこの太平を得る。この太平は死ななければ得られない」迷亭氏がでたらめをいう。

「南無阿弥陀仏《なむあみだぶつ》、南無阿弥陀仏」寒月さんが猫にむかって手を合わせた。

「ありがたい、ありがたい」と多々良さん。

「先生！」

僕は、それ以上は言葉にならず、さっきから無言のまま、じっと後ろに控えている先生をふりかえった。

先生はいつもの懐手のまま、妙な顔で首をひねっている。と先生は、急に身を乗り出し、手拭いの上に寝かせた猫に顔を近づけた……。

次の瞬間、奇跡が起きた。

猫が薄目を開けて、にゃあとひと声小さく鳴いたのだ。

全員が顔を見合わせ、それから大騒ぎになった。

「生きていてごたる！」

「不可思議の太平は……残念ながら、ひとまずおあずけか」

「急いで家に運びましょう。乾いた布で体をふいてやって、それから温めるんです！」

多々良さん、迷亭氏、寒月さんの三人が奪い合うようにして猫を運んでいくのを、僕はその場に立ちつくして、ぽかんと見送っていた。

気がつくと、先生が相変わらず懐手をしたまま、僕の隣に立っていた。

僕は、先生をふりかえって、たずねた。

「先生、さっきのはいったいなんだったんです？」

「なにとは、なんだね？」先生はなぜか仏頂面で、僕を見ないで問いかえした。

「さっき先生が耳もとでなにか一言囁《ささや》いたら、急に猫が生き返った……あれは、まさに奇跡です！　いったいあの猫になんといったのです？」

先生はちらりと僕を見て、「たいしたことじゃないさ。私はただ、名前を呼んだだけだ」

「名前？　あの猫に名前があったんですか？」

僕は別の意味でびっくりしてたずねた。

「なんて名前なんです？」

「ん？　名前か……」

先生はちょっと照れたようにかすかに笑い、すぐにまたもとの仏頂面にもどると、そっぽをむいて、

「……忘れた」といった。

（註《ちゅう》）上の数字は本文ページ

其《そ》の一「吾輩《わがはい》は猫でない？」

八　**小僧**　商店で使われている年少の男の店員。

一四　**書生**　他人の家で家事を手伝いながら学問する者。

一四　**新体詩**　明治時代に、西洋の詩の形式と精神をとりいれてつくられた詩。

一五　**後架**　便所。トイレ。

一五　**へっつい**　煮炊きをする竈《かまど》。

二〇　**二間**　一間は、約一・八メートル。

二二　**旅順**　中国東北部の遼東半島南端にある港町。

二六　**すめらみこと**　天皇。

其の二「猫は踊る」

六〇　**尻《しり》っぱしょり**　和服の裾《すそ》を外側に折って帯のあいだにはさむこと。
六三　**理学**　物理学。
六四　**スタビリチー**　英語で「安定性」の意味。
七二　**二弦琴**　琴の一種で、弦が二本のもの。
七三　**御《ご》祐《ゆう》筆《ひつ》**　武家の職名で、書記のような仕事をした。
八二　**内隠**　洋服の内側のポケット。
八九　**中間**　武家に使える召使いの男。
九二　**街鉄**　東京市街鉄道株式会社の略称。東京の路面電車を経営。
九五　**チャップ**　あばら骨つきの厚切り肉を焼いた料理。チョップ。
　　　ソップ　スープ。
九六　**メンチボー**　メンチボール。

其の三「泥棒と鼻恋」

一一八　**竜文堂**　京都の有名な鋳物師がつくった鉄瓶。

一二二　**松風**　湯がわく音をたとえた言葉。

一二二　**四寸**　約一二センチ。一寸は、約三センチ。

一三五　**一尺五、六寸**　四五ないし五〇センチ。一尺は約三〇センチ。

一三五　**天網恢恢疎にして漏らさず**　悪事を行えば必ずとらえられ、天罰を受けるということ。

一四〇　**鶉《うずら》の三**　劇場の席の呼び名。「鶉」は値段の一番高い席。「三」は前から三列目。

其の四「矯風演芸会」

一七一　**見立て落ち**　落語の用語で、あるものを意表をつく別のなにかになぞらえて、そこから面白さを引き出すこと。連想ゲームのように、落ちにつなげていくのが特徴。

一七九　**癪**《しゃく》　突然起こる激しい腹痛や胸の痛み。さしこみ。

一八七　**透綾**《すきや》　ひじょうに薄くて下が透けて見える絹織物。

一九二　**半靴**　短靴。

一九二　**一結杳然**《いっけつようぜん》　文章を結び終えたあとに、いつまでも余韻がただようこと。

一九四　**四、五町**　五〇〇メートル前後。一町は約一〇九メートル。

二〇三　**雅号**　文人、学者、画家などが本名以外につける風雅な別名。

其の五「落雲館大戦争」

二〇八　**漢籍**　中国の書物。
二〇九　**義捐金**《ぎえんきん》　寄付金。
二一九　**公徳**　社会生活の中で守るべき道徳。
夫子の道一を以て之を貫く、忠恕のみ　『論語』に出てくる言葉を短くまとめたもの。「孔子先生の教えは、真心をつくし、人に思いやり深くあれということに貫かれている」の意味。
二二二　**杏仁水**《きょうにんすい》　鎮静剤に用いられる漢方薬。
清心丹　明治時代に清涼剤として知られた薬の商標名。
二二三　**五徳**　炭火などの上に置き、鉄瓶などをかける三脚または四脚の輪形の器具。

其の六「春風影裏に猫が家出する」

二六一　綺羅《きら》　美しい着物。外見の美しさ。
二六一　天稟《てんぴん》　生まれもった性質。
二六八　陋策《ろうさく》　しっかりした考えをもたない、拙い方法。
二六八　鴛鴦歌《えんおうか》　「おしどりの歌」。おしどりは夫婦仲むつまじいことの象徴。
二七四　唐紙　ふすま。
二八〇　天邪鬼　わざと他人の言葉に逆らって片意地を通すこと。また、その人。
二八三　唐詩選　中国唐時代の名詩をあつめた詩選集。
二九一　蹣跚《まんさん》　よろよろとして足もとの定まらないようす。
二九三　粉韲　こなごなにくだくこと。

あとがき

――吾輩は猫である。名前はまだない。

この文章、誰でも一度は何かの機会に読んだり、聞いたり、あるいは自分で口に出して言ってみたことがあるのではないでしょうか？

日本語で書かれた作品の中で、多分もっとも有名な書き出しをもつこの小説の名は、『吾輩は猫である』。

作者は、ご存じ〝文豪〟夏目漱石です。

一九〇五年から一九〇六年――というから、今からちょうど百年ほど前、『ホトトギス』という雑誌に発表されたこの作品は、小説家・夏目漱石にとっての〝デビュー作〟にあたります。

『吾輩は猫である』は、発表されると同時に世間で大評判となり、当初、一回読み切りの予定だった作品は、結局全十一回にわたって書き続けられることになりました。

百年前、明治時代の人たちが、今の私たちと同じように、

――吾輩は猫である。名前はまだない。

と言っていたことを想像すると、何だか不思議な気がするではありませんか（ちなみに、この書き出しはあまりに有名なので、これまでにも多くの「吾輩本《わがはいぼん》」と呼ばれる作品が書かれています）。

ところが、この『吾輩は猫である』には、発表当時からある噂が囁《ささや》かれてきました。

――何か謎が仕掛けられているのではないか？

というのです。

何しろこの小説、あまりに有名な書き出しのほかは、本の内容を覚えている人が驚くほど少ない、という曰《いわ》く付《つ》きの謎の小説なのです。

作品中では、先生の家に飼われることになった名なしの〈猫〉の目を通して、先生とその友人たちが交わすおかしな会話、彼らが繰り広げる騒動と、その顚末《てんまつ》が語られます。なるほど、それはそれで面白おかしく読めてしまうのですが、さて本を閉じると、いったいどんな話だったのかさっぱり思い出せない、という奇妙なことになるのです。

しかしもし、それこそが夏目漱石がこの小説に仕掛けた謎だったとしたらどうでしょう？

作品の中で〈猫〉が語る、頭もしっぽもない、まるで海鼠《なまこ》のような奇妙なエピソードの数々。それゆえに読者の記憶に残りづらいという事態を招いているのですが、その裏には、文字には書かれない、いくつもの意外な謎が巧妙に隠されているのだとしたら？　そして、漱石が仕掛けたそれらの謎を解くことで、一見ばらばらに見えるエピソードの陰から、意外な真相が浮かび上がってくるのだとしたら……？

漱石が『吾輩は猫である』に仕掛けた謎を解き明かすために生まれたのが、本書『漱石先生の事件簿　猫の巻』です。

本書では、名なしの〈猫〉ではなく、ひょんなことから先生の家に居候《いそうろう》することになった探偵小説好きの少年〈僕〉の目を通して、六つの事件が語られます。

〈僕〉の目の前で鼠が消え失せ、猫が踊り、泥棒が山の芋を盗んでいったかと思えば、先生の家では奇妙な演芸会が開催され、ついには裏手にある中学の生徒たちとの戦争がはじまります（＊『吾輩は猫である』を既読の方にはもうおわかりのとおり、これらはいずれも漱石の作品に実際に出てくるエピソードです。本書は漱石の『吾輩は猫である』をもとに書かれていますが、もしかすると漱石作品を読んでいない——あるいは内容をすっかり忘れてしまっている——人のほうが、漱石の仕掛けに惑わされることなく、謎解きを楽しめるかもしれません）。

六つの事件の裏にひそむ、驚天動地、抱腹絶倒の真相は如何《いかが》だったでしょうか？

（未読の方は、とりあえず本書をお読みください）

＊

漱石は〈猫〉の口を借りてこんなことを言っています。

〝吾人《ごじん》（註《ちゅう》　われわれ）の評価は時と場合に応じ、吾輩の眼玉のごとく変化する。吾輩の眼玉は、ただ小さくなったり大きくなったりするばかりだが、人間の品騭《ひんしつ》（註　品さだめ。ものごとに対する評価）とくると、まっさかさまにひっくりかえる。ひっくりかえってもさしつかえはない。（中略）
天の橋立を股《また》ぐらからのぞいてみると、また格別なおもむきが出る。シェイクスピアも千古万古シェイクスピアではつまらない。たまには股ぐらから『ハムレット』をみて、「君、こりゃ駄目だよ」くらいに言う者がないと、文界も進歩しないだろう……〟

〝文豪〟夏目漱石の〝名作〟『吾輩は猫である』を「股ぐらからのぞいてみた」のが、本作品です。「格別のおもむき」を感じて頂ければ善し、またもし、本書のほうを先にお読みになられた方が、これを機に漱石の『吾輩は猫である』を読んでみようと思ってくれたとしたら、作者としてこれにすぎる喜びはありません。

二〇〇七年四月吉日

柳　広司

解説——柳先生の事件簿

田中芳樹

柳広司さんのデビュー作は二〇〇一年の『黄金の灰』ということだが、同年、『贋作「坊っちゃん」殺人事件』で朝日新人文学賞を受賞しておられるので、作家としてのスタート時点ですでに夏目漱石の呪い(笑)にかかっておられたといってもよいだろう。天の配剤かメフィストフェレスの悪戯《いたずら》か、柳さんが『漱石先生の事件簿 猫の巻』を手がけられるのは、まったく必然的な成りゆきであった。

一流の作家には、阿修羅《あしゅら》像もびっくり、いくつもの魅力的な貌《かお》があるものだ。柳さんの場合も、『新世界』などで見られる重厚でシリアスな貌、『ジョーカー・ゲーム』などに見られるクールでシニカルな貌、いずれもヒトスジナワではいかない。読者としての私個人にとっては、『シートン(探偵)動物記』や本作『漱石先生の事件簿 猫の巻』のような、愉《たの》しくも心あらわれるような作品群がまことに愛《いと》しく、手放しがたい。

「パスティーシュ」という比較的あたらしい文芸用語を、私が百パーセント掌握している自信はないが、すぐれたパスティーシュを評価する、私なりの基準はある。ちょっとならべてみよう。

A. その作品それ自体がおもしろいこと。

B. 作者の他の作品も読んでみたい、と読者に思わせること。続篇もふくむ。
C. 原典となった作品を、読んでみたい、あるいは読みかえしてみたい、と読者に思わせること。
D. 原典の著者に対する読者の興味をかきたてること。
E. 原典およびその著者に対し、作者が深い敬愛の念を抱き、その念《おも》いが読者にきちんと伝わること。

何だかえらそうに書いてしまったが、右の五点を基準にして『漱石先生の事件簿　猫の巻』を評価してみると、AからEにいたるまで、文句のつけようがない。『シートン（探偵）動物記』の場合もそうだが、

「好きなんだ、こんなにおもしろいんだよ、ぜひ原典を読んでみて！」

という柳さんのタマシイの声が行間からひびいてくる。このタマシイの声がなければ、どれほど小手先の技術がたくみでも、安っぽいパロディにしかならない。それは、「ソクラテスは漢字が読めなかったけど、おれは漢字が読めるから、おれのほうがソクラテスよりえらい」というくらい、くだらない自己顕示の末路である。

さて、本作品のタイトルは『漱石先生の事件簿　猫の巻』となっているが、原典として採《と》りあげられているのは、『吾輩は猫である』だ。とすれば、主人公（格）は苦沙弥《くしゃみ》先生であるはずだが、作品中では単に「先生」としか記されていない。もちろん苦沙弥先生が夏目漱石自身の分身であることは常識だが、柳さんは単に「先生」と表現することで、実

在の漱石とフィクション中の苦沙弥先生との差違を打ち消し、両者を渾然《こんぜん》一体の存在として読者に提示している。第一ページの二行目から、『吾輩は猫である』でもなく、『夏目漱石伝』でもない独特の作品世界がすでにはじまっているのだ。

柳さん自身の「あとがき」を私流に要約すれば、『漱石先生の事件簿 猫の巻』は原典をミステリーとして読み解く試《こころ》みの結実だった、ということになるだろう。漱石はコナン・ドイルと同時代の人だし、彼の作品におけるミステリーとの親和性は、すでに指摘されているとおりである。『こゝろ』や『夢十夜』などは、極端にいうとミステリー以外の読みかたのほうがむずかしいくらいだ。だから柳さん自身をふくめ、多くの作家が二十世紀初頭のロンドンで漱石とシャーロック・ホームズを共演させている。

原典の語り手である名なしの猫も、けっこう探偵めいた行動をとるが、本作品における探偵役は名なしの書生である「僕」。これは原典を踏襲するとともに、何とハメットの「コンチネンタル・オプ」までも連想させて、まことに愉しい。

さりげないように見える探偵役の改変が、作品世界全体に巧妙な改変をもたらす。たとえば、原典にある「吾輩」と「三毛子」との会話は、猫どうしのものだが、これが本作品では人間どうしのものに置きかえられる。「僕」と、「天璋院様の御祐筆の妹さんのお嫁に行った先のおっかさんの甥の娘さんの下女」との間に会話がなされることになるが、いや、原典を読んだときには、そもそも「天璋院様」なる人物がどういう存在か、さっぱりわからなかった。註釈《ちゆうしやく》もついてなかったので。現在はわかる。つい先年、NHKの大河ドラマ

『篤姫』を視《み》たから（笑）。実像か虚像かを問いつめるのはヤボというものだが、すくなくとも明治の世では、猫も人間の庶民も、註釈なしでわかるくらい有名な人であったわけだ。

本作品では、猫どうしにとどまらず、人間どうしの会話も原典どおりに再現されていることが何度もある。会話だけでなく、地の文に原典の文章がそのままの形でまぎれこんでもいる。すべて明確な意図のもとになされた作品世界構築の作業なのだが、おどろくべきことに、二十世紀初頭の漱石の文章と、百年後の柳さんの文章とが、極上のスープのようにとけあって、まったく違和感がない。心地よく読みすすめていくうちに、あれ、ここの部分は百年前に書かれた文章じゃないか、と気づいて、読者はおどろくことになる。

これが意味するものは、もちろん柳さんの文章力と構想力のすばらしさだが、もうひとつ重要なことがある。それは、漱石の文章のあたらしさであり、そもそも漱石こそが近現代の小説の文体を生んだ親だった、ということである。同時代の文豪でも、森鷗外や幸田露伴の文体では、柳さんの豪胆なたくらみには堪えられない。もちろん優劣ではなく、異質だということだ。はずかしながら、私は、大学院の修士論文に露伴の『運命』を選んだ身のほど知らずなので、作者自身の文章と原典の文章とを融合・混在させる苦労が、いささかはわかるつもり。柳さんの苦労もお察しするが、同情はしない。その苦労がいかに作者にとって愉しく、心おどるものか、これは同業者として理解できるからである。同情どころか、うらやましいくらいだ。

さて、内容だが、「三毛子」の死に、深夜の山芋泥棒、成金・金田家とのおとなげない抗争、落雲館中学校のベースボール事件、寒月氏の縁談、等々、原典における愉快だが他愛のないエピソードのかずかずが、ほとんど洩《も》れなくおさまっている。ないのは、山芋泥棒が巡査をしたがえて先生や迷亭氏と対面する場面、にぎやかな銭湯の風景、先生の姪《めい》の来訪、それくらいであろう。前者がないのには、ちゃんとした理由があるが、それは本文より解説を先に読む種類の人たちに明《あ》かすことはできない。後二者がないのは残念だが、量的な問題でいたしかたあるまい。

他愛ないエピソードが、深い意味を持つミステリーの真相として読者の前に立ちあがってくる。柳さんの手腕と業績を知っている身でも感銘を受けずにいられないが、とくに舌を巻いたのは、「其の四　矯風演芸会」であった。

いつも先生の家に集まる面々が、いつものように無益な暇つぶしの会話にふけっている、と思いきや、世界史レベルで高名な人物の雅号がからんで、当時の世界情勢や日本の政治的状況が、巻物を一気にひろげるかのように読者に提示される。まさしく「圧巻」である。

そしてラスト。あれほどないがしろにしていたはずの猫が姿を消したといって大騒ぎする先生。それに律義につきあう迷亭氏や寒月氏。彼らのやさしさは、原典の主要登場人物に対する柳さんの深い愛情を反映したものであり、読者の心をあたためずにはおかないだろう。

極上の一品である。ぜひご賞味のほどを。

二〇一〇年　秋

＊本作品は、夏目漱石《そうせき》著『吾輩は猫である』を典拠とし、創作したものです。
＊第一話の「君死にたまふことなかれ」は、岩波版『与謝野晶子評論集』（鹿野政直・香内信子編）を参考にしました。
＊物語の背景となる時代の文献からの引用があり、現代では不適切な表現が含まれておりますが、当時の歴史的事実に鑑み、そのままとしました。（編集部）

本書は、二〇〇七年四月に理論社から刊行された単行本を文庫化したものです。

漱石《そうせき》先生《せんせい》の事件簿《じけんぼ》 猫《ねこ》の巻《まき》

柳《やなぎ》 広司《こうじ》

平成22年 11月25日　初版発行
令和6年 3月10日　9版発行

発行者●山下直久

発行●株式会社KADOKAWA
〒102-8177　東京都千代田区富士見2-13-3
電話　0570-002-301（ナビダイヤル）

角川文庫 16551

印刷所●株式会社KADOKAWA
製本所●株式会社KADOKAWA

表紙画●和田三造

●お問い合わせ
https://www.kadokawa.co.jp/ （「お問い合わせ」へお進みください）
※内容によっては、お答えできない場合があります。
※サポートは日本国内のみとさせていただきます。
※Japanese text only

ISBN978-4-04-382904-0　C0193

◆◇◇

角川文庫発刊に際して

角川源義

第二次世界大戦の敗北は、軍事力の敗北であった以上に、私たちの若い文化力の敗退であった。私たちの文化が戦争に対して如何に無力であり、単なるあだ花に過ぎなかったかを、私たちは身を以て体験し痛感した。西洋近代文化の摂取にとって、明治以後八十年の歳月は決して短かすぎたとは言えない。にもかかわらず、近代文化の伝統を確立し、自由な批判と柔軟な良識に富む文化層として自らを形成することに私たちは失敗して来た。そしてこれは、各層への文化の普及滲透を任務とする出版人の責任でもあった。

一九四五年以来、私たちは再び振出しに戻り、第一歩から踏み出すことを余儀なくされた。これは大きな不幸ではあるが、反面、これまでの混沌・未熟・歪曲の中にあった我が国の文化に秩序と確たる基礎を齎らすためには絶好の機会でもある。角川書店は、このような祖国の文化的危機にあたり、微力をも顧みず再建の礎石たるべき抱負と決意とをもって出発したが、ここに創立以来の念願を果すべく角川文庫を発刊する。これまで刊行されたあらゆる全集叢書文庫類の長所と短所とを検討し、古今東西の不朽の典籍を、良心的編集のもとに、廉価に、そして書架にふさわしい美本として、多くのひとびとに提供しようとする。しかし私たちは徒らに百科全書的な知識のジレッタントを作ることを目的とせず、あくまで祖国の文化に秩序と再建への道を示し、この文庫を角川書店の栄ある事業として、今後永久に継続発展せしめ、学芸と教養との殿堂として大成せんことを期したい。多くの読書子の愛情ある忠言と支持とによって、この希望と抱負とを完遂せしめられんことを願う。

一九四九年五月三日

柳 広司の好評既刊

吾輩はシャーロック・ホームズである

――夏目、狂セリ。

ロンドン留学中の夏目漱石が心を病み、自分をシャーロック・ホームズだと思い込む。漱石が足繁く通っている教授の計らいで、当分の間、ベーカー街221Bにてワトスンと共同生活を送らせ、ホームズとして遇することになった。折しも、ヨーロッパで最も有名な霊媒師の降霊会がホテルで行われ、ワトスンと共に参加する漱石。だが、その最中、霊媒師が毒殺されて……。ユーモアとペーソスが横溢する第一級のエンターテインメント。

角川文庫　ISBN 978-4-04-382903-3

柳 広司の好評既刊

贋作『坊っちゃん』殺人事件

名作の裏に浮かび上がる、
もう一つの物語。

四国から東京に戻った「おれ」――坊っちゃんは元同僚の山嵐と再会し、教頭の赤シャツが自殺したことを知らされる。無人島〝ターナー島〟で首を吊ったらしいのだが、山嵐は「誰かに殺されたのでは」と疑っている。坊っちゃんはその死の真相を探るため、四国を再訪する。調査を始めたふたりを待つ驚愕の事実とは？『坊っちゃん』の裏に浮かび上がるもう一つの物語。名品パスティーシュにして傑作ミステリー。

角川文庫　ISBN 978-4-04-382905-7

柳 広司の好評既刊

新世界

殺すか、狂うか。

1945年8月、砂漠の町ロスアラモス。原爆を開発するために天才科学者が集められた町で、終戦を祝うパーティーが盛大に催されていた。しかしその夜、一人の男が撲殺され死体として発見される。原爆の開発責任者、オッペンハイマーは、友人の科学者イザドア・ラビに事件の調査を依頼する。調査の果てにラビが覗き込んだ闇と狂気とは——。

角川文庫　ISBN 978-4-04-382901-9

柳 広司の好評既刊

トーキョー・プリズン

探偵小説で切り込む戦後史

戦時中に消息を絶った知人の情報を得るため巣鴨プリズンを訪れた私立探偵のフェアフィールドは、調査の交換条件として、囚人・貴島悟の記憶を取り戻す任務を命じられる。捕虜虐殺の容疑で拘留されている貴島は、恐ろしいほど頭脳明晰な男だが、戦争中の記憶は完全に消失していた。フェアフィールドは貴島の相棒役を務めながら、プリズン内で発生した不可解な服毒死事件の謎を追ってゆく。戦争の暗部を抉る傑作長編ミステリー。

角川文庫　ISBN 978-4-04-382902-6

柳 広司の好評既刊

ジョーカー・ゲーム

吉川英治文学新人賞&日本推理作家協会賞W受賞作!

「魔王」——結城中佐の発案で陸軍内に極秘裏に設立されたスパイ養成学校〝D機関〟。「死ぬな、殺すな、とらわれるな」。この戒律を若き精鋭達に叩き込み、軍隊組織の信条を真っ向から否定する〝D機関〟の存在は、当然、猛反発を招いた。だが、頭脳明晰、実行力でも群を抜く結城は、魔術師の如き手さばきで諜報戦の成果を上げてゆく。東京、横浜、上海、ロンドンで繰り広げられる、究極のスパイ・ミステリー。

角川文庫　ISBN 978-4-04-382906-4

柳 広司の好評既刊

ダブル・ジョーカー

「ジョーカー・ゲーム」
シリーズ第二弾

結城中佐率いる〝D機関〟の暗躍の陰で、もう一つの諜報組織〝風機関〟が設立された。だが、同じカードは二枚も要らない。どちらかがスペアだ。D機関の追い落としを謀る風機関に対して、結城中佐が放った驚愕の一手とは——。表題作「ダブル・ジョーカー」ほか、〝魔術師〟のコードネームで伝説となったスパイ時代の結城を描く「柩」など5篇に加え、単行本未収録作「眠る男」を特別収録。天才スパイたちによる決死の頭脳戦、早くもクライマックスへ——。

角川文庫　ISBN 978-4-04-100328-2